ALFRED DE MUSSET

GONZAGUE SAINT BRIS

ALFRED DE MUSSET

BERNARD GRASSET
PARIS

Photo d'Alfred de Musset :
Archives familiales d'Aurore Sand
© Collection Christiane Sand.

ISBN 978-2-246-75251-6

Tous droits de traduction, de reproduction et d'adaptation
réservés pour tous pays.

© Editions Grasset & Fasquelle, 2010.

A Alexandre de Musset

« C'est moi qui ai vécu et non pas un être factice créé par mon orgueil et mon ennui. »

Alfred de Musset

Avant-propos

> « On va croire que c'est une préface. Moi qui n'en lis jamais et vous non plus, je crois. »
>
> ALFRED DE MUSSET

Et si la biographie n'était que l'exploration de la géographie d'un visage, l'exercice attentif du relevé topographique des reliefs d'une figure, l'inlassable enquête sur ce qu'indique et dissimule une physionomie, la course poursuite du parcours d'un faciès ?

Voici l'incroyable document qui m'inspire cette réflexion. C'est le visage d'Alfred de Musset tel que vous ne l'avez jamais vu. Vous l'aviez imaginé en écoutant ses vers, vous l'aviez deviné sous les traits du dessin, vous aviez souri avec lui de sa caricature, vous aviez saisi ses traits gravés par David d'Angers dans ses célèbres médaillons dédiés aux hommes illustres, vous aviez cru le connaître en dévisageant son portrait peint par Landelle, aujourd'hui au musée du Louvre et qui, pour une

Alfred de Musset

génération entière, fut sa fiche d'identité dans le Lagarde et Michard. Mais si vous l'aviez approché par bien des disciplines artistiques, vous ne le connaissiez pas encore restitué dans sa plus extrême vérité par la révélation de la photographie.

Qu'est-ce qui vient de lui jusqu'à nous par cette apparition issue sans doute du procédé du ferrotype ? D'abord, ce contraste singulier à l'effet si romantique : un air sombre émanant d'un regard clair, comme si dans cette photo en noir et blanc la couleur du talent était indissociable de la teinte de la mélancolie. Ensuite, ce physique racé allié à une élégance recherchée, signature même du dandysme. Enfin, le détail qui accroche et que souligne en passeur de mémoire l'écrivain et historien Jean-Pierre Guéno : les tempes dégarnies du poète. Il cite, à propos de cette caractéristique physique héréditaire, le commentaire plein d'esprit que lui a fait la descendante de la sœur du poète, la baronne Grandcourt de Musset, à la vue du cliché : « Pour les hommes, ce n'est pas gênant, pour les femmes, un peu plus embêtant ! »

C'est ainsi que Musset surgit devant nous, vivant comme jamais, deux cents ans après sa naissance. Avec un visage d'ange, scandaleux dans ses débauches et si pur dans ses lignes.

Voilà pourquoi j'ai plaisir à exprimer ici toute ma gratitude à Christiane Sand, l'héritière d'Aurore Sand, la petite-fille de la Dame de Nohant, pour

Avant-propos

m'avoir confié ce cliché inédit provenant des archives de famille. C'est de la main même d'Aurore Sand qu'est précisé au dos de la photo l'identité du sujet : *A. de Musset.*

Cette photo n'est-elle pas la manière la plus moderne de comprendre, de rassembler et de retrouver Alfred de Musset ? Il vous fixe de ses yeux céruléens avec une incroyable acuité et soudain c'est vous qui alors l'envisagez tout entier. Il y a un moment de cristallisation, comme lorsque le photographe, sous l'éclat du magnésium, fixe en même temps le fugitif instant et l'éternité d'un être.

Dans toute l'œuvre du poète, du prosateur et de l'homme de théâtre, j'ai cherché les mots qui pouvaient montrer que, comme nous, Musset avait l'obsession du visage retrouvé. Finalement, je les ai décelés dans *La Nuit vénitienne*, où il s'adresse à nous par la bouche du Prince, les yeux dans les yeux : « Dans toutes les contrées qu'aime le soleil, j'ai cherché les traits les plus capables de révéler qu'une âme ardente y était enfermée : j'ai cherché la beauté dans tout son éclat, mais aussi dans toute sa vie : pour moi-même, j'ai voulu cet amour qu'un regard fait naître ; j'ai désiré un visage assez beau pour me faire oublier qu'il était moins beau que l'être invisible qui l'anime ; insensible à tout, j'ai résisté à tout... excepté à une femme. »

CHAPITRE 1

Un boulevard mythique

> « L'espace compris entre la rue de la Grange Batelière et celle de la Chaussée d'Antin est l'un des lieux les plus agréables qui soient au monde. L'univers est là ; de l'autre côté du ruisseau, ce sont les grandes Indes. »
>
> ALFRED DE MUSSET

En ce soir d'automne de l'année 1830, les boulevards commencent à s'éveiller à la nuit parisienne : les réverbères sont allumés l'un après l'autre, et au bout d'un court moment, cela donne l'impression que seule cette partie de la capitale est éclairée, quand le reste de la ville semble abandonné à l'obscurité. Comme les lucioles attirées par la lumière, les Parisiens, à présent, individuellement ou en groupe, à pied, à cheval ou en voiture, ouvriers, bourgeois ou aristocrates, se dirigent vers ce lieu magique où chacun sait qu'il trouvera ce qu'il cherche après une journée de travail : de la musique, du théâtre, de la bonne chère, du tabac, du vin ou un cœur à prendre, selon ses désirs, ses besoins ou ses espoirs.

Un grand jeune homme de vingt ans, svelte, la taille bien prise dans sa chemise de batiste immaculée, son gilet de soie blanche, sa haute cravate au savant négligé, gants beurre-frais aux mains et canne à pommeau d'argent, vérifie si son habit noir impeccablement coupé tombe bien, lui qui a coutume de dire avec humour : « Ce vêtement que portent les hommes de notre temps est un symbole terrible. Pour en venir là, il a fallu que les armures tombassent pièce à pièce et les broderies fleur à fleur. » Satisfait de sa taille si fine, de son haut-de-forme et de ses bottes vernies, il se prépare à faire son entrée dans cette savane s'ouvrant à la nuit, jeune « lion » tout à la fois affamé de nourriture, d'alcool et de chair fraîche, sa longue crinière de cheveux blonds flottant sur ses épaules et ses favoris descendant jusqu'au menton. Certes, bien qu'il soit excellent cavalier, il doit se contenter de venir à pied, n'ayant pas les moyens de se payer un cheval ou mieux, comme certains, une voiture à cheval – cabriolet, briska ou calèche – avec un groom anglais pour la garer, lorsqu'il soupe, mais, ainsi habillé et avec ses manières tout aristocratiques, il sait qu'il fait tout de même son petit effet : les lorettes qu'il croise rougissent lorsqu'il porte les yeux sur elles, ses beaux yeux bleus dont, justement, la myopie voile légèrement l'intensité, lui donnant un charme supplémentaire.

Avec ses dents blanches impeccablement rangées, sa peau qui exhale encore un parfum d'adolescence

Un boulevard mythique

et sa bouche sensuelle à la mâle expression, ne ressemble-t-il pas à un Lucien de Rubempré, qui pourrait être le frère cadet de Lord Byron ?

> *Il était gai, jeune et hardi,*
> *Et se jetait en étourdi*
> *A l'aventure...*

C'est que les femmes ne manquent pas sur les boulevards, ouvrières venant de quitter la manufacture, domestiques, marchandes ambulantes de fleurs ou de cigares, bourgeoises rentrant chez elles après leurs courses, grandes dames se rendant en coupé à l'Opéra ou au théâtre, demi-mondaines à l'assaut des galants qu'elles vont retrouver au café ou au restaurant, prostituées se positionnant entre les portes cochères, prêtes à offrir aux chalands leur jeunesse déjà fanée ou leur âge mûr soigneusement caché ; mais toutes se forçant à suivre la dernière mode qui, en ces premières années de la monarchie de Juillet, est à la couleur, multipliant les imprimés à fleurs ou à grands carreaux, et les chapeaux « à la Marie Stuart », « à la Henri IV » ou « à la Mancini », rappelant que la tendance est à l'historicisme, ce qui, là encore, est un apport du romantisme triomphant.

Ah, le boulevard ! « Le Parisien y vit, le provincial y accourt, l'étranger qui y passe s'en souvient comme de la rue de Tolède à Naples, comme autrefois la piazzetta à Venise », songe ce jeune homme, qui ne connaît ni l'une ni l'autre, mais qui sait que ce lieu qu'il foule est le point de mire de l'univers, le sanctuaire de la jeunesse dorée, qui « y déjeune jusqu'à deux heures à grand bruit, puis s'envole en bottes vernies [tandis que] ce qu'elle fait de sa journée est impénétrable ; c'est une partie de cartes, un assaut d'armes ; mais rien n'en transpire au-dehors. Puis les lanternes s'allument et les dandys sautillent çà et là, avant d'entrer au Jockey. Les bottes craquent, les cannes reluisent »... Le vicomte de Launay ne dit pas autre chose en soulignant que « c'est au boulevard qu'on mange, boit, joue et fume et nulle part ailleurs, sur cette nappe d'asphalte où il est difficile de ne pas voir passer quelques-uns des personnages pour lesquels la Renommée embouche l'une ou l'autre de ses trompettes » ! Balzac lui-même n'en fera-t-il pas un roman, en 1845 ?

La foule va et vient ; les voitures, parfois trop vite, se croisent et s'entrecroisent indéfiniment dans le grincement des essieux et le frémissement des chevaux et le jeune homme, qui vient de dépasser le chantier de l'église de la Madeleine encore en construction, poursuit son chemin avec détermination. Il ne jette qu'un regard rapide aux boutiques de modes et frivolités, à celles des bottiers et des chemisiers anglais se préparant à fermer – tiens, se dit-il, il faudra quand même songer à payer le tailleur, avant qu'il n'envoie à mes parents du papier timbré ! –, aux cafés scintillants ouvrant largement leurs portes, d'où s'échappe le fracas des orchestres, aux magasins de luxe, dans lesquels on peut trouver des meubles en acajou et des porcelaines

Un boulevard mythique

de Paris, des bronzes et des tableaux de maîtres, des armes et des bijoux. C'est la vitrine de la France et celle, aussi, de l'Angleterre, si à la mode depuis la Restauration. Le boulevard des Capucines entièrement remonté et les Bains chinois dépassés, voici enfin le cœur de l'espace convoité, dès lors que le jeune homme gagne la Chaussée-d'Antin et se dirige vers la Grange-Batelière, où la foule se fait plus dense et la nuit plus profonde. Les belles façades des nouveaux immeubles constituent en effet l'adresse de choix des grands du moment, et le Jockey Club attire la meilleure noblesse du royaume, de même que, tout proche, le Café de Paris, « le roi des restaurants et le restaurant des rois », fondé par Angilbert et Guerraz. La presse est déjà considérable, ce qui est logique puisque tous les établissements du boulevard doivent impérativement fermer à onze heures, sauf le Café des Variétés qui a permission jusqu'à une heure du matin, parce que c'est celui des journalistes, et les deux traiteurs du boulevard Montmartre et de la rue de Richelieu, où l'on peut se restaurer d'un morceau de volaille et d'un pâté jusqu'à deux heures, ce dont ne se prive pas Ballanche, vêtu de noir et cravaté de blanc, toujours entre deux faims.

Ce soir, le jeune homme ne pousse pas la porte du Café de Paris, ni même celle de Tortoni, le célèbre glacier à l'angle de la rue Taitbout dont, comme chaque soir, l'élégante clientèle déborde largement sur le trottoir, puisque la nuit est agréable et qu'il fait encore doux pour la saison. Il le regrette apparemment, car les femmes lui semblent plus belles et plus nombreuses que d'habitude, surtout celles qui, dédaignant de se commettre avec la foule, se font directement servir tasses de thé, gaufres ou sorbets dans leur calèche, par les garçons en habit, laissant leurs admirateurs soupirer à leur portière et attendant le dernier moment pour mettre fin à leur cruauté en les autorisant enfin à monter à bord. « Mais quoi, c'est tout Paris qui passe à Tortoni », dit Balzac en faisant de l'établissement un des paradigmes de *La Comédie humaine*. Au fait, se dit le jeune homme, n'est-ce pas Sainte-Beuve, assis, là-bas, s'empiffrant de rôtis au fromage de Brie ? Mais oui ; il lui fait un petit signe, auquel l'autre répond.

Il est temps de se dépêcher, sinon il va être en retard. Devant l'Hôtel de Francfort, où descend toute l'Europe, le jeune homme presse le pas pour gagner, boulevard des Italiens, le Café Hardy. Ce soir-là, Stendhal n'y attend pas sa voiture, puisqu'il n'est pas, comme il dit, « en état de fortune ». Construit à l'emplacement de l'ancien hôtel de Choiseul, c'est assurément le plus luxueux des établissements de la capitale, le premier qui s'enorgueillit de son immense vitrine sur la rue et de sa décoration « Renaissance », et l'un des plus fréquentés, puisque sa cuisine est renommée, en particulier son gril sur lequel le patron fait cuire les morceaux de viande que les clients choisissent eux-mêmes. Vingt heures viennent de sonner, lorsque Alfred de Musset pénètre chez Hardy. Voilà, du

Un boulevard mythique

reste, ses amis qui l'attendent, Roger de Beauvoir, Ulric Guttinguer et Alfred Tattet, eux aussi impeccablement sanglés, le petit cigare déjà aux lèvres, une fleur à la boutonnière, faisant rouler les boules d'ivoire sur le tapis vert, tandis que fusent les rires, les clins d'œil et les plaisanteries de mâles dominants, sûrs de leur bon droit de figures à la mode, de leur fortune et de leur pouvoir sur les femmes. Une passionnante partie de billard peut commencer, jeu auquel Musset est un expert, lui qui gagne en général toutes les parties, d'où sa très grande popularité dans ce lieu. Il est vrai qu'il est ici chez lui, comme George Sand l'est en Berry, Balzac en Touraine, Lamartine en Bourgogne ou Barbey d'Aurevilly en Normandie !

Suivra, inévitablement, ici, ou au Café Riche voisin – on dit alors qu'il faut être riche pour aller chez Hardy et hardi pour aller chez Riche ! –, un souper fin, fortement arrosé de vin de Tokay ou de Marsala, peut-être proche de la table de Gérard de Nerval, de celle de Nestor Roqueplan ou encore de celle d'Alexandre Dumas avalant son cent d'huîtres en prélude à quelques autres plats, parmi lesquels les côtelettes d'agneau, les perdreaux rôtis, les filets de canetons à la bigarrade, les tournedos Rossini, les lièvres à la Royale, la compote de fruits de la Martinique, la gelée d'ananas au marasquin, et autres douceurs d'un temps qui ne connaissait pas le cholestérol ni les divers interdits alimentaires de notre époque. N'est-ce pas là que, dans Balzac, vont se régaler Nucingen, Bixiou ou Léon de Lora ?

Ira-t-on ensuite se montrer dans les foyers de l'Opéra, tout près de là, puisque celui-ci est encore rue Le Peletier, où il y a souvent bal, quand il n'y a pas de représentation ? Boire un dernier verre au Jockey Club ou se divertir dans un des nombreux cercles de jeux de la rue de la Grange-Batelière – tripots officiels comme clandestins. Le petit groupe d'amis, auxquels d'autres se joindront, n'a pas peur, au Cercle des Etrangers ou à la Maison Marivaux, de perdre de grosses sommes, mais parfois aussi d'en gagner, ce qui permet de solder le souper et de régler les cognac, absinthes et autres alcools forts avec lesquels on se grise délibérément ? C'est inévitable !

Et puis, la nuit se prolongeant, tous ces « fashionables » jamais fatigués – mais il est vrai que, le lendemain, ils ne se lèveront pas avant midi ou plus tard – iront chez les filles. Armés de leurs cannes, coiffés de leur haut-de-forme, le dos couvert d'une large cape, ils arpentent le trottoir du boulevard, forcent leurs rires en entendant les mêmes plaisanteries mille fois racontées. Enfin les voici devant la porte du bordel situé dans une discrète impasse donnant sur la Grange-Batelière et annoncé comme tel aux chalands par une tout aussi discrète lanterne rouge. Un domestique ouvre la porte et conduit ces messieurs au salon où, dans le miroitement des chandelles perçant la fumée des cigares, quelques jeunes femmes très dévêtues attendent les clients sous le regard professionnel de la « maîtresse » et de ses « sous-maîtresses ». Il y a là des diplomates,

Un boulevard mythique

des hommes politiques, des artistes, des écrivains, des manufacturiers et des commerçants de province, venus entre deux affaires se donner quelque plaisir, mais on ne cherche pas, ici, à savoir qui est qui, qui fait quoi. La nuit, c'est bien connu, tous les chats sont gris et, unis dans une même complicité masculine, les clients n'ont d'yeux que pour les filles, aussi diverses que leurs goûts l'exigent : les grandes professionnelles du vice, qui n'ont pas froid aux yeux, les fausses mondaines jouant les ingénues libertines, les jeunes tendrons placés depuis peu, qui baissent les yeux lorsqu'on les complimente sur la fraîcheur de leur gorge. Aussitôt le comte d'Alton-Shée désigne au « *vicomte* » Alfred de Musset les deux filles qu'il a réclamées, à la suite du pari qu'il a gagné à table : une brune et une blonde. Il monte à présent avec elles et s'enferme jusqu'au matin, pour des étreintes torrides, mais qui lui laissent un goût amer, comme celui du vin une fois l'ivresse retombée.

Rude réveil, le plus souvent, pour Alfred de Musset, qui alors s'habille d'un vieux carrick jaune à six collets, se couche à même le sol de sa chambre et s'écrie, lorsque son frère le découvre : « Qu'on me laisse, qu'on me laisse dans mes haillons du désespoir ! » Et Paul de Musset de préciser : « Le soir arrivé, il jetait en l'air les haillons et mettait ses plus beaux habits. Ce changement de décor suffisait pour détourner le cours de ses idées ; il partait pour courir les salons de Paris, où ses plaisirs du monde lui faisaient oublier les revers du jeu. » Tel

Alfred de Musset

est Alfred de Musset en ces premières années de la monarchie de Juillet, lion parmi les lions de ce Paris romantique où, sous un régime finalement assez libéral, malgré l'ordre moral s'imposant peu à peu, on s'amuse bien plus que dans les autres capitales d'Europe ; partout des cafés, des restaurants, des théâtres et des bordels, sur lesquels il compose, en manière d'autodérision, ces vers impertinents :

> *Dans les filles de joie*
> *Musset s'est abruti ;*
> *Ampère en bas de soie*
> *Pour l'Afrique est parti...*

Dégrisé, lavé, parfumé, habillé, il ne lui reste plus, le crépuscule venu, qu'à saisir sa canne pour s'adonner de nouveau aux plaisirs du jeu, de l'alcool et du sexe, et oublier ainsi, l'espace de quelques heures, les innombrables blessures ouvertes par une sensibilité maladive l'empêchant de mener la vie ordinaire de tant de ses contemporains, à savoir suivre des études, exercer un métier, se marier, élever des enfants, passer de doux dimanches à la campagne et attendre le moment de pratiquer l'art d'être grand-père, comme la plupart des héros de *La Comédie humaine*, qui ne pensent qu'à s'enrichir. Et c'est ainsi que Charles Yiarte le verra : « Parfois, aux tables du Café de Paris, on voyait apparaître un grand garçon, svelte, un peu excentrique, vêtu d'un habit bleu à boutons d'or, d'un gilet blanc et d'un pantalon gris, les cheveux au vent, un Masaccio moderne, l'œil vif, le nez un peu pincé et le cha-

Un boulevard mythique

peau à quarante-cinq degrés ; c'était Alfred de Musset qui, trouvant Hugo trop baron de fer, Théophile Gautier et ses acolytes trop excentriques et la mère Saguet un cabaret sentant la roture, rompait avec les littérateurs et se jetait à corps perdu dans la vie élégante. »

Car ce mondain impénitent est un homme seul ; cet aristocrate raffiné ne se plaît que dans les bouges de l'ivresse et du demi-monde ; cet intellectuel à la vaste culture ne vibre que dans l'insalubrité des bordels ; cet esprit d'élite ne s'intéresse qu'aux ratés de l'existence, lui qui, après une nuit d'ivresse, se réveille souvent dans le lit d'une putain dont il ne connaît pas le prénom et ne se souvient plus de ce qu'il a fait avec elle. Et pourtant, voilà un enfant gâté sur le berceau de qui toutes les fées se sont penchées, à qui tout pourrait réussir et qui ne fait qu'échouer, sauf lorsque, une plume à la main, il se met à tracer – sans rature comme Mozart ! – quelques sublimes vers à l'extravagance soigneusement retenue, avec un choix de mots parfait, une ordonnance virtuose et une maîtrise constante, car son inspiration est toujours retenue par ce reste de pudeur du XVIIIe siècle, l'empêchant de tomber – comme un funambule sur un fil – dans la redondance, la grandiloquence ou le pathos, que certains de ses contemporains, de Berlioz à Hugo, ont cultivé malgré leur génie. Comme Chopin, à qui il ressemble tant, il sait traduire l'essentiel en deux mots, sans jamais verser dans la vulgarité. Pouchkine l'avait bien vu, en son temps, qui considérait Musset

Alfred de Musset

comme le seul poète français compréhensible et estimable, même si, par certains aspects, son style s'apparente à celui de ses contemporains un peu plus âgés, John Keats, qu'on enterrera sous cette épitaphe : « Ici repose celui dont le nom était écrit sur l'eau », et Giacomo Leopardi, dans lequel Musset verra, comme lui-même, « le sombre amant de la mort », surtout lorsqu'il confiera à son frère : « Aujourd'hui, je n'ai que du talent ; je puis me permettre de m'amuser. Mais demain ? »

Jamais sans doute on n'aura aussi bien qu'Alfred de Musset retenu les rênes d'une bête fougueuse, et prouvé, comme l'a dit Paul Morand, que si l'équitation est l'art de tenir un cheval en équilibre dans l'espace, la poésie est d'abord celui de la maîtrise absolue des mots. Mais à ce jeu dangereux qui consiste à tout donner à l'art mais rien à son corps ni à son cœur, sinon le refus de s'abandonner à l'amour, sans limite, du tabac, de l'alcool et de la chair, les anges se brûlent vite les ailes. Le jeune et beau gentilhomme va, au fil des jours, des mois et des années, se muer en noctambule impénitent, alcoolique, érotomane et dépressif qui, à quarante ans passés, ne sera plus qu'une des ombres qui peuplent les nuits de Paris, à son époque comme à la nôtre. En sacrifiant son existence à la quête d'une perfection littéraire absolue, Alfred de Musset va démolir sa vie sous le regard impuissant de sa famille qui, jusqu'au bout, le soutiendra en le dégageant entre autres de tout souci financier, mais sans pouvoir l'empêcher de s'autodétruire. C'est ainsi

Un boulevard mythique

qu'il y a chez lui du Rimbaud avant la lettre et peut-être même davantage, puisque le dandysme de l'auteur de *La Confession d'un enfant du siècle* va masquer jusqu'au bout tout ce qu'a de finalement plus spontané, parce que plus rustique, celui des *Illuminations*.

Vision terrible que celle du poète de vingt ans, arpentant en conquérant les grands boulevards du Paris de Louis-Philippe en quête de bonne fortune, et de celui de quarante, assis effondré à une table anonyme du Café de la Régence dans le Paris de Napoléon III, n'attendant plus rien qu'une mort souhaitée pour le guérir de ses blessures existentielles. Il aura flirté et valsé jusqu'au bout avec elle, se rapprochant et s'éloignant jusqu'au moment de se fondre en elle dans un ultime orgasme, après une venimeuse étreinte de jouissance sans amour. Parfaitement conscient de l'inanité de la vie et de son déséquilibre psychique, à la limite de ce qu'on appellerait aujourd'hui la schizophrénie, Musset, qui a souffert toute sa vie d'un dédoublement de personnalité, n'a plus d'illusion sur sa santé mentale. N'écrivit-il pas un jour à George Sand :

> « Je subis le phénomène que les thaumaturges appelaient la possession. Deux esprits se sont emparés de moi. Y en a-t-il réellement un bon et un mauvais ? Non, je ne le crois pas. Celui qui t'effraye, le sceptique, le violent, le terrible, ne fait le mal que parce qu'il n'est pas le maître de faire le bien comme il l'entendrait. Il voudrait être câlin, philosophe, enjoué, tolérant. L'autre ne veut pas

qu'il en soit ainsi. Il veut faire son état de bon ange. Il veut être ardent, enthousiaste, excessif, dévoué ; et, comme son contraire le raille, le nie et le blesse, il devient sombre et cruel à son tour, si bien que les deux anges qui sont en moi arrivent à enfanter un démon. »

Tel est l'itinéraire fulgurant, du zénith au nadir, par lequel l'Ange du Romantisme tomba du firmament au tréfonds, mais en nous laissant la lumière d'une œuvre profondément originale, qui, si elle s'inscrivit dans une « école », n'en demeure pas moins unique en son genre. Deux siècles après la naissance d'Alfred de Musset, tout à la fois prince de la jeunesse et ange déchu du romantisme, il nous a semblé nécessaire de revisiter le destin singulier d'un écrivain impeccable, mais dont l'existence, par ses excès mêmes, le conduisit aux limites de la folie, justifiant ainsi le double sens qu'on peut donner à cette célèbre formule dont il fut l'auteur : « Qu'importe le flacon pourvu qu'on ait l'ivresse. » Cette ivresse d'aimer et de haïr, de construire et de détruire, de vivre et de mourir, tant d'autres avant et après lui l'ont pleinement vécue, de Rimbaud à James Dean, dans l'éblouissement et la souffrance, la jouissance et l'écœurement, l'extase et la solitude. Toutes ces contradictions soulignent non seulement la profonde humanité, mais encore la tragique modernité d'Alfred de Musset qui, peut-être, aujourd'hui, serait un chanteur rock, « accro » aux drogues dures et compagnon de top models et qui, de New York à Berlin, en passant par Paris, multiplierait les expériences les plus « hard » ou les

Un boulevard mythique

plus « trash », pour utiliser le jargon contemporain. Oui, tel fut le moins fréquentable peut-être des romantiques, et en même temps le plus classique, tout à la fois fasciné par la langue et poursuivant d'inaccessibles rêves de femmes, celui qui, dans le plus célèbre de ses poèmes justement, intitulé « Une soirée perdue », se livra avec toutes ses aspirations, ses sensations et aussi ses fantasmes :

J'étais seul, l'autre soir, au Théâtre-Français,
Ou presque seul ; l'auteur n'avait pas grand succès.
Ce n'était que Molière, et nous savons de reste
Que ce grand maladroit, qui fit un jour Alceste,
Ignora le bel art de chatouiller l'esprit
Et de servir à point un dénouement bien cuit.
Grâce à Dieu, nos auteurs ont changé de méthode,
Et nous aimons bien mieux quelque drame à la mode
Où l'intrigue, enlacée et roulée en feston,
Tourne comme un rébus autour d'un mirliton.

J'écoutais cependant cette simple harmonie,
Et comme le bon sens fait parler le génie.
J'admirais quel amour pour l'âpre vérité
Eut cet homme si fier en sa naïveté,
Quel grand et vrai savoir des choses de ce monde,
Quelle mâle gaieté, si triste et si profonde
Que, lorsqu'on vient d'en rire on devrait en pleurer !
Et je me demandais : Est-ce assez d'admirer ?
Est-ce assez de venir, un soir, par aventure,
D'entendre au fond de l'âme un cri de la nature,
D'essuyer une larme, et de partir ainsi,
Quoi qu'on fasse d'ailleurs, sans en prendre souci ?

Enfoncé que j'étais dans cette rêverie,
Çà et là, toutefois, lorgnant la galerie,

Alfred de Musset

*Je vis que, devant moi, se balançait gaiement
Sous une tresse noire un cou svelte et charmant ;
Et, voyant cet ébène enchâssé dans l'ivoire,
Un vers d'André Chénier chanta dans ma mémoire,
Un vers presque inconnu, refrain inachevé,
Frais comme le hasard, moins écrit que rêvé.
J'osai m'en souvenir, même devant Molière ;
Sa grande ombre, à coup sûr, ne s'en offensa pas ;
Et, tout en écoutant, je murmurai tout bas,
Regardant cette enfant, qui ne s'en doutait guère :
« Sous votre aimable tête, un cou blanc, délicat,
Se plie, et de la neige effacerait l'éclat. »*

*Puis je songeais encore (ainsi va la pensée)
Que l'antique franchise, à ce point délaissée,
Avec notre finesse et notre esprit moqueur,
Ferait croire, après tout, que nous manquons de cœur ;
Que c'était une triste et honteuse misère
Que cette solitude à l'entour de Molière,
Et qu'il est pourtant temps, comme dit la chanson,
De sortir de ce siècle ou d'en avoir raison,
Car à quoi comparer cette scène embourbée
Et l'effroyable honte où la muse est tombée ?
La lâcheté nous bride et les sots vont disant
Que, sous ce vieux soleil tout est fait à présent ;
Comme si les travers de la famille humaine
Ne rajeunissaient pas chaque an, chaque semaine.
Notre siècle a ses mœurs, partant, sa vérité ;
Celui qui l'ose dire est toujours écouté.*

*Ah ! J'oserais parler, si je croyais bien dire,
J'oserais ramasser le fouet de la satire,
Et l'habiller de noir, cet homme aux rubans verts,
Qui se fâchait jadis pour quelques mauvais vers.
S'il rentrait, aujourd'hui, dans Paris, la grand'ville,
Il y trouverait mieux pour émouvoir sa bile
Qu'une méchante femme et qu'un méchant sonnet ;*

Un boulevard mythique

Nous avons autre chose à mettre au cabinet.
O notre maître à tous, si ta tombe est fermée,
Laisse-moi dans ta cendre, un instant ranimée,
Trouver une étincelle, et je vais t'imiter !
J'en aurai fait assez si je puis le tenter.
Apprends-moi de quel ton, dans ta bouche hardie,
Parlait la vérité, ta seule passion,
Et pour me faire entendre, à défaut du génie,
J'en aurai le courage et l'indignation !

Ainsi je caressais une folle chimère.
Devant moi cependant, à côté de sa mère,
L'enfant restait toujours, et le cou svelte et blanc
Sous les longs cheveux noirs se berçait mollement.
Le spectacle fini, la charmante inconnue
Se leva. Le beau cou, l'épaule à demi nue
Se voilèrent ; la main glissa dans le manchon ;
Et lorsque je la vis au seuil de sa maison
S'enfuir, je m'aperçus que je l'avais suivie.
Hélas ! mon cher ami, c'est là toute ma vie.
Pendant que mon esprit cherchait sa volonté,
Mon corps avait la sienne et suivait la beauté ;
Et quand je m'éveillai de cette rêverie,
Il ne m'en restait plus que l'image chérie
« Sous votre aimable tête, un cou blanc, délicat,
Se plie, et de la neige effacerait l'éclat. »

CHAPITRE 2

Une si aristocratique bohème

« Je suis venu trop tard dans un monde trop vieux. »

ALFRED DE MUSSET

A Paris, ce 21 mars 1814, une foule ou mieux, un océan humain est en train d'envahir les abords du palais des Tuileries à la tombée du jour. C'est un véritable raz de marée de plusieurs centaines de milliers de femmes et d'hommes, certains en civil, d'autres en uniforme qui, sans se donner le mot, se sont spontanément portés vers ce centre névralgique de la capitale. Il y a là des ménagères, des bourgeois, des soldats, des officiers, tous attirés vers ce palais du pouvoir depuis que, dans l'après-midi, le mot a couru comme une traînée de poudre : « Il revient. »

Et en effet, vers six heures du soir, un mouvement de troupes se fait sentir, des cavaliers à grand trot encadrant une voiture sans luxe dans laquelle, malgré le crépuscule, chacun distingue parfaitement celui qu'on n'aurait pas cru revoir, depuis qu'il y a un an il a quitté le paysage politique, militaire et diplomatique : Napoléon. La voiture s'immobilise devant l'Arc du Carrousel et, avec lenteur, l'Empereur, dans son uniforme de colonel des dragons, bien que singulièrement épaissi depuis sa dernière sortie en public, en descend à présent sous les cris d'enthousiasme de ses innombrables partisans, qu'il salue rapidement, avant de s'engouffrer dans le palais abandonné quelques heures plus tôt par le roi Louis XVIII, avec une telle précipitation que le souverain a oublié sur son bureau sa tabatière. L'Empereur ressuscité s'empresse de mettre celle-ci dans sa poche pour bien montrer à tous et à chacun qu'il reprend possession des lieux et de la France, ce que comprend la foule, toujours assemblée, lorsqu'il paraît au balcon du pavillon de l'Horloge, pour une énième acclamation.

Au pied du bâtiment, perdus dans cette masse célébrant le retour de l'exilé de l'île d'Elbe, deux jeunes garçons sont là, qui n'ont rien perdu de ce spectacle. Conduits par un domestique de leurs parents, Sylvain Rondeau, mais l'aîné tenant déjà fermement la main de son cadet qu'il dirige et protège, ils savent d'instinct qu'il ne leur sera pas donné de longtemps d'en revoir un semblable. Gagnés par la ferveur de cette foule en liesse, ils voudraient bien rester avec elle toute la nuit et partager son émotion, mais le domestique a promis de les ramener chez eux pour le souper. A contrecœur Paul et Alfred de Musset regagnent le logis familial, la tête pleine de bruits,

Une si aristocratique bohème

d'odeurs et d'images gravés à jamais, comme allait l'écrire le premier en évoquant la spectrale apparition : « Alfred de Musset n'avait guère plus de quatre ans alors ; mais cette figure poétique le frappa si vivement qu'il ne l'oublia jamais ; nous la dévorâmes du regard pendant un quart d'heure qu'elle posa devant nous ; et puis elle disparut pour toujours, laissant dans nos imaginations d'enfants une empreinte ineffaçable et dans nos âmes un amour approchant du fanatisme. »

Mais l'enthousiasme ne dure guère, puisque cent jours plus tard, la nouvelle du désastre de Waterloo sonne le glas de la plus fulgurante des épopées que la France ait connues. A nouveau, Paris est occupé par l'armée ennemie qui, si elle ne se livre à aucune exaction particulière, n'en humilie pas moins, par sa seule présence, tous les patriotes nostalgiques du temps où les armées de la République d'abord, de l'Empire ensuite, entraient en vainqueurs, au son du tambour, dans les principales capitales d'Europe, de Munich à Moscou, de Vienne à Rome, de Bruxelles à Naples. Et dans la famille Musset, on est patriote, ce qui explique pourquoi, au mois de mai, les enfants ne supportent pas la présence chez leurs parents de deux officiers prussiens bénéficiaires d'une chambre réquisitionnée par un billet de logement. Leur mère avait dans un premier temps refusé, jetant les clefs par la fenêtre, avant de céder sous la menace, telle une nouvelle Andromaque dont les regards et les soupirs n'avaient pas échappé à sa progéniture désireuse de venger l'affront. Alfred de Musset n'oubliera

Alfred de Musset

jamais les pleurs de sa mère lorsqu'elle apprit le désastre de Waterloo et s'en souviendra beaucoup plus tard dans « Le Rhin allemand », poème patriotique écrit en réponse à « Rheinlied », poème aux accents antifrançais. En attendant, toute l'ambiance dans laquelle Musset va être élevé est contenue dans ce chassé-croisé entre l'Empereur et le roi, comme en témoignera deux décennies plus tard *La Confession d'un enfant du siècle* :

> « Trois éléments partageaient donc la vie qui s'offrait alors aux jeunes gens : derrière eux, un passé à jamais détruit, s'agitant encore sur ses ruines, avec tous les fossiles des siècles des siècles de l'absolutisme ; devant eux l'aurore d'un immense horizon, [...] et entre ces deux mondes [...] le siècle présent [...], qui sépare le passé de l'avenir, qui n'est ni l'un ni l'autre et qui ressemble à tous deux à la fois, et où l'on ne sait, à chaque pas qu'on fait, si l'on marche sur une semence ou un débris. [...] Voilà dans quel chaos il fallut choisir alors ; voilà ce qui se présentait à des enfants pleins de force et d'audace, fils de l'Empire et petits-fils de la Révolution. [...] Toute la maladie du siècle présent vient de deux causes ; le peuple qui a passé par 93 et par 1814 porte au cœur deux blessures. Tout ce qui était n'est plus ; tout ce qui sera n'est pas encore. Ne cherchez pas ailleurs le secret de nos maux. »

C'est que l'Empire, aux yeux de cette famille, avait incarné une époque d'idéal. Le père d'Alfred, Victor-Donatien de Musset-Pathay, n'était-il pas à Marengo, aux côtés du général Marescot, avant de faire une honorable carrière dans l'administration militaire, d'abord au Génie, puis au ministère de l'Intérieur

Une si aristocratique bohème

comme chef du bureau des prisons, des établissements pénitentiaires et des eaux thermales ? Naturellement, même si c'était un poste de « haut fonctionnaire », comme on dirait aujourd'hui, ce n'était pas la position la plus brillante d'un régime conquérant, où ceux qui combattaient sur le champ de bataille se taillaient la part du lion. Ceci explique pourquoi, dans cet extrait célèbre de la *Confession*, le poète allait transcender ainsi la figure paternelle : « Pendant les guerres de l'Empire, tandis que les maris et les frères étaient en Allemagne, les mères inquiètes avaient mis au monde une génération ardente, pâle, nerveuse. Conçus entre deux batailles, élevés dans les collèges au roulement des tambours, des milliers d'enfants se regardaient entre eux d'un œil sombre, en essayant leurs muscles chétifs. De temps en temps, leurs pères ensanglantés apparaissaient, les soulevaient sur leurs poitrines chamarrées d'or, puis les posaient à terre et remontaient à cheval. » Belle image, mais qui ne correspond en rien à celle de Victor de Musset, qui n'était pas militaire mais civil, et œuvra dans les bureaux parisiens, et non dans la boue des glorieux charniers !

Pourtant la famille Musset n'avait rien de commun avec ces lignées bourgeoises qui avaient émergé sous la Révolution et prospéré sous le Directoire, le Consulat et l'Empire, avant d'assurer leur position et leur fortune sous la Restauration et la monarchie de Juillet, et dont Balzac a peint l'ascension avec férocité. Non ! C'était même tout le contraire, puisqu'elle appartenait à une noblesse relativement ancienne, même si la parenté qu'elle revendiquait avec le poète et musicien champenois Colin de Musset relevait probablement de la fantaisie. Mais quelle famille n'a pas ses légendes... En fait, originaires du duché de Bar, les Musset – à l'origine Mussey – avaient fait souche dans le Vendômois, où ils s'installèrent au XVe siècle. A l'époque, Simon de Musset, fils d'Etienne, né vers 1420, y exerçait la fonction de conseiller et maître de la Chambre des comptes du duc d'Orléans, duc de Milan, grâce à laquelle sans doute il fut anobli et reçut ses armoiries, « d'azur à l'épervier d'or, chaperonné, longé, perché de gueules ». Il devint ensuite seigneur de la Maisonfort, de l'Etang et par son mariage avec Jeanne de Bonnas de Courtoisie, cette dernière terre donnant à la famille la jolie devise qu'elle allait bientôt adopter : « Courtoisie, bonne aventure aux preux. »

Simon de Musset eut pour successeur son fils, Denis de Musset, marié à la fille d'un maître d'hôtel de la princesse Marie de Clèves, la propre mère de Louis XII. Et c'est par cette dernière, parente de Catherine du Lys, nièce de Jeanne d'Arc, que la famille cousinait avec la fameuse héroïne du règne de Charles VII, comme Alfred ne manqua pas de le rappeler :

Bornez-vous à savoir qu'il avait la pucelle
D'Orléans pour aïeule en ligne maternelle...

Il s'en réclama plus tard dans les salons, et même dans les bordels, où le rappel de cette singulière

Une si aristocratique bohème

parenté faisait toujours son effet ! Bien sûr, c'était pousser le bouchon un peu loin, mais cette revendication demeure significative, puisque, longtemps oubliée, Jeanne d'Arc fut remise à l'honneur par le romantisme. Et la saga familiale continua avec, comme l'écrit Paul de Musset, « des combattants de l'armée de Charles VII à la bataille de Pathay... des lieutenants généraux de la province de Blois, dont deux ont commandé les compagnies d'arquebusiers et les cinquante hommes d'ordonnance du roi Henri III », ce qui n'empêcha pas les Musset, sitôt la Réforme venue, de se convertir au protestantisme, comme une grande partie de l'élite du temps. Et la filiation se poursuit avec Claude de Musset, qui épousa la fille du chirurgien-barbier de François Ier, Nicolas Girard de Salmet. Par cette dernière, le patrimoine de la famille s'enrichit du superbe manoir de la Bonaventure, à Mazangé, dans le cadre paisible et verdoyant du confluent du Loir et du Boulon, aux environs de Vendôme, qui allait composer la seconde partie de leur devise. Cette ancienne commanderie templière, selon la tradition familiale, avait été jadis utilisée par Antoine de Bourbon, père d'Henri IV, pour ses parties fines avec de jeunes donzelles. D'où cette chanson de Ronsard sur les fredaines du prince, dont le refrain était « La bonne aventure au gué, la bonne aventure... ».

Pendant trois siècles, les Musset vont occuper cette élégante demeure seigneuriale, avec son corps de logis du XVe siècle, ses fenêtres à meneaux, sa poterne, ses tours et son enceinte. Le père d'Alfred, en 1809, en héritera, ainsi que du domaine voisin de la Vaudurière, à Lunay, trois ans avant la naissance de son cadet. Celui-ci, enfant et adolescent, y fera plusieurs séjours avec son frère et leur sœur, et à douze ans le dessinera. En 1847, les Musset vendront la Bonaventure à la famille Sachy de Fourdrinoy, qui s'en séparera en 1911 à l'époque où, pour fêter le centenaire de la naissance de Musset, une troupe de comédiens y jouera *On ne badine pas avec l'amour* dans un théâtre de verdure. Classée monument historique en 1966, la Bonaventure, bien restaurée, est aujourd'hui ouverte à la visite et comporte quelques salles consacrées à la mémoire du poète.

A la génération suivante, Guillaume de Musset épouse en 1580 la fille de Cassandre Salviati, celle que Ronsard a aimée platoniquement et chantée dans nombre de ses poèmes, en particulier son recueil intitulé *Les Amours de Cassandre*. Fille de Bernardo Salviati, seigneur de Talcy en Beauce et banquier florentin exilé en France, celle-ci avait épousé Jean de Peigné, seigneur de Pray. Par cette union, la destinée des Musset, non seulement croisait celle du grand poète de la Renaissance, mais encore incorporait une goutte de sang italien qui l'associait étroitement à la capitale des Médicis, dont les Salviati étaient proches. Ceci, sans nul doute, allait inspirer Alfred lorsqu'il écrivit *Lorenzaccio*. Mais cet entrecroisement poétique n'est pas le dernier à garnir l'arbre généalogique du poète. Si, en effet, le 24 janvier 1635, François de Musset périt

Une si aristocratique bohème

au siège de Philipsbourg et, dix ans plus tard, Charles de Musset, à celui de Mardyck, et si encore Alexandre de Musset combattit toute sa vie aux côtés du maréchal de Saxe, en 1707 Charles-Antoine de Musset, capitaine de dragons, épousa Marguerite Angélique du Bellay, fille d'un gouverneur de Vendôme, et descendante non pas de Joachim, mais de son cousin germain, ce qui ajouta quand même la présence d'un second écrivain de poids dans la parenté d'Alfred, à la manière d'un triptyque : Ronsard, du Bellay, Musset, trois étoiles étincelantes au firmament des lettres françaises.

Les diverses branches des Musset, à l'extrême fin du siècle des Lumières, habitaient les bords de Loire, menant dans leurs domaines, ni luxueux ni misérables, l'agréable existence de gentilshommes terriens, faisant bonne chère et ne négligeant ni la galanterie ni le bel esprit, heureux de se recevoir et de partager les valeurs de ce qu'on allait appeler « le temps de la douceur de vivre », bien qu'ils fussent toujours prêts à payer l'« impôt du sang », c'est-à-dire se faire trouer la peau lorsque le service du roi le commandait. De ce mariage naquirent plusieurs enfants, dont Joseph-Alexandre de Musset, colonel-major, qui épousa Jeanne-Catherine de Besnard d'Herville, laquelle mit au monde plusieurs enfants, parmi lesquels Victor-Donatien de Musset, né le 5 juin 1768, à la Vaudourière, paroisse de Lunay, près de Vendôme, filleul du célèbre Rochambeau, l'un des héros de la guerre d'indépendance américaine et futur père d'Alfred.

Alfred de Musset

Comme il était né cadet, sa famille résolut de faire de ce dernier un homme d'Eglise, ce qui, à l'époque, était l'usage. A cet effet, on le fit étudier d'abord au collège de Vendôme, ensuite à celui de La Flèche, à l'issue de quoi on lui donna un canonicat de la cathédrale de La Rochelle, et un autre à sa sœur, pensionnaire des dames de Saint-Cyr. Mais la Révolution venait de commencer, ce qui n'était pas le meilleur moment pour débuter une carrière ecclésiastique, d'autant que Victor de Musset n'avait pas la vocation. Evitant l'ordination, le jeune homme – comme Joachim Murat et tant d'autres – profita donc du grand bouleversement pour fuir l'Eglise, tout comme, à cette même époque, l'abbé François Baudelaire, qui se defroqua sous la Révolution avant de devenir le père d'un petit Charles qui, lui aussi, allait faire un jour parler de lui – même s'il n'aima jamais ce Musset auquel pourtant, par bien des points, il ressembla.

Victor-Donatien de Musset choisit alors d'entrer dans l'administration militaire de la Nation, tandis que son frère aîné, capitaine au régiment de Bresse, quittait la France pour servir dans l'armée des princes, où il allait être tué. Ce n'était là qu'une contradiction apparente, puisque beaucoup de familles nobles de France se virent partagées entre adversaires et partisans de la Révolution – en conséquence des frères allaient se retrouver dans des armées ennemies, parfois même face à face ! Adepte de la philosophie des Lumières, le jeune homme servit loyalement le

Une si aristocratique bohème

nouveau régime, ce qui ne l'empêcha pas, rapporte la tradition, de se compromettre en sauvant de l'échafaud un prisonnier, croisé près de Tours, qu'il aida à s'échapper. Devenu bientôt aide de camp du général Marescot pendant les guerres d'Italie, il savoura cette aventure et revint en France pour intégrer l'administration du Génie. Ce fut à ce moment qu'il se maria dans un milieu qui partageait ses idées, en épousant Edmée Guyot-Desherbiers, née le 14 avril 1780 à Paris, fille aînée de Claude-Antoine Guyot-Desherbiers et de son épouse, née Marie-Anne Daret. Une miniature de Dumont représente cette dernière assise devant un piano-forte en compagnie de sa sœur cadette, Anne. Naquirent ensuite, le 7 novembre 1804, Paul-Edme et, le 11 décembre 1810, Louis-Charles-Alfred. Deux autres enfants suivront, Oscar, le 6 novembre 1814, qui ne vivra que quelques mois, et Charlotte-Amélie-Hermine, qui viendra plus tard, le 1er novembre 1819, et fut la douce et tendre sœur cadette du futur poète.

Originaire d'une ancienne famille de Champagne, Claude-Antoine Guyot, fils de Prudent-Nicolas Guyot, seigneur des Herbiers, conseiller et procureur du roi à Joinville, et de Catherine Guérin de La Roche-Pallière, était devenu magistrat à Paris, dans les dernières années de l'Ancien Régime. Cet homme d'esprit avait commis quelques brûlots contre le chancelier Maupéou. Il était devenu l'ami de l'abbé Morellet, de Cabanis, de Lalande et aussi de Barras, qui l'avait fait nommer directeur du Comité de législation civile. Est-ce cette position qui lui permit de cacher chez lui le fameux baron de Batz, qui avait tenté de faire évader du Temple Marie-Antoinette ? Peut-être. Tour à tour secrétaire général du Conseil des Cinq-Cents sous le Directoire, puis lui-même député au Corps législatif sous le Consulat, ce fin juriste, qui écrivit entre autres un « Poème du chat » et édita les *Mémoires* de Ninon de Lenclos, allait être pour ses petits-enfants Musset un merveilleux grand-père qui les amusait en leur récitant le théâtre du XVIIIe siècle qu'il connaissait par cœur. Paul de Musset a écrit de lui : « C'était une gaieté gauloise, une manière pittoresque de dire toutes choses qui donnait un grand charme à sa conversation », tandis qu'Alfred, qui devait s'inspirer de lui pour camper les personnages de Fantasio, de Valentin ou de l'Octave des *Caprices de Marianne*, confia un jour à Louise Colet : « Mon père, qui était un classique, un esprit philosophique très net que n'obstruaient jamais les brumes de la métaphysique moderne, se demandait où j'avais pris cette raillerie tourmentée qui jetait des cris d'angoisse à travers les sarcasmes, et cette légèreté où perçaient des pointes douloureuses comme celle d'un cilice » ; disant de son grand-père, « qui avait écrit des essais en prose et en vers sans songer à la publicité, sans se préoccuper de la renommée », qu'il avait « une originalité et une verve ennemies du banal qui charmaient son esprit ». Et Musset concluait : « J'étais un peu le reflet de cet esprit primesautier. » Alfred de Musset exprime dans ces lignes le fait que jamais il n'oublierait avoir touché au XVIIIe siècle par ce grand-père singulier et d'en

Une si aristocratique bohème

avoir conservé, comme un talisman, une partie de l'esprit.

A ces influences plus croisées que contradictoires allait s'ajouter un autre personnage, l'oncle maternel du futur poète, Stephen Guyot-Desherbiers, fils cadet du précédent, sous-préfet de Fougères, de Brive puis de Mirecourt. Cet homme sera le confident de son neveu et, d'une certaine manière, son meilleur ami, celui chez qui Alfred se réfugiera lorsqu'il sera triste ou déprimé, et qui cultivera jusqu'à la fin cet esprit si particulier des Guyot-Desherbiers. Mais un troisième écrivain compta encore dans la formation d'Alfred. Il s'agit du propre cousin de son père, Louis-Alexandre-Marie de Musset, qui portait le titre de marquis de Cogners, lieutenant-colonel au régiment d'Auvergne à la fin de l'Ancien Régime. Tour à tour romancier sous le pseudonyme de Billerie, puis auteur d'essais divers, parmi lesquels *L'Amitié à l'épreuve de l'amour-propre et de l'amour*, il écrivit entre autres une féroce satire contre les jésuites. Maire de Cogners sous la Révolution, il poursuivit sa féconde carrière d'homme de lettres avant de devenir député au Corps législatif sous l'Empire. Alfred de Musset, son filleul, allait effectuer de nombreux séjours au château de Cogners, trouvant toujours chez son parrain bon accueil et complicité, jusqu'à sa mort survenue en 1839.

Une fois installé à Paris, Victor-Donatien de Musset y poursuivit sa carrière de fonctionnaire, passant

Alfred de Musset

de l'armée à l'Intérieur, où il conserva son poste de chef de bureau pendant les premières années de la Restauration, avant de tomber en disgrâce en raison de ses opinions considérées comme trop libérales. Bénéficiant cependant de l'amitié de Charles-Louis Huguet de Sémonville, grand référendaire de la Chambre des pairs, il fut alors nommé bibliothécaire au palais du Luxembourg, où il put se consacrer à sa passion pour les lettres. Déjà auteur en 1798 d'un ouvrage intitulé *L'Anglais cosmopolite ou Voyage de Milord Laugher*, puis, l'année suivante, de *La Cabane mystérieuse*, il s'attaqua à la réalisation d'un véritable monument, la première édition des œuvres complètes de Jean-Jacques Rousseau, assortie d'une biographie du philosophe de Genève, dans laquelle il tenta de réhabiliter sa mémoire, très décriée à cette époque. En 1828, Victor-Donatien de Musset revint enfin au ministère de la Guerre, où on lui confia le bureau des prisons ; il y demeurera jusqu'à sa mort, en 1832, sous la monarchie de Juillet. Dans son livre de souvenirs, son fils aîné le dépeint ainsi : « Aux qualités du cœur, Victor de Musset joignait tous les agréments de l'esprit qui font ce qu'on appelle un homme aimable : une gaieté étincelante, une promptitude de repartie qui étonnait, une érudition profonde dont il ne faisait point parade. En peu de mots, il racontait une anecdote avec une bonhomie qui déguisait beaucoup d'art. A table, au milieu de ses plus intimes amis, quand le vin et la bonne chère l'animaient, la gaieté lui montait à la tête, et c'était alors un feu roulant de saillies et de boutades comiques ; mais dans le badinage comme dans les

Une si aristocratique bohème

occasions sérieuses, s'il remarquait une apparence d'hostilité, sa langue devenait acérée, ses yeux lançaient des flammes, il ripostait d'une vigueur à emporter la pièce, et se calmait immédiatement. Jamais il ne sortit d'une escarmouche de ce genre sans avoir battu son adversaire ; aussi était-il redouté des gens hargneux. »

Contrairement à ses collègues fonctionnaires, Victor-Donatien de Musset-Pathay (ce dernier patronyme ajouté, selon l'usage, pour se démarquer de ses cousins de la branche aînée) n'est donc ni compassé, ni empesé, ni enfermé dans le conformisme ambiant d'une société impériale puis monarchique glissant doucement vers l'ordre moral. Tout au contraire, c'est un fantaisiste épris de liberté, considérant en son for intérieur que seule la littérature vaut quelque chose, comme le montre sa passion pour Jean-Jacques Rousseau. Il sera, de ce fait, le père idéal pour son cadet, acceptant qu'il consacre sa vie à écrire plutôt qu'à exercer un métier quelconque. Musset aurait-il pu être ce qu'il allait devenir, s'il n'était pas venu au monde dans ce milieu, certes aisé mais bohème, si différent de celui de Chateaubriand à Combourg ou de Stendhal à Grenoble, voire de Balzac à Tours ? Ce n'est pas certain. Il faudra du temps et l'épreuve de la maladie pour que le docteur Flaubert accepte que son cadet, Gustave, renonce à toute étude et toute carrière, de même, plus tard encore, pour le docteur Proust et son cadet Marcel. Victor-Donatien de Musset est un modèle de père qui, dans un premier temps, permet à ses fils de puiser à leur guise dans sa bibliothèque, avant de les laisser libres de mener leur vie, d'autant que sa fortune personnelle et celle de sa femme, composée essentiellement de fermes en Vendômois pour le premier, en Champagne pour la seconde, leur donneront toute latitude de vivre sans travailler, ou tout au moins sans avoir à se préoccuper de ce qui est nécessaire pour se loger, se nourrir, se soigner, pour voyager, régler les gages des domestiques et même, pour s'amuser.

Son épouse et lui aimeront jusqu'au bout leurs enfants sans rien leur demander en retour. Le couple, ayant su fonder une famille gaie et unie, fera tout son possible pour aider, protéger et défendre celui dont chacun, tant par intuition que par prescience, est persuadé depuis sa venue au monde qu'il est incontestablement ce que cette lignée aristocratique mais si bohème a donné de meilleur, celui qui, probablement, permettra à son nom de dépasser la simple renommée mondaine pour atteindre à la postérité. Que diable, on a beau être une famille aristocratique, cela n'empêche pas d'être anticonformiste, en vénérant Jean-Jacques Rousseau – qu'on commence à considérer comme l'un des responsables de la Révolution française –, en se permettant d'oublier d'aller à la messe le dimanche, en ne cachant pas son opposition à la politique du roi, et surtout, surtout, en laissant chacun libre de penser ce qu'il veut, de faire ce dont il a envie ! Au fond, peut-être est-ce là la véritable manière de se comporter en aristocrate ; à cela, Alfred de Musset ne dérogera jamais.

CHAPITRE 3

La douce enfance
d'un cadet très aimé

« Les voilà ces buissons, où toute ma jeunesse
Comme un essaim d'oiseaux chante au bruit de mes pas... »

ALFRED DE MUSSET

Un coq chante à l'aube ; une charrette emplie de foin passe sur les pavés fatigués ; des chiens errants reniflent dans le caniveau pour dénicher quelque nourriture ; un fiacre, toutes fenêtres closes, emporte à grande allure quelques-uns de ces messieurs de la Sécurité – et qui sait, peut-être François Vidocq lui-même ! –, un soldat en retard pour s'être trop attardé dans les bras de sa belle court rejoindre son régiment. Rien d'autre ne vient troubler cette paisible matinée de printemps dans la rue des Noyers, à Paris, sur la rive gauche, à quelques pas de l'hôtel de Cluny, en cette dernière année du règne de l'Empereur. Tout est calme, rien n'a vraiment changé dans cet immeuble situé au numéro 33 ; les locataires y mènent une vie tranquille, comme au fond d'un village, un de ces nombreux villages qui composent la capitale du Grand Empire, à mi-chemin des beaux hôtels des quais et du sordide quartier Maubert à la misère fameuse et pittoresque.

Le Paris de Napoléon Ier est bien différent de celui de Napoléon III, qui va le reconstruire presque entièrement. A l'exception de quelques artères nouvelles, comme la rue de Rivoli, c'est encore celui de Louis XVI, avec ses vieux quartiers un peu abandonnés, ses frondaisons cachées derrière de hauts murs, ses abords immédiats bordés de cultures et de champs, où paissent les animaux, comme une grande ferme à ciel ouvert. Ainsi en est-il de la rue des Noyers, où demeure la famille Musset, ainsi que, toute proche, la famille Guyot-Desherbiers et une grand-tante, Mme Denoux, dont le jardin de l'hôtel est contigu à l'église Saint-Jean-de-Latran, ce qui constitue un merveilleux terrain de jeux pour les enfants, frères, sœurs, cousins et parents. Le dimanche, on fait atteler et tout le monde s'en va déjeuner chez la tante Denoux. Elle possède une belle maison de campagne à Bagneux, où toutes les folies sont permises. Est-ce là que le peintre Van Brée a composé cette miniature où l'on voit Paul et Alfred de Musset assis sur une pierre, les pieds dans un ruisseau ? Aujourd'hui, tout a disparu, l'immeuble où est né Alfred-Charles-Louis de Musset, la rue et même l'église, emportés par le percement du boulevard Saint-Germain, ainsi que

La douce enfance d'un cadet très aimé

la maison de Bagneux, pulvérisée par l'urbanisme contemporain. Si l'on voulait situer ce quartier, disons, pour être précis, qu'il serait quelque part entre la station de RER Saint-Michel et la place Maubert, au cœur de ce Quartier latin, le plus ancien de la capitale.

En sa quatrième année, le petit Alfred de Musset est un enfant attachant, au charme duquel nul ne semble pouvoir résister, sa mère en premier lieu, consciente que son cadet sait, d'instinct, séduire tous ceux qui le rencontrent. Il est vrai que ses premiers mots sont prometteurs, comme ce jour où, après l'avoir accompagnée à la messe – encore que la famille soit peu pratiquante –, il lui lance : « Maman, irons-nous encore, dimanche prochain, voir la comédie de la messe ? » Ou cet autre, alors qu'on lui avait offert de superbes souliers rouges avec lesquels il avait hâte de sortir et que sa mère tardait à l'habiller : « Dépêchez-vous donc, maman, ou mes souliers neufs seront vieux ! » Enfin, un jour où il avait commis quelque bêtise, sa jeune tante Nadine, qui jusque-là était tout à sa dévotion, lui déclara que, s'il persistait, elle ne l'aimerait plus. « Tu crois cela, lui répondit-il effrontément, mais tu ne pourras pas t'en empêcher. »

La jeune femme ayant pris un air sévère, il la regarda avec attention, un peu inquiet tout de même, épiant la moindre faiblesse, jusqu'à ce qu'elle se mette à rire, et s'écria alors : « Je vois bien que tu m'aimes ! »

Alfred de Musset

Prit-il, dès sa petite enfance, conscience du pouvoir qu'il exerçait sur les autres et plus particulièrement sur les femmes ? Sans doute. Un jour où, pour le punir d'une quelconque faute, sa mère l'avait enfermé dans un placard, il lui joua une belle comédie en s'écriant, derrière la porte : « Ah ! comme je suis malheureux ! Mais j'ai bien mérité d'être puni par une maman si bonne qui m'aime tant ! Il faut donc que je sois méchant, pour qu'elle soit fâchée contre moi ! Comment faire pour qu'elle me pardonne ? Oh ! le vilain enfant que je suis ! C'est le bon Dieu qui me punit ! »

Madame de Musset fut-elle touchée par ce monologue ? Au moment où elle ouvrit la porte du cabinet, son fils, qui ne s'en était pas aperçu, terminait sa péroraison dont il croyait qu'elle n'avait pas eu l'effet escompté, par ce froid commentaire : « Va, tu n'es pas attendrissante ! »

Du reste, une cousine de son âge, c'est-à-dire de quatre ou cinq ans, Clélie, fille d'un magistrat en poste à Liège, s'éprit de lui et ce fut réciproque, puisque tous deux décidèrent de se marier. « Je la prends et je la garde », s'écria l'enfant. Mais il allait s'avérer si possessif que, des années plus tard, lorsque sa cousine, devenue adulte, épousa un sieur Moulin et s'installa avec lui près de Beauvais, on le lui cacha, jusqu'à ce qu'il fût assez adulte pour comprendre. Magnanime, il allait inviter Clélie à sa réception à l'Académie française, en 1852, et tous deux s'amuseraient de l'aventure. Il est vrai qu'avec ses longs cheveux blonds que, selon l'usage, on n'a pas encore coupés, Alfred est un très bel enfant qui

La douce enfance d'un cadet très aimé

fait l'admiration des femmes, mais aussi de tous ceux qui l'aperçoivent, de près comme de loin. En 1814, alors que la famille Musset se rend en Champagne pour la célébration du mariage d'une parente, Alfred ne quitte pas la portière pour contempler le paysage. A chaque relais de poste, la halte attire une immense quantité de badauds autour de la voiture, ceux-ci croyant voir « l'Aiglon », le fils de Napoléon et de Marie-Louise ! Est-il fier de cette aventure ? Sans doute est-il trop jeune, et il préfère les succès qu'il remporte dans le salon de sa mère, comme il le confiera plus tard à Caroline Jaubert : « Je récitais des fables au milieu du salon, après quoi j'embrassais tout le monde. »

Quelques années plus tard, la carrière de Victor-Donatien de Musset s'exerçant désormais au palais du Luxembourg, la famille emménage rue Cassette, une petite artère toujours existante mais donnant, à l'époque, sur le jardin qui, non seulement n'avait pas, alors, la même forme qu'aujourd'hui, mais était encore beaucoup plus vaste. Ils sont les locataires de la baronne Gobert, veuve d'un général du Premier Empire tué en Espagne, et qui sera bientôt célèbre par l'extraordinaire sculpture que fera de lui David d'Angers, sur sa tombe, au cimetière du Père-Lachaise. En prenant possession des lieux, les deux frères trouvent un nouveau compagnon de jeux, Léon Gobert, le propre fils de leur propriétaire, un peu plus âgé qu'Alfred. Tous trois passent leur temps à courir dans le jardin du Luxembourg ou à s'enivrer d'aventures en dévorant les livres de la bibliothèque familiale. Cette amitié se consolidant, le médecin conseilla le grand air et, en accord avec le comte et la comtesse de Musset, la baronne Gobert mit à disposition du trio son château des Clignets, près de Franconville sous Bois, au nord de Paris, dans l'actuel Val-d'Oise, ancien fief des marquis d'O qu'elle avait acheté, avec son mari, quelques années plus tôt. Dans cette vaste demeure à moitié en ruine et envahie par le lierre, mais pleine de charme et remplie de surprises, les garçons mènent une intense vie de liberté. Un jeune précepteur, Bouvrain, a été embauché moins pour les surveiller que pour les suivre en tentant de leur apprendre quelque chose *in situ*, le dictionnaire dans la poche, selon les préceptes de Jean-Jacques Rousseau. C'est au cours d'une de leurs pérégrinations qu'Alfred, qui s'était juché sur un des murs en ruine, fait une dangereuse chute à travers les ronces, dont il sort heureusement indemne. Quand ils ne vont pas à travers les champs ou aux lisières de la forêt de Carnelle, les garçons sont reçus à la ferme de cet immense domaine de quelque 210 hectares, tenue par la famille Piédeleu, où ils apprennent les réalités de la vie en regardant leur hôtesse tordre le coup aux pigeons ou saigner les volailles. Alfred mettra en scène tout ce petit monde dans « Margot » et « Le secret de Javotte », sans se vanter toutefois de la mésaventure que les enfants connurent le jour où ils manquèrent de périr asphyxiés dans une grande meule de foin où ils s'étaient réfugiés pour échapper à un molosse.

La douce enfance d'un cadet très aimé

De retour rue Cassette à l'automne, les garçons reprennent le cours studieux de leurs études, ce qui n'empêche pas Alfred d'être toujours aussi turbulent, lui qui tantôt brise la glace du salon avec l'une des boules d'ivoire du billard de son père, tantôt coupe les rideaux neufs à peine livrés, farces dont il est d'autant plus coutumier qu'aucune punition ne les sanctionne. Est-ce la mort prématurée du petit Oscar ou la naissance d'Hermine le 1er novembre 1819 qui lui vaut cette clémence de ses parents, trop occupés à pleurer le départ de l'un et célébrer l'arrivée de l'autre ? Sans doute, tout comme le côté « bohème » de cette singulière famille si peu conventionnelle. Le résultat est que le jeune Alfred est quelque peu livré à lui-même. Dévorant les romans de chevalerie et les récits d'aventures, il bascule rapidement dans l'imaginaire, encouragé du reste par son frère aîné et leur camarade Léon qui, à plaisir, l'incitent à se réfugier dans ce qu'on appellerait de nos jours un monde « virtuel », fait d'escaliers secrets et de portes enchantées, dont ils imaginent l'immeuble rempli. Les deux frères élèvent ainsi un édifice oriental avec un escalier en spirale composé de livres, représentant « le palais du Calife Aaroun, celui du général Aboul-Kasem, le souterrain à la porte de bronze, la grotte d'Ali-Baba », tandis qu'ils décrètent que les meubles sont en réalité des bêtes sauvages endormies. Alfred, du reste, ne s'initie-t-il pas à la pratique de la magie ou, plus simplement, à la prestidigitation, art pour lequel il éprouvera toujours une véritable passion ? Il est évident qu'il n'est pas un enfant comme les autres et qu'il ne deviendra pas un homme comme les autres. Son destin, se dit Paul, qui projette déjà ses rêves sur son cadet, sera forcément exceptionnel. Quant à Léon Gobert, il pense de la même manière, sans savoir que le sien sera tragique, puisqu'il va connaître une mort prématurée en 1833, en Egypte, où il succombera au choléra, après s'être imprudemment baigné dans le Nil.

En attendant, ce sont les frères Musset qui, en 1819, manquent de périr. Invités à passer la fin de l'été chez leur oncle, alors sous-préfet de Fougères, puis à Rennes chez un ami de leur père, celui-ci les conduit à Dinan pour leur faire découvrir la mer qu'ils n'ont encore jamais vue. Là, ils embarquent sur la Rance à bord d'un petit bateau qui, au bout d'un moment, chavire. Un navire de pêche, cependant, parvient à les sauver et les conduit sains et saufs à Saint-Malo. La Manche n'a pas voulu prendre le futur astre du romantisme. Chacun y voit un signe du destin, Alfred le premier. Cet incident clôt, sinon l'enfance d'Alfred de Musset, du moins le temps de l'innocence. L'adolescence arrive, en effet, et avec elle cette prise de la toge virile que représente l'entrée au collège. Une époque s'achève, douce, tendre, familiale, préservée ; une autre s'ouvre, plus dure, plus rigoureuse, en un mot plus formatrice, qu'Alfred aborde en découvrant *Don Quichotte*, l'extraordinaire roman de Cervantès, dont les mots sont sans cesse à la limite du rêve et de la réalité, un peu comme

La douce enfance d'un cadet très aimé

sa vie future, un peu comme le jardin du Luxembourg, contemplé depuis la fenêtre, est à la limite de la cité et de la nature, ainsi qu'il en conservera à jamais le souvenir :

> « La chambre où nous étions donnait sur le Luxembourg, dont le jardin s'étendait loin devant mes yeux. Comme un liège qui, plongé dans l'eau, semble inquiet sous la main qui le renferme et glisse entre les doigts pour remonter à la surface, ainsi agissait en moi quelque chose que je ne pouvais ni vaincre ni écarter. L'aspect des allées du Luxembourg me fit bondir le cœur et toute autre pensée s'évanouit. Que de fois sur ces petits tertres, faisant l'école buissonnière, je m'étais étendu sous l'ombrage, avec quelque bon livre, tout plein de folle poésie ! Car, hélas, c'étaient là les débouchés de mon enfance. Je retrouvais ces souvenirs lointains sur les arbres dépouillés, sur les herbes flétries des parterres. Là, quand j'avais dix ans, je m'étais promené avec mon frère et mon précepteur, jetant du pain à quelques oiseaux transis ; là, assis dans un coin, j'avais regardé durant des heures danser en rond des petites filles ; j'écoutais battre mon cœur naïf aux refrains de leurs chansons enfantines ; là, rentrant du collège, j'avais traversé mille fois la même allée, perdu dans un vers de Vigile, et chassant du pied un caillou. O mon enfance, vous voilà, m'écriais-je, ô mon Dieu, vous voilà, ici ! »

Mais au-delà du seul tropisme du Luxembourg, Alfred prend-il très tôt conscience de sa différence ? L'enfant hypersensible et agité qu'il fut dès le début a manifestement compris dès le commencement de son histoire qu'il n'était pas comme les autres, et cela apparaîtra dans cette autre confession qu'il écrira plus tard, parallèlement à celle d'« un enfant du siècle » : l'« Histoire d'un merle blanc », vision à sa manière du « vilain petit canard », et dans laquelle le héros fait un rude apprentissage de sa psychologie :

> « Mon père et ma mère étaient deux bonnes gens qui vivaient, depuis nombre d'années, au fond d'un vieux jardin du Marais. C'était un ménage exemplaire. Pendant que ma mère, assise dans un buisson fourré, pondait régulièrement trois fois par an, et couvait, tout en sommeillant, avec une religion patriarcale, mon père, encore fort propre et fort pétulant malgré son grand âge, picotait autour d'elle toute la journée, lui apportant de beaux insectes qu'il saisissait délicatement par le bout de la queue pour ne pas dégoûter sa femme et, la nuit venue, il ne manquait jamais, quand il faisait beau, de la régaler d'une chanson qui réjouissait tout le voisinage. Jamais une querelle, jamais le moindre nuage n'avait troublé cette douce union. A peine fus-je venu au monde, que, pour la première fois, mon père commença à montrer de la mauvaise humeur. Bien que je ne fusse encore que d'un gris douteux, il ne reconnaissait en moi ni la couleur ni la tournure de sa nombreuse postérité. "Voilà un sale enfant, disait-il quelquefois en me regardant de travers ; il faut que ce gamin-là aille apparemment se fourrer dans tous les plâtras et dans tous les tas de boue qu'il rencontre pour être toujours si laid et si crotté.
>
> — Eh, mon Dieu ! Mon ami, répondait ma mère, toujours roulée en boule dans une vieille écuelle dont elle avait fait son nid, ne voyez-vous pas que c'est de son âge ? Et vous-même, dans votre jeune temps, n'avez-vous pas été un charmant

La douce enfance d'un cadet très aimé

vaurien ? Laissez grandir notre merluchon, et vous verrez comme il sera beau ; il est des mieux que j'ai pondus." Tout en prenant ainsi ma défense, ma mère ne s'y trompait pas ; elle voyait pousser mon fatal plumage, qui lui semblait une monstruosité ; mais elle faisait comme toutes les mères, qui s'attachent souvent à leurs enfants, par cela même qu'ils sont maltraités par la nature, comme si la faute en était à elles ou, comme si elles repoussaient d'avance l'injustice du sort qui doit les frapper. »

Un « merle blanc », Alfred de Musset ? Oui, et même fier de l'être, ce qui fera de lui un authentique romantique, c'est-à-dire un être autre, inclassable et jamais vulgaire, au sens où la vulgarité est précisément le conformisme bourgeois, toujours à la marge, comme Chateaubriand, mais à la marge du génie ; là est toute la différence ! D'où ce cri qu'il pousse déjà, comme une promesse d'avenir et un défi d'ambition, qui n'est pas celui de Rastignac, « à nous deux Paris », mais le sien propre : « Qui, de nous, qui va devenir un Dieu ? »

CHAPITRE 4

Le collégien d'Henri IV

« Du temps où j'étais écolier,
Je restais un soir à veiller
Dans notre salle solitaire.
Devant ma table vint s'asseoir
Un pauvre enfant vêtu de noir
Qui me ressemblait comme un frère. »

ALFRED DE MUSSET

En ce mois d'octobre 1819, à Paris, en début de matinée, les garçons se rendent par petits groupes sur la montagne Sainte-Geneviève pour rejoindre le lycée Henri IV, installé dans l'ancienne abbaye Sainte-Geneviève. Comme aujourd'hui, il y a les bûcheurs, pressés d'aller entendre un cours qui les passionne, les dilettantes, qui s'attardent sur un détail pittoresque de la rue, et les indifférents, qui se fondent dans l'anonymat de la foule estudiantine. Soudain, une clameur se fait entendre à l'arrivée d'un garçon de moins de dix ans, au col de dentelle festonné, au visage encadré de longues boucles

Alfred de Musset

blondes. Est-ce une fille dans un habit de garçon ? En tout cas, pour ces adolescents, il y a là comme une provocation et l'occasion d'un beau chahut qui, très rapidement, atteint son comble, et que répriment à coup de menaces de colles les maîtres de disciplines, appelés en renfort. Du Charles Bovary de Flaubert au Silbermann de Jacques de Lacretelle, ce n'est là qu'une de ces éternelles manifestations de phobie collective contre la différence, dont l'univers scolaire, comme son homologue carcéral, est coutumier.

Le calme revient, mais les lycéens n'aiment guère la répression. Aussi, à la fin des cours, à l'heure de la clôture, ils tendent une embuscade à l'intrus qui se voit brutalement houspillé, poussé, renversé, insulté et même frappé, jusqu'au moment où son frère aîné, enfin alerté, vient le soustraire à ses agresseurs et le ramène en larmes à la maison, rue Cassette, pas très loin de là, de l'autre côté du jardin du Luxembourg où il tentera de le consoler. Le lycée Henri IV est sans doute le seul en France à posséder, depuis plus d'un siècle, la statue d'un de ses élèves qui, le jour où il y entra pour la première fois, y fut aussi mal reçu par ses pairs ! Car c'est ainsi qu'Alfred de Musset entra dans le monde scolaire, lui l'enfant jusque-là surprotégé, découvrant la cruauté de l'existence, la dure réalité de la vie. Mais l'enfant ne manque pas de caractère. A sa demande, on coupe donc ses beaux cheveux blonds. Heureusement, contrairement à Jean-Paul Sartre, plus tard, ce sacrifice ne l'enlaidit pas,

Le collégien d'Henri IV

comme en témoignera un autre de ses camarades, Eugène Haussmann, le futur préfet de Paris sous Napoléon III : « C'était un très joli garçon, blondin comme nous, moins vigoureux, mais aussi, de taille élancée, très recherché dans sa tenue, plein d'afféterie dans ses manières. On l'appelait Mademoiselle de Musset. » Et, avec lui, Victor Hugo se souvenant de « ce gentil garçon aux cheveux d'un blond de lin, au regard ferme et clair, aux lèvres vermillonnantes ».

Le bizutage passé, la situation redevient normale et Victor-Donatien de Musset se dit qu'il a bien fait de mettre ses deux fils au collège, le second surtout qui, jusque-là tout le temps fourré dans les jupes de sa mère, de ses tantes et de leurs femmes de chambre, avait besoin de se viriliser un peu. Au reste, Alfred, malgré sa myopie, y fait bientôt des merveilles. Très vite, il se révèle être un excellent élève dans pratiquement tous les domaines, littéraire comme scientifique ou artistique. Son don du dessin de caricature notamment n'échappe à personne, de même que ses dispositions musicales. Il est clair que, non seulement il a d'incontestables facilités intellectuelles, mais encore du goût pour l'étude, comme du reste la plupart des membres de sa famille. L'enfant n'a-t-il pas, l'été précédent, à l'occasion d'une discussion avec un officier, chez son oncle en Bretagne, compris tout de suite les principes de la balistique, sans qu'on les lui ait appris ? Ce détail avait frappé l'assistance, de même que sa rage d'apprendre, dont Paul de Musset a témoigné : « Il

Alfred de Musset

avait trop conscience au travail, trop d'envie de bien faire, trop de crainte de ne pas réussir, pour ne pas être malheureux et toujours agité pendant tout le temps de ses études classiques. Une mauvaise place le mettait au désespoir ; s'il n'avait pu apprendre ses leçons jusqu'au dernier mot, il partait tremblant de frayeur. » Un tel acharnement finit par payer, puisque, sa sixième achevée, on lui fit sauter sa cinquième.

Ce n'est pas tout. Au fil des mois, Alfred se fait ses premiers amis de son âge, parmi lesquels un certain Paul Foucher, qui devient son confident, son camarade de jeux, son voisin de pupitre, et dont la sœur aînée est fiancée à un poète de dix-huit ans dont on commence à parler : Victor Hugo, qui lui aussi réside avec sa mère et ses frères dans les alentours du jardin du Luxembourg, rue des Feuillantines. Mais c'est à Gentilly, dans la maison de campagne des Foucher, où il est parfois invité le dimanche, qu'Alfred rencontre le futur auteur de *La Légende des siècles*, bientôt chef de ce mouvement qu'on va appeler le « romantisme ». Un autre garçon se prend bientôt d'amitié pour lui, Ferdinand-Philippe, duc de Chartres, fils du premier prince du sang, le duc d'Orléans, cousin du roi Louis XVIII et futur chef d'une famille dont les Musset faisaient jadis partie de la clientèle, pour avoir servi dans leurs régiments. Prince hautement libéral, et, comme tel, considéré par l'opposition et la branche aînée des Bourbons comme un recours, le futur roi Louis-Philippe soigne sa popularité en recevant les

Le collégien d'Henri IV

intellectuels à sa table, en se promenant en bourgeois, dans Paris, avec son épouse et en mettant ses deux fils aînés, Chartres et Nemours, au lycée, où les rejoindront plus tard leurs cadets Joinville, Aumale et Montpensier.

Alfred se voit donc invité à déjeuner ou à goûter au Palais-Royal, mais surtout à Neuilly, le vaste domaine des Orléans, dont la superficie correspond à celle de l'actuelle commune, et dans lequel le jeune collégien court à perdre haleine du matin au soir avec son compagnon de jeux, dont il ignore encore que vingt ans plus tard il pleurera la mort tragique, en tant que poète officiel d'un nouveau régime. Jusqu'à la fin, Alfred demeurera dans l'intimité des Orléans, malgré sa maladresse qui, un jour, le conduira à confondre un lapin avec l'un des chiens de chasse de Louis-Philippe, qu'il tuera net ! Les princesses Louise, Marie et Clémentine sont-elles sensibles au charme du camarade de leur frère ? Sans doute, même si la très austère Marie-Amélie veille sur la vertu de ses filles. Le prince et Alfred se verront moins après le lycée, mais resteront en correspondance pendant assez longtemps.

Comme chaque année, en 1824, après un séjour au manoir de Bonaventure, Paul et Alfred passent une partie de leurs vacances dans la Sarthe chez le marquis de Musset, au château de Cogners, où ils apprécient l'hospitalité de ce grand seigneur féru de littérature qui ne leur tient pas la bride, les laissant libres de vaquer à leur guise avec leurs cousins et petits-cousins dans sa vaste demeure ou dans les champs environnants. Outre la bonne chère, les deux frères y apprécient particulièrement une chambre secrète, aménagée sous la Révolution pour loger des prêtres réfractaires, à laquelle on accède par une trappe, et s'enthousiasment de l'initiation cynégétique que leur propose le garde-chasse de leur oncle. Mais un matin, en foulant les sous-bois, le fusil d'Alfred part d'un coup, la balle se fichant dans le sol à quelques millimètres du pied de Paul. Traumatisé, l'adolescent fait aussitôt une crise de nerfs, la première d'une longue série qui va littéralement empoisonner sa vie. Chacun croit alors que cette crise n'est que la conséquence d'un incident, mais c'est, pour un être aussi sensible, un véritable traumatisme pour lequel, aujourd'hui, on l'enverrait chez un psychanalyste. A cette époque, on se contente de se taire et de tenter d'oublier que, pendant longtemps, Alfred rêvera de cadavres et se réveillera, la nuit, en transe après d'indicibles cauchemars.

Disons le mot, c'est un enfant difficile et hyperémotif, qui passe de crises de terreur à des moments d'éblouissement que personne ne comprend et qu'on n'ose contrarier de peur d'aggraver le mal, ne lui offrant – ce qui n'est au fond pas si mal – que de l'amour et de la compassion. Il le racontera lui-même dans « Les deux maîtresses », en mettant en scène un de ces nombreux doubles de lui-même dont il va essaimer son œuvre :

Le collégien d'Henri IV

« Valentin couchait à dix ou douze ans dans un petit cabinet vitré derrière la chambre de sa mère. Dans ce cabinet, d'assez triste apparence, et encombré d'armoires poudreuses, se trouvait, entre autres nippes, un vieux portrait avec un grand cadre doré. Quand, par une belle matinée, le soleil donnait sur ce portrait, l'enfant, à genoux sur son lit, s'en approchait avec délices. Tandis qu'on le croyait endormi en attendant que l'heure du maître arrivât, il restait parfois des heures entières, le front posé sur l'angle du cadre, les rayons du soleil frappant les dorures l'entouraient d'une auréole où nageait un regard ébloui. Dans cette posture, il faisait mille rêves ; une extase bizarre s'emparait de lui. Plus la clarté devenait vive, plus son cœur s'épanouissait. »

Ce premier choc déclencha-t-il sa vocation littéraire ? Peut-être. Cette même année 1824, Alfred compose, comme un exorcisme, son premier poème, « A ma mère », montrant que d'un mal, il peut toujours sortir un bien :

O toi dont les soins prévoyants
Dans les sentiers de cette vie
Dirigent mes pas nonchalants...

Il témoignera, du reste, dans « Le poète déchu », de la naissance de ce sentiment littéraire aux côtés de Paul Foucher : « Nous avions eu tous les deux, au collège, une rage de comédie ; nous passions nos jours de congé à jouer les répertoires de tous les théâtres ; dans la semaine, en allant à la classe, nous nous racontions l'un à l'autre les romans que nous avions lus ; cette soif étanchée au hasard avait jeté dans ma mémoire et dans mon imagination une confusion extrême. » Ou encore dans *La Confession d'un enfant du siècle* : « Que de fois, sur ces petits tertres faisant l'école buissonnière, je m'étais étendu sous l'ombrage, avec quelque bon livre, tout plein de folle poésie. C'étaient là les débauches de mon enfance... »

De retour à Paris, l'adolescent Alfred se replonge donc dans sa studieuse vie de lycéen, dépassant bientôt sa quatrième, sa troisième, sa seconde, sa première année d'étude et enfin sa classe de rhétorique – notre actuelle terminale –, glanant au passage un premier prix de vers latins, puis un deuxième prix de dissertation française et enfin un premier prix de philosophie avec le sujet suivant : « La voix naturelle dépourvue de sanction, c'est-à-dire la voix de la raison et de la conscience suffirait-elle pour régler la conduite des hommes et pour le maintien de l'ordre entre eux ? » Beau sujet qu'il traite magistralement pour le fils d'un disciple de Rousseau ! Enfin, en 1827, il remporte au Concours général le deuxième prix de dissertation latine avec un sujet portant sur « l'origine de nos sentiments ». Deuxième prix seulement du fait de la faiblesse de la problématique religieuse d'un élève peu versé dans cette matière en raison des choix de sa famille. A la veille des grandes vacances de cette même année, le duc d'Orléans et ses enfants assistent à la distribution des prix, dans laquelle leur jeune protégé reçoit le sien, sous le regard ému de ses parents, et Mme de Musset ne peut cacher son

Le collégien d'Henri IV

émotion, qui écrit à un ami : « C'est là que j'ai entendu proclamer le nom de mon fils, que je l'ai vu descendre des gradins au son éclatant des fanfares, et venir présenter sa jolie tête blonde pour recevoir la couronne qu'il avait conquise sur quatre-vingts rivaux. »

Cette fois-ci, ses parents ne doutent plus de l'avenir de leur cadet. « Sans doute en fera-t-on un haut fonctionnaire », se disent ses parents ; « qui sait, peut-être un ambassadeur de France, un conseiller d'Etat ou un ministre » ! Et de caresser l'espoir d'une entrée à Polytechnique, à deux pas d'Henri IV, ou, tout aussi près, à la faculté de droit, à moins d'une entrée au ministère de la Guerre, où leur aîné, Paul, a trouvé sa voie. Pures spéculations, en réalité, car de ce jour, Alfred de Musset ne fera strictement plus rien, ou presque, et en tout cas pas des études. S'il n'a pas encore conscience de sa vocation littéraire, ni de son talent, il caresse une aspiration secrète, aussi diffuse qu'imprécise, où le mal de vivre – on ne dit pas encore le « spleen » – se mêle aux aspirations légitimes de la jeunesse, l'inconscience folle et la maturité précoce, le tout avec cet irrépressible sentiment de solitude et une désespérance chronique. De tout cela, il entretient un ami dans une extraordinaire lettre, rédigée au mois de septembre suivant, dans le Vendômois où il est en villégiature, avec un ton si désabusé qu'on a peine à croire que son auteur n'a que dix-sept ans, lui qui semble avoir la prescience de ce que sera sa vie :

Alfred de Musset

« Je m'ennuie, je suis triste, mais je n'ai même pas le courage de travailler ; eh ! Que ferais-je ? Retournerai-je quelques positions bien vieilles ? Ferai-je de l'originalité en dépit de moi et de mes vers ? Depuis que je lis les journaux (ce qui est ici ma seule distraction) je ne sais pourquoi tout cela me paraît d'un misérable achevé. Je ne sais si c'est l'ergoterie des commentateurs, la stupide manie des arrangeurs qui me dégoûtent mais je ne voudrais pas écrire ou je voudrais être Shakespeare ou Schiller. Je sens que le plus grand malheur qui puisse arriver à un homme qui a les passions vives, c'est de n'en avoir point. Je ne suis donc point amoureux ; je ne fais rien. Rien ne m'attache ici ; je donnerais ma vie pour deux sous si, pour la quitter, il me fallait passer par la mort. Voilà quelles sont les tristes réflexions que j'entretiens. Mais j'ai l'esprit français, je le sens. Qu'il arrive une jolie femme, j'oublierai tout le système amassé pendant un mois de misanthropie ; qu'elle me fasse les yeux en coulisse, et je l'adorerai pendant au moins six mois. L'âge me mûrira, j'espère, car je suis bon à jeter à l'eau... Je t'écris donc pour te faire part de mes dégoûts et de mes ennuis ; tu es le seul lien qui me rattache à quelque chose de remuant, de pensant ; tu es la seule chose qui me réveille de mon néant et qui me reporte vers un idéal que j'ai oublié par impuissance... Pourquoi la nature m'a-t-elle donné la soif d'un idéal qui ne se réalisera pas ? Non, mon ami, je ne peux pas le croire, j'ai cet orgueil ; ni toi ni moi ne sommes destinés à ne faire que des avocats estimables, ou des avoués intelligents. J'ai au fond de l'âme, un instinct qui me crie le contraire ; je crois encore au bonheur, quoique je sois bien malheureux dans ce moment-ci. »

Le collégien d'Henri IV

Au même âge, Jean-Baptiste Poquelin, que son père priait de faire son droit, ne pensait certes pas autrement, mais il n'entrevoyait pas pour autant le néant de la condition humaine. Il en sera de même de Flaubert, confronté à la même situation ! Maître Alfred de Musset, avocat à la Cour ? Allons donc ! Le petit cousin de Ronsard et de du Bellay ne saurait être un personnage de Balzac ! Est-ce seulement un idéal ? Pas vraiment, puisque, quelques lignes plus loin, il écrit dans cette même lettre : « Si je me trouvais dans ce moment-ci à Paris, j'irais chez les filles, et au café j'éteindrais ce qui me reste d'un peu noble dans le punch et la bière, et je me sentirais soulagé. » Les filles et la bière, tout est dit ! A dix-sept ans, tout Musset est là, dans cette contradiction entre l'idéal de l'écriture et le réalisme de ses premiers besoins sexuels et éthyliques, entre les innombrables livres qu'il dévore et les premiers cigares, les premiers verres, les premiers orgasmes. A-t-il déjà commencé à explorer cette double voie à laquelle il sera fidèle jusqu'à la fin de sa courte vie ? C'est certain, puisque son père, a-t-on dit, l'aurait déjà conduit au bordel, peut-être pour le récompenser de son prix, ou pour s'assurer qu'il était normalement constitué.

Le collégien d'Henri IV, en effet, n'est pas aussi sage que le croient sa mère, ses tantes, ses cousines ou sa grand-mère, qui vient de s'éteindre, emportant avec elle, et cette fois définitivement, tous les sons, les odeurs et les images d'une enfance à présent disparue dans un autre monde. Le petit

Alfred de Musset

Musset est devenu un homme aux sens pleinement en éveil, qui va multiplier les expériences. Il commence d'abord par le droit, qui effectivement le rebute après quelques auditions à la faculté. Il envisage ensuite la médecine et, à cet effet, se rend à l'amphithéâtre pour assister à une séance de dissection d'un cadavre pendant laquelle il se trouve mal : « La première fois que j'entrai dans les salles de l'Ecole de Médecine, je me souviens encore de l'effet que la vue des cadavres produisit sur moi. La leçon commença, je riais de mes camarades que le mal de cœur prenait. Mais, lorsque le scalpel vint à entrer dans la chair, et que le sang noir qui coulait lentement sur la poitrine ouverte commença à exhaler une épouvantable odeur, je m'enfuis à toutes jambes. »

Il caresse enfin l'idée de devenir peintre, encouragé par son maître de dessin lui annonçant qu'il en a le talent, ce dont Delacroix lui-même sera un jour persuadé, si naturellement il voulait s'en donner la peine. Ce talent, il l'exercera donc tout au long de sa vie, mais seulement en amateur et le plus souvent sous la forme de caricatures de ses amis, de ses maîtresses, ou de lui-même, griffonnées dans les marges de ses lettres ou de ses manuscrits. Ainsi, après avoir hanté les salles de cours de la faculté de droit, l'amphithéâtre de l'Ecole de médecine et les galeries du Louvre le pinceau à la main, Alfred de Musset retombe dans sa torpeur, confiant avec amertume à son frère : « Jamais je ne serai bon à rien ; jamais je n'exercerai aucune profession.

Le collégien d'Henri IV

L'homme est déjà trop peu de chose sur ce grain de sable où nous vivons ; bien décidément je ne me résignerai jamais à être une espèce d'homme particulière. » Etrange désespérance d'un garçon qui se définit lui-même comme « un misanthrope de seize ans », atteint d'une mélancolie qui ne le lâchera plus. Une ultime expérience va clore ce qui, en aucun cas, ne sera une formation, mais une succession d'échecs plus ou moins prévisibles : son père lui trouve un petit emploi d'expéditionnaire au « Chauffage militaire », entreprise dirigée par le sieur Febvrel. Il y va quelques jours, puis demande trois semaines de vacances et enfin oublie jusqu'à l'adresse de son employeur qui ne reverra jamais sa figure ! « Je songe que j'approche de ma majorité, dit-il avec anxiété à son frère. Ai-je besoin de tant fréquenter les hommes et de faire tant jaser les femmes pour les connaître ? N'ai-je pas vu assez de choses pour avoir beaucoup à dire, si je suis capable de dire quelque chose ? »

Mais par une singulière contradiction de la nature, plus il s'enfonce dans la terreur de son avenir, plus il devient séduisant, comme si l'attirance physique qu'il exerce sur les autres devait être inversement proportionnelle à son dégoût intérieur. Paul de Musset écrit ainsi : « En quelques mois, sa taille se développa ; il perdit son air enfantin et son caractère timide. Son visage prit tout d'un coup une expression singulière d'assurance et de fierté ; son regard devint si ferme, si plein d'interrogation et de curiosité, qu'on avait de la peine à le soutenir. » Cela s'appelle du magnétisme ; les femmes ne s'y tromperont pas, ce que perçoit bien Prosper Chalas, un ami de Paul, rédacteur au *Temps*, qui lui lance un jour : « En voyant cette vivacité aux plaisirs du monde, cet air de jeune poulain échappé, ces regards qu'il adresse aux femmes, je crains fort pour lui les Dalila. » Ils ne sont pas les seuls à deviner ce à quoi pensent les douairières du faubourg Saint-Germain en contemplant le si joli cadet du comte de Musset-Pathay, dont on leur glisse à l'oreille qu'il fait des vers comme personne, avec autant de virtuosité que le jeune Franz Liszt compose et joue du piano. Effet réciproque, à en juger par ce que dit Paul : « Soit que le bal lui laissât une impression profonde, soit par une disposition naturelle qui tenait peut-être à son goût pour la peinture, il se rappelait avec une mémoire étonnante dans quel ordre il avait vu les femmes assises, les couleurs de leurs robes, leurs ajustements et leurs coiffures. Le luxe, d'ailleurs, lui causait une sorte d'ivresse. Il admirait, comme un enfant, l'éclat des lumières, les dentelles, les bijoux. Danser avec une vraie marquise parée de vrais diamants, dans une vaste galerie éclairée *a giorno*, lui semblait le comble du bonheur. » Ce que le célèbre critique Gustave Planche formulera bientôt avec plus de méchanceté : « Un jeune blondin, un homme du monde, un élégant portant touffe de cheveux d'un côté, chapeau sur l'oreille de l'autre, taille de guêpe, l'air fat, haut sur talons, dédaigneux des petites gens comme nous, et coqueluche des plus jolies femmes de Paris. »

Le collégien d'Henri IV

Déjà, en 1825, lors de vacances passées au Mans, les deux sœurs Louise et Zoé Le Douairin avaient été décontenancées par le charme d'Alfred, même si, à cette époque, ni elles – encore que... – ni lui n'avaient eu conscience de ce trouble qui les avait réunis. Mais, aujourd'hui, il ne saurait subsister le moindre doute : les femmes aiment le jeune Musset, que Mme Victor Hugo décrit ainsi à cette époque : « Un gentil garçon, à la taille déliée, aux cheveux d'un blond de lin, au regard ferme et clair, aux narines dilatées, aux lèvres vermillonnées et béantes. Sa figure colorée, ovale et un peu chevaline, était bizarre en ce qu'elle avait, en place de sourcils, un cercle sanguin. » Ce sentiment, ou mieux, cette attirance, est réciproque, comme il va en rendre compte, plus tard, dans « La nuit d'août » :

Pauvre enfant ! Nos amours n'étaient pas menacées
Quand, dans les bois d'Auteuil, perdu dans tes pensées,
Sous les verts marronniers et les peupliers blancs,
Je t'agaçais le soir en détours nonchalants...

Quel est l'élément déclencheur de son goût pour la poésie ? Selon son frère, la lecture d'un recueil d'André Chénier, l'impeccable poète, mort quelques années plus tôt sur l'échafaud, dans lequel il reconnaît sa propre solitude et ce subtil mélange entre le classicisme des Lumières et la sensibilité nouvelle, qu'il avait incontestablement annoncée. En cette année 1828 où sa famille vient de s'installer pour y passer l'été dans un appartement

Alfred de Musset

à Auteuil, alors campagne de Paris – ce qu'elle restera jusqu'à l'enfance de Marcel Proust –, Alfred découvre comme une révélation la force des lettres. Il est vrai que la société qui hante les lieux est on ne peut plus littéraire, puisqu'elle compte l'auteur dramatique Mélesville, père d'une jeune fille dont Alfred tombera bientôt amoureux, mais aussi son confère Eugène Scribe. Ensemble, on fait des charades, on joue la comédie. Se prenant au jeu, le jeune homme compose des vers qui, nous assure son frère, sont bien ses premiers vers livrés au public, des vers très inspirés de Chénier :

> *Il vint sous les figuiers une vierge d'Athènes,*
> *Douce et blanche, puiser l'eau pure des fontaines,*
> *– De marbre pour les bras, d'ébène pour les yeux.*
> *Son père est Noëmon de Crète, aimé des dieux.*
> *Elle, faible et rêvant, mit l'amphore sculptée*
> *Sous les lions d'airain, pères de l'eau vantée,*
> *Et féconds en cristal sonore et turbulent...*

Une vocation est née, encore secrète, sans même que celui chez qui elle est en train de se développer en ait conscience. A bientôt dix-huit ans, c'est la seconde naissance d'Alfred de Musset. Encouragé par son camarade Paul Foucher, il envoie ses vers au *Provincial* de Dijon, un petit journal dont il connaissait le rédacteur, Aloysius Bertrand. Ce morceau, intitulé « Un rêve », paraît le 31 août de cette même année 1828 sous la signature A.D.M. Son début annonce déjà un thème sur lequel il reviendra :

Le collégien d'Henri IV

*La lune ronde et chauve
M'observait avec soin
De loin ;
Et ma pensée agile,
S'en allant par degré,
Au gré
De mon cerveau fragile,
Autour de mon chevet
Rêvait...*

Alfred conservera près de lui, sa vie durant, cette première publication. Poète il sera donc, puisque le destin le veut. Mais cette même année, il publie aussi, chez M. Mame, de Tours – mais sans signature – sa première nouvelle, *L'Anglais mangeur d'opium*, ou plus exactement la traduction – faite en un mois ! – de *Confessions of an English Opium-Eater*, de Thomas De Quincey. Dans ce texte l'auteur ne craint pas de se faire, sinon l'apologiste, du moins le défenseur d'une drogue par laquelle certains esprits s'affranchissent de la médiocrité de la vie, ce que comprendra bien, par la suite, Charles Baudelaire qui s'en inspirera pour ses *Paradis artificiels*. Pourtant, il lui faudra bientôt mettre davantage de lui-même dans ses œuvres, pour que celles-ci prennent du corps, ce qui est souvent le cas en matière d'art et de création. Ce qui est remarquable, c'est que ceci, Musset le comprend très vite, alors que certains mettent des années, parfois une vie, pour y parvenir. En effet, en 1831, Alfred confie à son frère : « Chacun de nous a dans le ventre un certain son qu'il peut rendre, comme un violon ou une clarinette. Tous les raisonnements du monde ne pourraient faire sortir du gosier d'un merle la chanson du sansonnet. Ce qu'il faut à l'artiste ou au poète, c'est l'émotion. Quand j'éprouve, en faisant un vers, un certain battement de cœur que je connais, je suis sûr que mon vers est de la meilleure qualité que je puisse pondre. »

CHAPITRE 5

Un jeune homme au cœur de cire

« France, ô mon beau pays ! J'ai de plus d'un outrage
Offensé ton céleste, harmonieux langage... »

ALFRED DE MUSSET

En cette fin de printemps de l'année 1829, la douceur d'un été précoce pénètre à travers la fenêtre ouverte sur la Seine toute proche et, par-delà, sur l'île Saint-Louis dont la masse sombre n'est éclairée que par les quelques fleurs aux fenêtres. Là, tout semble calme, ce qui n'est pas le cas de ce salon de l'Arsenal, brillamment illuminé par un grand lustre de Venise et dans lequel Marie Nodier, fille du maître de maison, fait succéder au piano-forte les dernières pièces à la mode d'Hérold ou de Rossini.

Le concert fini, les invités applaudissent, se lèvent et font à présent cercle autour de Charles Nodier,

Alfred de Musset

conservateur de la Bibliothèque de l'Arsenal installée dans les anciens bâtiments d'où Sully, naguère, avait dirigé la France et vers lesquels se rendait l'infortuné Henri IV lorsqu'il tomba sous les coups de Ravaillac. Fils d'un maire de Besançon, cet homme universel, tour à tour botaniste, géologue, grammairien et journaliste-poète, tient son monde. Les éclats de voix se font plus vifs et les rires aussi, à mesure que la conversation s'anime entre ces messieurs réunis, qui ne sont autres que Victor Hugo, Charles-Augustin Sainte-Beuve, Alphonse de Lamartine, Alfred de Vigny, Isidore Taylor, Prosper Mérimée, Emile et Antony Deschamps, Adolphe de Cailleux, Henri Blanchard, Gustave Planche et Alexandre Dumas. Ils sont venus déclamer leurs derniers poèmes, montrer leurs derniers tableaux ou exposer leurs projets, dans ce qu'on appelle l'« Eglise ultra-romantique ».

« On n'applaudissait pas, témoigne justement Dumas, on n'applaudit pas le murmure d'une rivière, le chant d'un oiseau, le parfum d'une fleur. Mais le murmure éteint, le chant évanoui, le parfum évaporé, on écoutait, on attendait, on désirait encore. Nodier se laissait glisser doucement du chambranle de la cheminée dans son grand fauteuil ; il souriait, se tournait vers Lamartine ou vers Hugo : Assez de prose comme cela, disait-il, des vers, allons ! Et sans se faire prier, l'un ou l'autre poète, de sa place, les mains appuyées au dossier d'un fauteuil ou les épaules assurées contre le lambris, laissait tomber de sa bouche le flot harmonieux et pressé de la poésie. » C'est naturellement Paul Foucher qui a

Un jeune homme au cœur de cire

conduit Alfred de Musset dans ce cercle qu'on appelle « le Cénacle » et qui, selon l'expression d'aujourd'hui, est incontestablement le lieu le plus « branché » de Paris, celui dans lequel souffle le vent du romantisme, celui de la République des Lettres, et où il est impossible de ne pas être reçu si l'on veut un jour compter dans Paris. Le poète en herbe est pourtant plus que réticent devant son chef, Victor Hugo, dont l'assurance, l'autorité et l'ego tout-puissant le heurtent bien des fois, à tel point que le comte de Musset dira de son fils qu'il s'est « déshugotisé ». Autant la très paternelle figure de Nodier le rassure, autant celle d'Hugo l'agace et, plus encore, le déconcerte lorsqu'il propose à ses amis d'aller, la nuit, excursionner sur les tours de Notre-Dame, invitation qu'Alfred décline, prétextant qu'il doit monter à cheval le lendemain matin !

Mais, naturellement, l'intérêt de Musset pour le Cénacle ne se limite pas à la protection de Victor Hugo ou au charme de Marie Nodier, à qui il prodigue ses plus beaux sourires pour tenter de lui voler un baiser entre deux portes, les soirs où il y a bal. Ce soir-là, c'est à lui que le maître de céans donne la parole. Aussitôt, le grand et mince jeune homme à la figure de page et aux longs cheveux blonds se place au centre du cercle et chacun d'écouter le benjamin de l'assistance, d'assister en quelque sorte à la naissance d'un poète, comme dans la nature, une chrysalide devient papillon. D'une voix assurée, sans cesser de regarder Marie Nodier qui, toute rougissante, tente de se cacher

Alfred de Musset

derrière son piano, Alfred récite sa « Ballade à la lune », à la sublime musique et à l'irrésistible élégance :

C'était, dans la nuit brune,
Sur le clocher jauni,
La lune,
Comme un point sur un i.

Lune, quel esprit sombre
Promène au bout d'un fil,
Dans l'ombre,
Ta face et ton profil ?

Es-tu l'œil du ciel borgne ?
Quel chérubin cafard
Nous lorgne
Sous ton masque blafard ?

N'es-tu rien qu'une boule ?
Qu'un grand faucheux bien gras
Qui roule
Sans pattes et sans bras ?

Es-tu, je t'en soupçonne,
Le vieux cadran de fer
Qui sonne
L'heure aux damnés d'enfer ?

Sur ton front qui voyage
Ce soir ont-ils compté
Quel âge
A leur éternité ?

Est-ce un ver qui te ronge
Quand ton disque noirci

Un jeune homme au cœur de cire

S'allonge
En croissant rétréci ?

Qui t'avait éborgnée
L'autre nuit ? T'étais-tu
Cognée
A quelque arbre pointu ?

Car tu vins, pâle et morne,
Coller sur mes carreaux
Ta corne,
A travers les barreaux.

Va, lune moribonde,
Le beau corps de Phoebé
La Blonde
Dans la mer est tombée.

Tu n'en es que la face
Et déjà, tout ridé,
S'efface
Ton front dépossédé.

Rends-nous la chasseresse,
Blanche au sein virginal,
Qui presse
Quelque cerf matinal !

Oh ! Sous le vert platane
Sous les frais coudriers,
Diane,
Et ses grands lévriers !

Le chevreau noir qui doute,
Pendu sur un rocher,
L'écoute,
L'écoute s'approcher.

Alfred de Musset

Et, suivant leurs curées,
Par les vaux, par les blés,
Les prés,
Ses chiens s'en sont allés.

Oh ! Le soir dans la brise,
Phoebé, sœur d'Apollo,
Surprise
A l'ombre un pied dans l'eau !

Phoebé qui, la nuit close,
Aux lèvres d'un berger
Se pose,
Comme un oiseau léger.

Lune, en notre mémoire,
De tes belles amours
L'histoire
T'embellira toujours.

Et toujours rajeunie,
Tu seras du passant
Bénie,
Pleine lune ou croissant.

T'aimera le vieux pâtre,
Seul, tandis qu'à ton front
D'albâtre
Ses dogues aboieront.

T'aimera le pilote
Dans son grand bâtiment
Qui flotte,
Sous le clair firmament !

Et la fillette preste
Qui passe le buisson,

Un jeune homme au cœur de cire

Pied leste,
En chantant sa chanson.

Comme un ours à la chaîne,
Toujours sous tes yeux bleus
Se traîne
L'Océan monstrueux.

Et qu'il vente ou qu'il neige,
Moi-même chaque soir,
Que fais-je,
Venant ici m'asseoir ?

Je viens voir à la brune,
Sur le clocher jauni,
La lune
Comme un point sur un i.

Peut-être quand déchante
Quelque pauvre mari
Méchante,
De loin tu lui souris.

Dans sa douleur amère,
Quand au gendre béni
La mère
Livre la clef du nid.

Le pied dans sa pantoufle,
Voilà l'époux tout prêt
Qui souffle
Le bougeoir indiscret.

Au pudique hyménée
La vierge qui se croit
Menée,
Grelote en son lit froid,

Alfred de Musset

Mais monsieur tout en flamme
Commence à rudoyer
Madame,
Qui commence à crier.

Ouf ! Dit-il, je travaille,
Ma bonne et ne fais rien
Qui vaille,
Tu ne te tiens pas bien.

Et vite il se dépêche.
Mais quel démon caché
L'empêche
De commettre un péché ?

Ah ! Dit-il, prenons garde.
Quel témoin curieux
Regarde
Avec ces deux grands yeux ?

Et c'est dans la nuit brune,
Sur son clocher jauni,
La lune
Comme un point sur un i.

Des bravos ayant fusé, le jeune auteur est prié de poursuivre, ce qu'il fait avec « L'Andalouse », aux termes plus osés :

Avez-vous vu, dans Barcelone,
Une Andalouse au sein bruni ?
Pâle comme un beau soir d'automne !
C'est ma maîtresse, ma lionne !
La marquesa d'Amaëgui !

Un jeune homme au cœur de cire

Voilà un ton incontestablement original et une maîtrise parfaite, assez incroyables pour un adolescent qui sort à peine du lycée, et qu'on pourrait prendre pour Chérubin, mais qui sont la marque même d'un Musset, capable d'écrire :

> *Vois-tu ces scarabées,*
> *Qui tournent en croissant,*
> *Froissant,*
> *Leurs ailes recourbées.*

On applaudit ; on le félicite ; on le congratule et surtout, surtout, on le reconnaît comme un homme de lettres, pair parmi ses pairs ! Alfred de Musset vient de réussir son examen d'entrée en littérature et Lamartine le surnomme « le jeune homme au cœur de cire ». Au reste, c'est une véritable surprise, puisque personne, jusque-là, ne savait que ce jeune ami de Paul Foucher écrivait, sauf Sainte-Beuve qui, dès le début, avait été dans la confidence, depuis ce jour où Alfred était venu le trouver chez lui pour lui lire ses vers. Musset, en tout cas, conservera toujours un bon souvenir du Cénacle, qu'il évoque dans ce poème :

> *[...] Gais comme l'oiseau sur la branche,*
> *Le dimanche,*
> *Nous rendions parfois matinal*
> *L'Arsenal. [...]*
>
> *Alors, dans la grande boutique*
> *Romantique,*
> *Chacun avait, maître ou garçon,*
> *Sa chanson. [...]*

Alfred de Musset

Hugo portait déjà dans l'âme
Notre-Dame
Et commençait a s'occuper
D'y grimper.

De Vigny chantait sur sa lyre
Ce beau sire
Qui mourut sans mettre à l'envers
Ses bas verts.

Antony battait avec Dante
Une andante ;
Emile ébauchait vite et tôt
Un presto.

Sainte-Beuve faisait dans l'ombre,
Douce et sombre,
Pour un œil noir, un blanc bonnet,
Un sonnet.

Et moi, de cet honneur insigne,
Trop indigne,
Enfant par hasard adopté
Et gâté,

Je brochais des ballades, l'une
A la lune,
L'autre à deux yeux noirs et jaloux,
Andalous. [...]

Mais s'il vient de passer l'épreuve d'une manière fulgurante, il sait que ce succès n'aura d'effet que s'il est pérennisé. Voilà pourquoi, en cette même année 1829, il achève son poème « Mardoche », que lui a commandé l'éditeur Urbain Canel, et qu'il termine

Un jeune homme au cœur de cire

en trois semaines, chez l'oncle Musset à Cogners. Le 24 décembre, il en donne lecture chez son père, à l'initiative de celui-ci, dans le nouvel appartement que les Musset occupent désormais, rue de Grenelle. Tout un parterre de parents, d'amis de la famille, mais aussi de membres du Cénacle, parmi lesquels Mérimée, Vigny, Boulanger, Delacroix et les frères Deschamps, est sagement assis dans le salon, pour entendre un début fracassant :

Amour, fléau du monde, exécrable folie
Toi qu'un lien si frêle à la volupté lie...

Paul de Musset, comme à son habitude, est enthousiaste : « On tomba unanimement d'accord sur le succès infaillible réservé à ces poésies. » Sainte-Beuve est plus explicite, qui s'écrie en applaudissant à la fin : « Il y a parmi nous un enfant plein de génie », tandis que Maxime Du Camp confiera : « Nul, au premier aspect, ne donnait mieux l'idée du génie romanesque. » Quant à l'intéressé lui-même, il témoignera ainsi de cette mémorable soirée : « Il arriva un jour que, devant une foule assez nombreuse assemblée, on me fit réciter un morceau de ma façon. Les louanges me furent prodiguées et la vanité me monta au cerveau. J'étais paresseux et insouciant ; il me parut agréable d'être un génie en herbe, par boutade à ma fantaisie, et sans avoir l'air d'y penser. »

Quelques semaines plus tard, nouvelle lecture, cette fois chez Nodier, à l'Arsenal, devant une compagnie tout aussi brillante, où le jeune et prolifique surdoué lit sa dernière création, les *Contes d'Espagne et d'Italie*, qui viennent de sortir en librairie. Présent à cette soirée, Alexandre Dumas en a laissé une relation subtile : « Vers dix heures, un jeune homme blond, avec des moustaches naissantes, de longs cheveux bouclés rejetés en touffe d'un côté de la tête, un habit vert très serré à la taille, un pantalon de couleur claire, entra, affectant une grande désinvolture de manières, qui n'était peut-être destinée qu'à cacher une timidité réelle. On lui avait préparé une table, un verre d'eau, deux bougies... Les jeunes filles qui étaient venues pour écouter cette lecture, soit avec leurs mamans, soit toutes seules, eurent fort à faire de leurs paupières et leur éventail. »

Tirés à quelque cinq cents exemplaires seulement, les *Contes d'Espagne et d'Italie* connaissent un succès prodigieux, puisque, selon Paul de Musset, plus de dix mille lecteurs se ruent en quelques jours sur l'ouvrage, loué par les cabinets de lecture de la capitale. Il est vrai que la presse, au début de l'année 1830, parle beaucoup de ce recueil de poèmes au style parfois déconcertant, pas toujours pour en dire du bien. Beaucoup de journaux dénoncent les libertés que prend l'auteur avec les règles traditionnelles de l'écriture, en particulier dans la célèbre « Ballade à la lune » : cette pièce fait le même effet sur les gens de lettres que le fera, un siècle plus tard, le premier tableau cubiste sur les critiques d'art ne sachant pas comment aborder

Un jeune homme au cœur de cire

une telle innovation et jouant de ce fait la carte de l'ironie, en espérant que la dépréciation systématique expliquera ce qu'on ne comprend pas. Et que dire de la sensualité sous-jacente à ces vers en raison de laquelle beaucoup considèrent les *Contes d'Espagne et d'Italie* comme *Les Fleurs du Mal* du romantisme. Mais ceux-ci ne comprennent pas que l'avenir est précisément, en 1830 – en littérature comme en politique –, à la liberté, ce qui rend les vers de Musset si accessibles au jeune public, et particulièrement au public féminin, à qui l'on n'a pas caché que l'auteur est beau comme un jeune dieu ! Et la rumeur est telle que la sœur du comte de Musset, vieille fille acariâtre, claustrée dans sa solitude à Vendôme, a vent de cette vogue qui la choque tant qu'elle déshérite son neveu, trouvant inconvenant qu'un Musset mette son nom sur la couverture d'un livre à la mode, et agissant sans le savoir comme le père de Descartes qui, lorsqu'il vit un exemplaire du *Discours de la Méthode*, s'écria avec désespoir : « Et allez donc avoir un fils pour qu'il se fasse relier dans du veau ! » Pourtant, au mois de février, Alfred de Musset n'assiste pas à ce que l'histoire va appeler la « bataille d'*Hernani* », où les romantiques – Théophile Gautier en tête – soutiennent la pièce de Victor Hugo, jusqu'à en venir aux mains. A-t-il, ce fameux soir, autre chose à faire ? Ou préfère-t-il prendre ses distances avec un mouvement collectif, lui, le solitaire, qui répugne à chasser en bande ou servir comme un bon petit soldat dans une armée ?

Alfred de Musset

On ne le voit pas davantage sur les barricades cinq mois plus tard, pendant l'été 1830, lors de cette révolution de Juillet qui solde l'histoire des Bourbons de la branche aînée, définitivement exilés de France. Le chef de la Maison d'Orléans monte alors sur le trône sous le nom de Louis-Philippe Ier, avec pour héritier Ferdinand-Philippe, l'ancien condisciple d'Alfred à Henri IV. Musset est-il indifférent à cette importante évolution ? Certainement pas, puisque toute sa famille, en raison de sa tradition libérale, se réjouit de la chute de Charles X dans laquelle elle voit une revanche sur les désastres de 1814 et 1815. Sans doute les deux frères applaudissent-ils à la conclusion des « Trois Glorieuses » s'ils n'y ont pas directement participé, comme le laisse entendre cette lettre d'Alfred à son camarade Horace de Viel-Castel : « Vous êtes bien mal à Sceaux si vous aimez les coups de fusil. Il en pleut depuis trois jours ; toutes les rues sont dépavées et on est en train, en ce moment, d'assiéger les Tuileries où la Garde Royale s'est réfugiée. » Les événements ont cependant une incidence sur son œuvre : sa pièce – la première qu'il a écrite – *La Quittance du diable*, reçue au Théâtre des Nouveautés, ne peut être montée pour cause de révolution ! Le jeune auteur ne s'en formalise pas trop, qui sait qu'il a tout l'avenir devant lui pour se rattraper. Désormais lancée, en effet, sa signature est connue dans le petit milieu des lettres, qui apprécie de la voir dans ses chroniques de *La Revue de Paris* ou du *Temps* pour lequel il assure la rubrique théâtrale. Une raison de plus pour sortir tous les soirs

Un jeune homme au cœur de cire

ou presque et pour, la représentation passée, se montrer dans le monde ou le demi-monde, les cafés et les maisons de jeux, les salons et les bouges, qu'il continue de fréquenter activement, s'amusant de passer insensiblement, comme à travers un miroir, de ce que la grande ville offre de plus beau, de plus haut et de plus sublime à ce qu'elle offre de plus laid, de plus bas et de plus sordide.

CHAPITRE 6

Le prince de la jeunesse

« La poésie, chez moi, est sœur de l'amour. L'une fait naître l'autre et ils viennent toujours ensemble. »

ALFRED DE MUSSET

Les derniers rayons de l'après-midi faiblissent derrière les rideaux de la chambre où, dans un délicieux désordre, gisent au sol les armes du combat, une robe de soie bleue, des bas de soie blanche, un pantalon de dentelle, une redingote masculine. Les draps sont retournés et les oreillers écrasés. Couchée sur le ventre, Angélique n'a jamais été aussi belle dans sa nudité sculpturale qu'admirent tous les hommes de Paris et, en particulier, les jeunes gens de bonne famille qu'elle reçoit dans son hôtel de la rue de Tournon, à côté du palais du Luxembourg où siègent les vénérables pairs de France. Tout près d'elle, le jeune homme caresse doucement cette admirable chute de reins, qu'on dirait faite par un sculpteur de génie et qui l'est en réalité, puisque le père de la très belle marquise de La Carte n'est autre que François Bosio, le statuaire monégasque – et sa fille est son œuvre la plus réussie !

La courte barbe du poète trace un léger sillon sur la peau ambrée de la jeune femme qui gémit de plaisir à ce contact, appelant ainsi une nouvelle étreinte, qui va se prolonger jusqu'à la nuit tombée, et dans laquelle les cheveux blonds d'Alfred et les cheveux noirs d'Angélique se confondent, tandis que leurs mains se serrent frénétiquement au moment le plus intense de leur jouissance. Totalement coupés du monde, dans l'obscurité et le silence d'une maison où les domestiques se taisent généralement pour ne pas déranger Madame, lorsqu'elle est tout entière occupée par ses amours, les amants gisent à présent dans la sublime complicité de leurs corps repus et heureux. Alfred allume alors un petit cigare et les volutes de fumée montent vers le ciel-de-lit. Profitant des incessants voyages de son mari, diplomate auprès de Sa Majesté Charles X, la marquise, en effet, qui ne compte que vingt printemps, le trompe ainsi que son ennui avec les hommes qui l'amusent, pourvu qu'ils soient jeunes, beaux et drôles, pourvu aussi qu'ils ne soient pas jaloux et qu'ils acceptent de la partager.

Alfred de Musset est donc souvent l'hôte de son lit, de même que Jules Janin ou Arsène Houssaye et même Paul Foucher. Cette femme est-elle son premier amour ? Peut-être, dans la mesure où, si ce fut

Le prince de la jeunesse

sans doute avec une prostituée qu'il perdit naguère sa virginité, les jeunes filles, ses cousines, amies de ses cousines ou étrangères croisées à l'occasion de villégiatures, ne furent que frôlées, même si certaines soupirèrent devant un jeune mâle aussi séduisant. Il écrit à son ami Paul Foucher, le 23 septembre 1827, alors qu'il réside chez son oncle à Cogners : « Comment me laisse-t-on ici si longtemps ? J'ai besoin de voir une femme ; j'ai besoin d'un joli pied et d'une taille fine ; j'ai besoin d'aimer ! » A moins qu'il ne soit allé un peu plus loin avec cette mystérieuse dame dont parle Paul de Musset, « personne de beaucoup d'esprit, excellente musicienne, railleuse, coquette et atteinte d'une maladie de poitrine incurable », dont il s'est épris. On sait aujourd'hui qu'il s'agissait de Mme Groisellier – qu'il allait voir à la campagne, jusqu'à ce qu'il comprît qu'elle se jouait de lui :

Quand je t'aimais, pour toi, j'aurais donné ma vie,
Mais c'est toi, de t'aimer, toi qui m'ôtas l'envie.
A tes pièges d'un jour on ne me prendra plus ;
Tes ris sont maintenant et tes pleurs superflus.
Ainsi, lorsqu'à l'enfant la vieille salle obscure
Fait peur, il va tout nu décrocher quelque armure ;
Il s'enferme, il revient tout palpitant d'effroi
Dans sa chambre bien chaude et dans son lit bien froid.
Et puis, lorsqu'au matin le jour vient à paraître,
Il trouve son fantôme aux plis de sa fenêtre,
Voit son arme inutile, il rit et, triomphant,
S'écrie : « Oh ! Que j'ai peur ! Oh ! Que je suis enfant ! »

Il est incontestable qu'Angélique de La Carte révèle Musset à lui-même. Elle lui adresse des ordres par billet, comme celui-ci : « Monte à cheval et viens souper chez moi. » Il le confessera, du reste :

De tous les amours de mon âme,
Vous le plus tendre et le premier...,

avant de virer vers un érotisme plus cru, dès lors que leur liaison devient plus torride, ce que comprend à nouveau Paul de Musset, notant : « Un matin, je remarquai qu'il portait des éperons, le chapeau fort penché sur l'oreille droite, avec une énorme touffe de cheveux du côté gauche, et je compris à ces airs cavaliers que l'amour-propre était sauf. » Mais au bout de quelques mois, l'aventure s'achève. Le jeune poète n'amuse plus sa maîtresse qui, lassée, lui signifie cavalièrement son congé en 1829, comme le peuple de France allait faire quelques mois plus tard avec les Bourbons, le remplaçant d'abord par Nestor Roqueplan, puis par Jules Janin.

Est-il vexé d'avoir été brutalement congédié, par celle qu'il désigne comme « la première infidèle » ? Incontestablement ! Il n'aura, dès lors, de cesse de se venger sur les femmes, toutes les femmes, sinon en devenant, comme Don Juan, un « méchant homme », du moins en les séduisant toutes mais sans jamais s'y attacher, connaissant, dans l'exécution de ce second point un succès moindre que dans le premier. Tombe-t-il, dès ses premières liaisons, dans une forme de sado-masochisme en ne retenant de l'amour que la souffrance qu'on en tire ? Certainement ! Pour lui, le sexe, comme les sentiments,

Le prince de la jeunesse

constituera, jusqu'à la fin, un « fléau », une « exécrable folie », une « amère torture », comme il va l'écrire dans « Madame la Marquise », à elle adressée :

> *Oh ! Viens ! Dans mon âme froissée*
> *Qui saigne encor d'un mal bien grand,*
> *Viens verser ta blanche pensée,*
> *Comme un ruisseau dans un torrent.*

Ou, plus tard, dans « Rolla » :

> *S'il est vrai que l'amour, ce cygne passager,*
> *N'ait besoin pour dorer son chant mélancolique*
> *Que des contours divins de la réalité,*
> *Et de ce qui voltige autour de la beauté,*
> *S'il est vrai qu'ici-bas on le trompe sans cesse,*
> *Et que lui qui le sait, de peur de se guérir,*
> *Doive éternellement ne prendre à sa maîtresse*
> *Que les illusions qu'il lui faut pour souffrir.*

Cela dit, il convient de préciser qu'il s'agit de « dames » et non de jeunes filles. Alfred de Musset ne touche pas à cette espèce particulière, à qui certes il fait les yeux doux, mais sans aller plus loin, comme il l'a fait, au Cénacle, avec Marie Nodier, comme il le fait chez Devéria avec Mlles Champollion et Dubois, qu'il fascine, comme il le fera encore avec ce tendron, éperdument amoureuse de lui, venue le voir chez son oncle Desherbiers, où il réside alors, avec le désir de se donner à lui. Elle s'avance dans l'ombre, à moitié défaillante dans sa robe blanche, une rose dans ses cheveux, mais, prudent, le jeune écrivain la renvoie doucement

Alfred de Musset

chez elle, en lui faisant jurer d'être plus sage à l'avenir. Au reste, à cette même époque, Lamartine ne se met-il pas en tête de marier Musset avec une de ses jeunes protégées ? Alfred décline l'invitation, pour rejoindre en courant les alcôves de Paris.

Très discrètement – mais il n'est pas interdit de lire entre les lignes... – Paul de Musset évoque les débuts fracassants de son cadet dans le domaine des conquêtes féminines : « Bientôt, Alfred eut à me raconter quantité d'aventures. Il y en avait de boccaciennes et de romanesques, quelques-unes approchant du drame. En plusieurs occasions, je fus réveillé au milieu de la nuit pour donner mon avis sur quelque grave question de haute prudence. Toutes ces historiettes m'ayant été confiées sous le sceau du secret, j'ai dû les oublier, mais je puis affirmer que plus d'une aurait fait envie aux Bassompierre et aux Lauzun. Les femmes, dans ce temps-là, ne vivaient point absorbées par les occupations de luxe et de toilette. Pour espérer de plaire, les jeunes gens n'avaient pas besoin d'être riches, et il servait à quelque chose d'avoir, à dix-huit ans, le prestige du talent et de la gloire. »

Manifestement, il a pris goût à cet exercice salutaire qu'est l'amour, ce dont il ne se cache pas quand il écrit : « Rien en moi n'était développé, ni passion, ni penchant, ni même le désir. J'avais des sensations et point d'émotions. Je cherchais le plaisir et l'imprévu ; j'étais hardi et tout me réussissait ; ma vie était une espèce de rêve insignifiant et assez

Le prince de la jeunesse

doux. » Pourtant, le nombre de ses conquêtes, si important soit-il, ne le satisfait pas. C'est pourquoi, parallèlement, il dépense désormais une grande partie de son argent de poche au bordel de la rue Villedo, dont il devient un habitué, même s'il croit bon d'écrire un jour : « La première fois que j'ai vu des courtisanes, je m'attendais à quelque chose de dégourdi, d'insolent, de gai et de vivace. Je trouvai une louche beauté, un œil fixe et des mains crochues. » Il semble qu'il soit rapidement revenu de cette prévention, puisque, non seulement il passe beaucoup de temps au bordel, mais encore y conduit ses amis, tel Sainte-Beuve, rencontré à l'Arsenal, qui est déjà, en cet hiver 1829, un fin critique littéraire, mais pas encore l'amant en titre de Mme Victor Hugo.

Un peu intimidé, puisque c'est la première fois qu'il entre dans une telle maison, Sainte-Beuve a raconté beaucoup plus tard cette expérience :

> « Je ne voulais pourtant pas gauchement entrer dans le salon de ces demoiselles pour jeter le mouchoir à la plus belle, et je lui demandai [entendons à Musset] quelques noms de jolies filles. Il m'en cita plusieurs ; il prit pour lui Augustine et moi je demandai Emma. Augustine entre, charmante et rose, espiègle, folle à tempérament, bien. Puis Emma, bonne fille mais non belle selon moi. La première impression était manquée, il faisait froid, nous nous mîmes au lit, chacun avec sa chacune dans nos chambres contiguës. J'aurais pu renvoyer Emma pour une autre à mon gré ; je ne voulus pas par égard, et j'espérai en ma nature jeune. Emma

Alfred de Musset

était très blanche au lit, beaux cheveux, assez languissante, disant qu'elle aimait mieux les jeunes gens sages et raisonnables que ceux qui ressemblent à mon fou d'ami ; mais flatterie perdue, j'étais effectivement très sage et très raisonnable. Elle était très complaisante, mais complaisance perdue. »

Sainte-Beuve rattrapera cet échec en approfondissant sa connaissance des demoiselles de maisons spécialisées et, au fil des ans, sans peut-être atteindre les performances de Musset, jouera toute sa partie. Il demeurera reconnaissant à son cadet de lui avoir montré le chemin des alcôves et tous deux échangeront désormais des billets sur leurs exploits nocturnes, « cet amalgame de tristesse et de bonheur, de fange et de ciel », qu'il considère comme « la rançon de la vie ». Cette époque est incontestablement celle où le jeune poète est au sommet de sa forme, comme en témoigne son frère Paul :

« Il avait une constitution d'acier, une activité cérébrale incroyable. Souvent, il écrivait cinquante vers en sortant d'un souper. Ce qui, pour bien des gens, eût été un excès, n'était réellement pour lui qu'un exercice. Quand je lui parlais des périls de la bouillotte et du jour redoutable où le tailleur présenterait le mémoire de tant d'habits neufs, il me répondait : "Précisément, parce que je suis jeune, j'ai besoin de tout connaître, et je veux tout apprendre par expérience et non par ouï-dire. Je sens en moi deux hommes, l'un qui agit, l'autre qui regarde. Si le premier fait une sottise, le second en profitera. Tôt ou tard, s'il plaît à Dieu, je payerai mon tailleur. Je joue, mais je ne suis pas joueur, et quand j'ai perdu

Le prince de la jeunesse

mon argent, cette leçon vaut mieux que toutes les remontrances du monde." »

Cela dit, Musset ne s'en assagit pas pour autant, comme en témoigne à nouveau son frère : « Sous le prétexte d'acquérir de l'expérience, il menait une vie très dissipée. Les jeunes gens à la mode se réunissaient le soir au Café de Paris. On y organisait des parties de plaisir sur une grande échelle. Tout à coup, on partait en voitures de poste, à minuit, pour Enghien ou pour Mortefontaine ; on imaginait des paris extravagants, dont le public même s'émouvait. Alfred de Musset prenait part à tout ce fracas. » Nul doute qu'un siècle plus tard, Musset serait parti en pleine nuit, à cent à l'heure, avec Françoise Sagan, pour voir le soleil se lever sur Deauville, à grand renfort de whisky et de cannabis ! L'écrivain suisse Juste Olivier témoigne déjà d'une manière un peu détournée : « Il parlait beaucoup, et de plusieurs sujets, et avec esprit : Il est de l'avis d'Hoffmann : Vin de Champagne pour un opera buffa ; vin du Rhin pour un opéra sacré ; vin de France pour un opera seria ; pour un opéra comme *Don Juan*, où le comique et le tragique sont mêlés, du punch ! »

Certes, Paul de Musset a écrit dans la biographie de son frère :

> « Autre chose est une partie de plaisir où le vin ne produit que du bruit et des propos grossiers en rendant les sots plus bavards, ou bien un souper de gens d'esprit que la bonne chère anime, et qui

récitent des vers, font d'excellente musique, improvisent des chansons et se renvoient les saillies les plus gaies. On a beaucoup parlé de ces réunions dont le prince Belgiojoso était l'âme. On s'est plu à dire qu'Alfred de Musset s'y était plongé dans des plaisirs excessifs, dangereux pour un poète. C'est une exagération ridicule. Beaucoup de ces excès se réduisirent à des dîners fort simples, après des parties de natation et, même, en carnaval, lorsque l'usage permettait des divertissements plus bruyants, Alfred ne s'y mêla que très rarement ; il refusait dix parties de plaisir avant d'en accepter une, et il abandonnait souvent ses convives au plus beau moment de la fête. »

Pieux mensonge ! Depuis son adolescence, Alfred a pris l'habitude de boire plus que de raison et d'abuser de tout. Il en a besoin pour écrire, pour oublier ses angoisses, pour guérir ses névroses obsessionnelles. Cette dépendance n'est ni à glorifier ni à critiquer ; elle fait partie intégrante de sa personnalité profonde. Bien avant Baudelaire, Musset subit une addiction aux « paradis artificiels », même si, très rapidement, ces derniers s'apparenteront plutôt à l'enfer sur terre.

Quoi qu'il en soit, jeune, beau, adulé, décalé – on dirait aujourd'hui déjanté –, Alfred devient très vite l'astre des salons parisiens, où son amour des femmes lui vaut une réputation sulfureuse qui ne fait qu'accroître son rayonnement littéraire, comme le comprend si bien Théodore de Banville, traçant ce portrait de lui : « Sans barbe, alors, et tout resplendissant d'une gloire juvénile, ce nez aquilin trop

Le prince de la jeunesse

long et trop busqué, cette petite bouche aux lèvres amoureuses faites pour les baisers, ce puissant menton byronien, et surtout ce large front modelé par le génie, et cette épaisse, énorme, violente fabuleuse chevelure blonde, tordue et retombant en onde frémissante, lui donnent l'aspect d'un jeune dieu. » Tel qu'il est, il retient l'attention du grand sculpteur David d'Angers, immortalisant son profil dans l'un de ces médaillons qu'il consacre à ses contemporains. C'est à cette époque que, faute de demeurer dans l'entourage d'un Victor Hugo qui l'insupporte, il se lie avec quelques dandys à la mode, même s'il ne dispose pas des mêmes moyens financiers qu'eux, notamment avec le prolifique romancier et dramaturge Roger de Beauvoir, bientôt marié à la très belle Léocadie Doze. Delphine de Girardin le surnomme « le Musset brun ». Il y a aussi le poète, journaliste et romancier Ulric Guttinguer, rédacteur à *La Muse française* ; son confrère Félix d'Arvers ; le prince Emilio Belgiojoso, Hippolyte et Alfred Mosselman, banquiers de leur état ; le baron Loève-Veimars, traducteur d'Hoffmann et critique au *Temps* ; les écrivains Nestor Roqueplan, Horace de Viel-Castel et Jules de Saint-Félix, et surtout Alfred Tattet, un jeune agent de change issu d'une richissime famille, qui devient son double et à qui il écrit en 1831 : « Je passe ma vie avec une demi-douzaine de peintres ; quels bons garçons que les artistes ! (Quand ils ne sont pas du même genre que vous.) Je rends compte des petits théâtres (toujours au *Temps*). Je rimaille par boutade, je

Alfred de Musset

baise par désœuvrement, je bois et je fume avec volupté – et voilà ! »

Musset n'envisage-t-il pas d'écrire une pièce sur Napoléon, prétexte à une spectaculaire mise en scène, dans laquelle il laisserait libre cours à ses fantasmes, comme il l'écrit encore à son ami : « Si j'étais directeur, pour rendre les mouvements plus irréguliers et plus naturels, je ferais baiser toutes les figurantes là-dessous par tous les comparses ! » Héritier d'une fortune colossale, grand amateur de chevaux, de femmes et de littérature, Alfred Tattet vient ici en voisin, puisqu'il demeure à deux pas, dans l'hôtel particulier de son père, rue de la Grange-Batelière. C'est là qu'il traite superbement ses amis, quand il ne les invite pas chez Hardy ou au Café Riche, voire dans sa propriété de Normandie où Musset effectue de nombreux séjours. C'est donc en leur compagnie qu'on le voit désormais écumer les folles soirées parisiennes, comme ce bal costumé chez le peintre Achille Devéria, où Alfred fait sensation en page de la Renaissance, ce dont son hôte tire un dessin mille fois reproduit. Et-ce un ange ? Ou un diable ? A la même époque, au terme d'une soirée trop arrosée avec ses compagnons de table, qui sont Delacroix, Mérimée, Sharpe et Viel-Castel, il lance le défi de « baiser une fille en public au milieu de vingt-cinq chandelles ». Aussitôt dit, aussitôt fait ! Dans les éclats de rire, on quitte le restaurant pour se transporter en bande chez Leriche, où Alfred de Musset est prié de s'exécuter, mais, trop ivre, il échoue lamentablement !

Le prince de la jeunesse

Quelques décennies plus tard, Guy de Maupassant relèvera le défi devant Flaubert, Daudet, les Goncourt et quelques autres, mais lui réussira haut la main cette épreuve.

Cette bande de noceurs endiablés se retrouve aussi chez Guttinguer, dans sa propriété de Saint-Gratien, puis dans son chalet d'Honfleur où la première venue de Musset, en 1829, ne passe pas inaperçue, comme l'écrit son hôte : « Il a étonné, enfoncé toute la jeunesse de Honfleur, avec son gilet, sa cravate et son air d'aristocrate ; il a fait des toilettes admirables, et troublé la tête de deux ou trois femelles de province ; nous avons eu moisson de scènes ridicules et dramatiques. Puis il s'est jeté dans une barque avec deux matelots, et il a couru à cheval avec moi, sous des grands bois, sous de belles bruyères, et il est sublime et beau. »

Mais la bande se réunit encore chez Tattet, dans son pavillon de chasse de Margency, dans la vallée de Montmorency, près du château de son père. Là on chasse, on soupe, on boit plus que de raison, on fait les fous et on rit des aventures du maître des lieux qui, un beau jour, enlève une de ses conquêtes, une belle Allemande arrachée à son mari ! D'autres « lions », encore, ne vont pas tarder à compter parmi les amis de Musset : Horace de Viel-Castel – futur responsable du Louvre et chroniqueur si féroce qu'on le surnommera « Fiel-Castel » – et un autre de ses anciens condisciples d'Henri IV, quoique plus âgé que lui, le comte Edmond Alton-Shée de Lignières, issu d'une richissime famille de la noblesse irlandaise passée sous l'Ancien Régime au service de la France. Devenu par héritage pair de France très jeune, suite à la mort de son grand-père, il joue les trublions de la pairie, au palais du Luxembourg, où il fait entendre la voix de l'extrême gauche républicaine. Avec lui le prince Emilio Belgiojoso, lui aussi aristocrate engagé, puisque exilé de sa patrie, Milan, pour avoir combattu l'occupant autrichien sur le lac de Côme. Très bel homme, d'une élégance à la pointe de la mode, c'est encore un excellent chanteur d'opéra, élève de Rossini, dont la voix de velours chavire les femmes. Tous deux ont même tenté de le faire admettre au Jockey Club, mais sans succès, parce que les membres de l'institution avaient trouvé que « bien que hardi cavalier, il ne montait pas à cheval dans le plus pur style anglais », ce dont il ne devait jamais se consoler. Tente-t-il de compenser cet échec par un surcroît de conquêtes féminines en devenant, quelques années plus tard, l'amant de la sœur d'Alton-Shée et de la femme de Belgiojoso ? C'est possible ! En attendant, c'est plutôt de l'amertume que lui ont apportée ses premières expériences :

Amour, fléau du monde, exécrable folie,
Toi qu'un lien si frêle à la volupté lie,
Quand par tant d'autres nœuds tu tiens à la douleur,
Si jamais par les yeux d'une femme sans cœur,
Tu peux m'entrer au ventre et m'empoisonner l'âme,
Ainsi que d'une plaie on arrache une lame,
Plutôt que comme un lâche on me voit en souffrir,
Je t'en arroserai, quand j'en devrais mourir.

Le prince de la jeunesse

L'érotisme, en effet, le travaille beaucoup à cette époque où il compose d'abord « Adieux à Suzon », un poème scandaleux et blasphématoire, décrivant un clergé romain éthéromane et criminel, bientôt suivi par « Gamiani ou deux nuits d'excès », récit scabreux publié sous le manteau, en 1833, avec des lithographies de Devéria. Cette compilation de la littérature pornographique du temps des Lumières, naturellement sans nom d'auteur, n'est certes pas un chef-d'œuvre, ce qui n'empêchera pas certains de ses lecteurs de l'apprécier tout au long du siècle, parmi lesquels Baudelaire qui en dira le plus grand bien. Elle montre surtout qu'Alfred a lu très jeune les œuvres de Diderot, de Restif de La Bretonne, de Choderlos de Laclos, du marquis de Sade, et plus encore de Louvet, lui qui se sent si proche du chevalier de Faublas. Alors secrètement conservés dans « l'Enfer » de la Bibliothèque royale, ces ouvrages étaient difficilement accessibles. On y trouve tout le bestiaire de cette époque : une jeune comtesse nymphomane, qu'une tante perverse a initiée à la débauche, des moines vicieux, des coups de fouet, des ânes en rut, du saphisme, de la sodomie et des orgasmes en veux-tu en voilà.

L'auteur en fit-il une lecture privée chez son ami, le duc d'Orléans qui, encore célibataire, ne dédaignait pas la gaudriole, non plus que ses frères du reste, ainsi que l'affirme Mirecourt ? C'est probable, dans la mesure où tous ces jeunes gens d'une classe privilégiée aimaient à s'échauffer avant de partir en chasse dans les lieux de perdition. Le

Alfred de Musset

sage roi Louis-Philippe et l'austère reine Marie-Amélie n'imaginent pas que le « jeune blondin » de naguère est devenu un noceur courant « dans un bouge au sortir du boudoir », et qui plus est toujours entre deux verres ou, pour dire comme Alfred Tattet, « tiré par les jambes d'une bouteille d'eau-de-vie ».

Avec son physique racé, son élégance recherchée et la notoriété que lui valent ses articles et premières nouvelles publiés dans la presse – le théâtre est encore à venir – il ne passe donc pas inaperçu dans les salons parisiens de l'époque, tel celui d'Alfred de Vigny, où Juste Olivier, encore, l'aperçoit deux fois en 1831 et trace ce portait aussi fasciné que perspicace : « Je remarquai un jeune homme, aux cheveux blonds, à la mise distinguée. Sa figure était belle, les traits réguliers, les yeux bleus, la barbe blonde, les dents belles, le nez bien fait ; enfin une belle figure ne manquant pas d'expression, sans cependant en avoir beaucoup... Musset a beaucoup de talent, je le crois sans peine. Sa figure m'a paru toujours aussi belle, mais il me fait toujours l'effet d'une belle fleur cueillie et fanée avant le soir. » Est-il déjà fatigué à vingt et un ans ? Il mène une vie de bâton de chaise, abusant du vin et du tabac, ne dormant pas assez et ne sachant pas se refréner dès qu'il s'agit d'alcôve, ce qui a pour conséquence d'ébranler un peu plus ses nerfs fragiles et son imagination exaltée. A-t-il déjà contracté la syphilis, dont il va souffrir toute sa vie ? Sans doute. Quoi qu'il en soit, c'est un homme tota-

Le prince de la jeunesse

lement indépendant qui s'impose, dans ces années-là, allant jusqu'à s'offrir le luxe de ne pas quémander une place au nouveau pouvoir, alors même que sa famille et lui-même seraient en droit d'en obtenir les faveurs.

Singulière élégance, là encore, et tout aristocratique, d'un dandy qui ne sollicite rien de personne, et qui, souvent irritable, récuse les critiques sur son œuvre, surtout lorsqu'elles proviennent de « la boutique romantique », qu'il ne fait en somme que traverser sans s'y trop arrêter, après en avoir été, pourtant, le fleuron le plus prometteur, mais aussi le plus libre, ce qui lui permet de renvoyer dos à dos les protagonistes de la bataille d'*Hernani*, sans vouloir prendre parti pour les uns ou pour les autres, parce qu'il appartient, lui, autant au classicisme qu'au romantisme :

Salut, jeunes champions d'une cause un peu vieille,
Classiques bien rasés à la face vermeille,
Romantiques barbus aux visages blêmis !
Vous qui des Grecs défunts balayez le rivage,
Ou d'un poignard sanglant fouillez le Moyen Age,
Salut ! J'ai combattu dans vos camps ennemis.
Par cent coups meurtriers, devenu respectable,
Vétéran, je m'assois sur mon tambour crevé...

C'est du reste ce qu'il entend encore et toujours démontrer dans ce poème, rédigé en 1832, dans lequel il prend tout à la fois ses distances avec le Cénacle et revendique haut et fort un libertinage à peine contenu :

Alfred de Musset

On me demande par les rues
Pourquoi je vais bayant aux grues,
Fumant mon cigare au soleil,
A quoi se passe ma jeunesse
Et, depuis trois ans de paresse,
Ce qu'ont fait mes nuits sans sommeil.
Donne-moi tes lèvres, Julie.

Mon imprimeur crie à tue-tête
Que sa machine est toujours prête
Et que la mienne n'en peut mais.
D'honnêtes gens qu'un club admire
N'ont pas dédaigné de prédire
Que je n'en reviendrai jamais.
Julie, as-tu du vin d'Espagne ?

On dit que ma gourme me rentre,
Que je n'ai plus rien dans le ventre,
Que je suis vide à faire peur.
Allons, Julie, il faut t'attendre
A me voir quelque jour en cendre
Comme Hercule sur son rocher.
Puisque c'est par toi que j'expire,
Ouvre ta robe, Déjanire,
Que je monte sur mon bûcher !

Paradoxalement, ce débauché professionnel, qui joue souvent les blasés, se comporte parfois comme un gamin, ce qui est plus conforme à son âge. Juste Olivier en témoigne à nouveau, qui raconte cette anecdote :

« Dimanche, Alfred de Musset a mis sur sa tête une tête de mort. Au moyen d'une cravate noire et

Le prince de la jeunesse

d'une redingote, il a caché sa propre figure. Sur la tête de mort, il a fiché un claque [entendons un chapeau haut de forme] et la tête et le claque se balançaient avec un petit air coquet. Dans cet équipage, il s'est promené devant sa fenêtre. Tous les gamins du voisinage se sont rassemblés dans la cour de l'hôtel; l'ami leur a jeté de mauvaises estampes, et pendant que les gamins se disputaient, lui et Alfred, avec une énorme seringue, les ont aspergés tellement, que plusieurs semblaient sortir d'un bain. Puis, pour finir la comédie, l'ami a lancé une seringade dans la figure d'Alfred de Musset qui, pour se venger, a versé un verre d'eau dans le chapeau de l'ami. On a causé longtemps; l'ami a oublié l'eau et, en partant, il s'est bravement mis sur la tête ledit chapeau et son contenu. "Ah ! Que vous êtes bête ! Voilà un chapeau perdu !" Et M. de Musset de rire en racontant cela ; et Alfred de Vigny de rire aussi en disant : "Voilà à quoi il passe sa vie ; il vaut bien la peine d'être grand poète !" »

Deux épreuves vont cependant être bientôt imposées à celui à qui tout semble réussir, hors son propre équilibre mental. La première est l'échec, à l'Odéon, de sa pièce *La Nuit vénitienne*, le 1er décembre de cette même année 1830, qui ne connaît que... deux représentations, après une générale difficile, où tout était allé de travers, l'héroïne principale tachant sa belle robe avec la peinture d'un décor qui n'avait pas fini de sécher, les rires se mêlant aux sifflets et aux huées. L'œuvre, qui raconte l'histoire du joueur Razzetta, amoureux de la belle Laurette, fiancée au prince d'Eysenach, ne manque pourtant pas de qualités,

Alfred de Musset

mais elle n'est pas comprise par les Parisiens qui, comme toujours en pareil cas, l'éreintent et, avec elle, les comédiens et l'auteur. Tout à la fois vexé et blessé, Alfred s'exclame : « Je n'aurais jamais cru qu'on pût trouver un public aussi sot à Paris. » Il décide de renoncer, non pas à écrire des pièces, mais à les faire représenter, malgré les encouragements de certains critiques, parmi lesquels Loève-Veimars dans *Le Temps*. « Je dis adieu à la ménagerie et pour longtemps », écrit-il à Prosper Chalas, en forme de conclusion dépitée, si bien que les plus grands de ses chefs-d'œuvre qu'il se prépare à enfanter ne seront connus du public, jusqu'au succès d'*Un caprice* en 1847, que par la lecture, alors que bien sûr, ils n'ont été écrits que pour être joués.

La seconde épreuve est, le 8 avril 1832, la mort de son père, qui succombe en quelques heures à l'épidémie de choléra qui vient de s'abattre sur Paris, faisant des milliers de victimes parmi lesquelles le président du Conseil, Casimir Perier. Atteint le matin, le malheureux, qui ne se doute de rien, ne passe pas le soir. Son fils cadet, rentré trop tard à la maison, n'a pu assister à son agonie et dira : « C'était une de ces douleurs sans larmes qui ne deviennent jamais douces, et dont le souvenir conserve toujours son amertume et son horreur, car la mort nous frappe autre part que l'amour. » D'où une nouvelle culpabilité, qu'il va, à sa manière, transcender dans *La Confession d'un enfant du siècle*, écrivant que son père laissa sur son journal, ouvert à son chevet, cette petite phrase boulever-

Le prince de la jeunesse

sante : « Adieu, mon fils, je t'aime et je meurs. » Toute la famille est atterrée, mais Alfred davantage sans doute. Il prend conscience de tout ce qu'il doit à cet homme aimable et compréhensif qui, depuis sa plus tendre enfance, l'a laissé libre de vivre à sa guise. Il écrit alors à un ami : « La mort vient à présent de m'ôter le soutien le plus nécessaire que j'aie jamais eu au monde, et qui ne saurait être remplacé d'ici à la mort. » Bouleversé, le jeune homme va jusqu'à envisager de s'engager dans l'armée – il songe au prestigieux régiment des hussards de Chartres ou à celui des lanciers – avant de se plonger dans une longue réflexion intérieure à l'issue de laquelle il décide finalement de ne se consacrer qu'à la littérature, comme on entre en religion. De tous ses serments, c'est le seul auquel il va demeurer fidèle.

Il est vrai qu'après la mort de leur père, les deux frères crurent qu'il leur faudrait conquérir une position dans la société pour survivre, comme Alfred l'écrivit encore dans cette même lettre : « Elevé dans la maison de mon père, traité en ami et en enfant, j'ai été oisif et découragé, lorsque rien ne me manquait, mais quand tout manque, je puis dire que je ne céderai pas... Je vous le dis franchement, je n'ai que moi, je n'ai que mes mains pour vivre et je vivrai. » En fait, ils comprirent rapidement que la fortune du défunt, constituée de bonnes terres en Vendômois, allait permettre à la famille – grâce à la stabilité monétaire de la monarchie de Juillet, ou plus exactement du franc Germinal – de continuer à vivre sur le même pied, quitte à procéder à certaines

Le prince de la jeunesse

d'un vieux magistrat sinistre, est de mépriser l'amour. Aux yeux de l'insouciant Octave – naturellement le double d'Alfred ! – ce n'est là qu'une lubie de femme frivole, le cruel divertissement d'une coquette qui se joue sans pitié du cœur de ses amoureux et attise l'amour en n'y cédant jamais. Aussi lui semble-t-il absurde que son ami Coelio se meure d'amour pour elle. Ce dernier, néanmoins, lui demande de plaider sa cause auprès de l'objet de sa passion, ce qu'il fait. Piquée, celle-ci lui réplique avec une telle maturité d'esprit et une telle science du sentiment amoureux qu'il en demeure confondu : s'abandonner au premier séducteur venu, n'est-ce pas se rendre méprisable et voir en une nuit s'évanouir le repos d'une vie entière ? Se refuser, au contraire, n'est-ce pas s'exposer aux railleries et passer pour un monstre ? Mais le vieux magistrat surprend sa femme en galante compagnie et la tance. Elle prend alors la résolution de tomber amoureuse. C'est son second caprice qui fait passer la comédie au rang de tragédie.

Une partie de la jeunesse de France, à présent, se passionne pour les personnages des pièces de Musset qui la font vibrer, et elle attend avec impatience ses articles dans *Le Temps*, *La Revue de Paris* ou *La Revue des Deux-Mondes*. Douterait-il de son audience, un soir, dans un bal, un danseur invite Charlotte de Musset, à qui il demande bientôt : « Mademoiselle, on m'a dit que vous êtes la sœur d'Alfred de Musset ? — Mais, oui, monsieur. — Vous êtes bien heureuse, mademoiselle. »

Alfred de Musset

« coupes sombres », comme la vente du manoir de Bonaventure, le fief traditionnel des Musset. « Sans l'aisance, déclare Alfred, point de loisirs, et sans loisirs pas de poésie. Il ne s'agit plus de faire l'enfant gâté, ni de caresser une vocation qui n'est pas une carrière. Il est temps d'agir et de penser en homme. » Est-ce l'enterrement de son enfance qu'il programme ainsi ? Sans doute.

De ce jour commence sa véritable aventure littéraire, non plus spontanée mais travaillée, telle que la découvrent les lecteurs de *La Revue de Paris*, où Buloz l'a embauché, en lisant « Les vœux stériles », « Octave » ou « Les secrètes pensées de Raphaël » – et bientôt « La coupe et les lèvres » écrite d'un seul jet après le départ de son père, ce que comprend parfaitement son frère, écrivant joliment : « On sait que le poète demandait pardon à sa langue maternelle de l'avoir quelquefois offensée. Racine et Shakespeare, disait-il, se rencontraient sur sa table avec Boileau, qui leur avait pardonné ; et bien qu'il se vantât de faire marcher sa muse pieds nus, comme la vérité, les classiques auraient pu la croire chaussée de cothurnes d'or. »

Particulièrement fécond durant cette période, Alfred écrit en effet *Andrea del Sarto*, *A quoi rêvent les jeunes filles* et, surtout, *Les Caprices de Marianne*, son premier chef-d'œuvre, dans lequel, par sa science contenue du classicisme, il commence à prendre ses distances avec le romantisme. Le premier caprice de la belle Marianne, fidèle épouse

Alfred de Musset

Alors que celui dont David d'Angers a déjà sculpté les traits dans ses célèbres médaillons consacrés aux hommes illustres se rend à l'Opéra et qu'il jette son cigare sur les marches, il aperçoit un autre jeune homme qui le ramasse et l'enveloppe pieusement dans un mouchoir avant de disparaître dans la nuit. N'entend-il pas encore citer ses vers sur le boulevard, et ne reçoit-il pas, chaque jour, de nombreuses lettres d'admirateurs ou d'admiratrices, y compris cette jeune Britannique à qui il répond si cavalièrement : « Mademoiselle, toutes les jeunes anglaises étant jolies, je ne vous ferai pas l'injure de croire que vous serez une exception à la règle » ? Il sait qu'on se le désigne, de table en table, lorsqu'il entre en habit chez Tortoni, sort du Café Hardy ou soupe aux Frères provençaux, et n'ignore pas que sa présence est recherchée dans les salons de la rive droite – plus que de la rive gauche désormais – où son insolence un peu distante, sa maîtrise de l'humour noir et son charme décadent seront appréciés de la compagnie, de même que sa sulfureuse réputation d'auteur érotique, dont on attend qu'il chuchote quelque délicieuse horreur à l'oreille des maîtresses de maison, qui seraient prêtes à tout pour l'avoir sous leur toit ! L'une d'elles ne lui envoie-t-elle pas, un jour, un écu ? Il répond sans se démonter :

Mais l'aumône est un peu légère,
Et, malgré sa dextérité,
Votre main est bien ménagère
Dans ses actes de charité.
Quand vous trouverez le mérite
Et quand vous voudrez le payer,

Le prince de la jeunesse

Souvenez-vous de Marguerite
Et du poète Alain Chartier.
Il était laid, dit l'histoire,
La dame était fille de roi :
Je suis bien obligé de croire
Qu'il faisait mieux les vers que moi.
Votre charité timide
Garde son argent et son or ;
Car en ouvrant votre main vide
Vous pouvez donner un trésor...

Le trésor, chez lui, c'est cette capacité tout aristocratique à charmer, tant par lui-même que par ses textes, parce que, justement, lui seul sait s'affranchir des modes comme des préjugés, et mettre l'excès dans sa vie mais pas dans son œuvre, comme le fera plus tard, à une autre époque et dans un autre registre, le génial Oscar Wilde auquel, par certains aspects, Musset ressemble, lui qui, sans narcissisme, annonce Dorian Gray, scandaleux dans ses débauches, mais si pur dans ses lignes, comme le héros de son conte oriental « Namouna ». Ceci transparaîtra bientôt souverainement dans « Portia » où, de ses amours dans le ruisseau, il tirera ce diamant :

Qui ne sait que la nuit a des puissances telles,
Que les femmes y sont, comme les fleurs, plus belles,
Et que tout vent du soir qui peut les effleurer
Leur enlève un parfum plus doux à respirer ?
Ce fut pourquoi, nul bruit ne frappant son ouïe,
Luigi, qui l'admirait si fraîche épanouie,
Si tranquille, si pure, œil mourant, front penché,
Ainsi qu'un jeune faon dans les hauts blés couché,
Sentit ceci – qu'au front d'une femme endormie,

Alfred de Musset

Il n'est âme si rude et si bien affermie
Qui ne trouve de quoi voir son plus dur chagrin
Se fondre comme au feu d'une flamme l'airain.

Alfred Tattet, résidant alors loin de Paris, a bien tort de s'inquiéter, pour l'instant du moins, de sa vie de bâton de chaise en écrivant à un de leurs amis communs : « Que devient Musset ? Le rencontres-tu ? Travaille-t-il ou joue-t-il ? Est-il enfin décidé à se perdre et ne devons-nous plus compter sur un avenir qui promettait d'être si beau. » Alfred travaille et s'amuse, l'un n'excluant pas l'autre. Multipliant les critiques, les pièces de théâtre – même si on ne le joue pas encore –, les contes et les poèmes, il existe à part entière dans le paysage parisien. C'est assez remarquable lorsqu'on songe qu'il est encore jeune, très jeune, en cette période très prolifique où il commence la rédaction de ses principales pièces – *Andrea del Sarto*, *Les Caprices de Marianne*, *On ne badine pas avec l'amour*, *Lorenzaccio* – et de certains de ses plus grands poèmes, comme « Rolla », ou « La coupe et les lèvres ». Il est déjà si mûr et si expérimenté qu'on pourrait croire que c'est un vieil écrivain qui rime cette préface à cette dernière œuvre :

J'ai fait trois mille vers ; allons, c'est à merveille.
Baste ! Il faut s'en tenir à sa vocation.
Mais quelle singulière et triste impression
Produit un manuscrit ! – Tout à l'heure, à ma table,
Tout ce que j'écrivais me semblait admirable.
Maintenant, je ne sais, – je n'ose y regarder.
Au moment du travail, chaque nerf, chaque fibre

Le prince de la jeunesse

Tressaille comme un luth que l'on vient d'accorder.
On n'écrit pas un mot que tout l'être ne vibre.
(Soit dit sans vanité, c'est ce que l'on ressent)
On ne travaille pas, on écoute, on attend.
C'est comme un inconnu qui vous parle à voix basse.
On reste quelquefois une nuit sur la place,
Sans faire un mouvement et sans se retourner.
On est comme un enfant dans ses habits de fête,
Qui craint de se salir et de se profaner ;
Et puis – et puis, – enfin ! – on a mal à la tête.
Quel étrange réveil ! Comme on se sent boiteux !
Comme on dit que Vulcain vient de tomber des cieux !
C'est l'effet que produit une prostituée,
Quand le corps assouvi, l'âme s'est réveillée,
Et que, comme un vivant qu'on vient d'ensevelir,
L'esprit lève en pleurant le linceul du plaisir.

CHAPITRE 7

L'*amour enfin*

« Je hais les femmes en théorie, mais j'ai beau faire, j'y serai pris. Trompez-moi, méchantes, trompez-moi, mais vous n'aurez pas de mérite à me tromper. »

ALFRED DE MUSSET

Le 17 juin 1833, une joyeuse bande se retrouve au restaurant Lointier, au numéro 104 de la rue de Richelieu, un des centres névralgiques de la capitale, entre le Palais-Royal et les grands boulevards. L'établissement, dirigé par ce successeur du fameux Robert, est des plus renommés. Chacun des invités sait que, ce soir, on va faire bonne chère, comme deux ans plus tôt Lady Blessington. Elle avait particulièrement apprécié le cadre, plus proche d'un hôtel particulier que d'un traiteur, avec son superbe salon et sa somptueuse salle à manger. Balzac lui-même, un autre habitué du lieu, n'a-t-il pas situé ici même le dîner de la rédaction du *Réveil*, auquel

Alfred de Musset

participe Lucien de Rubempré ? Ce sont de semblables agapes qui réunissent ce soir d'autres journalistes et gens de plume, bien réels en revanche, les collaborateurs de *La Revue des Deux-Mondes* que, très généreusement, François Buloz a décidé d'inviter pour les remercier d'avoir activement et talentueusement travaillé pour son compte. Autant dire que la détente est assurée, à l'heure où sautent les boutons de champagne, tandis que des fumets doux, provenant des cuisines, achèvent de mettre les convives en appétit.

Or, tandis que sous les protestations, le rédacteur en chef entame un discours qu'il finira par écourter, puisque chacun a hâte de se mettre à table, arrive une silhouette féminine qui, sur l'injonction de Buloz, prend place à côté d'Alfred. Celui-ci est le plus jeune de la bande et on estime que c'est près de lui que doit se tenir l'unique femme de la tablée. Galant, Musset se lève, installe sa voisine et en profite, en fin connaisseur, pour la dévisager : elle est brune, très brune, pas très grande mais bien faite, pas très jolie mais pleine de charme, attentive aux autres, curieuse, intéressante, intelligente, fine, subtile, lettrée. Elle est originale, même si, ce jour-là, elle n'est pas en habit d'homme comme cela lui arrive parfois, mais vêtue d'une robe élégante, quoique discrète, qui met en valeur ses formes généreuses. Les présentations sont vite faites : Alfred de Musset, George Sand. Tout au long du dîner, ils discutent beaucoup de leurs œuvres respectives et de leurs idées sur l'art et la littérature, se

L'amour enfin

découvrant mille complicités et autant de points communs. Sans le savoir, ils se laissent prendre l'un et l'autre à un jeu de séduction réciproque, lui en particulier, plongé par « l'éclat des yeux magnifiques et l'ombre des épais cheveux noirs » dans « une extase infinie ».

Commence ainsi l'une des plus célèbres liaisons de toute la littérature française, entre cette femme et ce jeune homme de six ans son cadet, l'un et l'autre au croisement de leur histoire. A ce moment précis de leur destin, Alfred, sorti de sa bogue d'adolescent, devient un homme et qui plus est un homme de lettres, et George accède à la pleine liberté de sa vie affective et intellectuelle. Elle a quitté son amant, Jules Sandeau, et multipliant les succès littéraires, elle transcende sa créativité et sa féminité largement épanouies. Car très vite, dans les jours qui suivent, une correspondance se noue, dans laquelle ils échangent leurs opinions, Musset sur *Indiana*, George sur « Rolla ». Cherchent-ils une aventure ? Leurs amis communs les mettent en garde, pourtant, contre les risques qu'ils pourraient encourir, faisant valoir à l'un qu'elle est un « bas-bleu » d'une fraîcheur toute relative, à l'autre que son interlocuteur n'est qu'un jeune séducteur qui méprise les femmes. Alfred de Musset, habitué à des liaisons fugaces, essentiellement physiques, est-il inconsciemment à la recherche d'une autre relation avec les femmes ou mieux « la » femme ? Se sent-il déjà attiré par cette baronne en rupture de ban, séparée de son mari le baron Dudevant, vivant

Alfred de Musset

de sa plume, provoquant le monde, qu'elle traverse le cigare à la bouche, par le tapage de ses liaisons, de ses livres et de ses engagements ? Est-il déjà amoureux de cette femme plus âgée que lui, libre de ses mouvements et de ses propos, puisqu'elle vient de rompre avec Jules Sandeau puis avec Prosper Mérimée, mais qu'il sent si maternelle, si compréhensive, si expérimentée ?

Elle-même envisage-t-elle de mettre ce très jeune homme dans son lit ? Souhaite-t-elle jouer les Pygmalion à l'envers en pétrissant une personnalité littéraire en gestation, dont elle a tout de suite senti la puissance et l'originalité, même si elle avait écrit à Sainte-Beuve, quelque temps plus tôt : « Je ne veux pas que vous m'ameniez Alfred de Musset. Il est très dandy, nous ne nous conviendrons pas » ? Qu'ils le veuillent ou non, qu'ils l'admettent ou non, ils se sentent irrésistiblement attirés l'un vers l'autre, même si George tente de combattre son instinct en claironnant : « Il est imprudent de satisfaire toutes ses curiosités et meilleur d'obéir à ses sympathies. » Après ce cœur sec de Mérimée qui l'a tant fait souffrir, doit-elle se donner au premier venu, si séduisant soit-il ? Non, mieux vaut rester seulement amis, comme il le lui écrit lui-même : « Je puis être une espèce de camarade sans conséquence et sans droits, par conséquent sans jalousie et sans brouilles, capable de fumer votre tabac, de chiffonner vos peignoirs et d'attraper des rhumes de cerveau en philosophant avec vous sous tous les marronniers de l'Europe moderne. » Mais, quel-

L'amour enfin

ques jours plus tard, il lui adresse ces vers plutôt audacieux, dans lesquels ses fantasmes apparaissent entre les lignes, prenant pour (faux) prétexte qu'*Indiana* les lui a inspirés :

Sand, quand tu l'écrivais, où donc l'avais-tu vue,
Cette scène terrible où Noum à demi nue,
Sur le lit d'Indiana s'enivre avec Raymond ?
Qui donc te la dictait cette page brûlante
Où l'amour cherche en vain d'une main palpitante
Le fantôme adoré de son illusion ?
En as-tu dans le cœur la triste expérience ?
Ce qu'éprouve Raymond, te le rappelais-tu ?
Ces plaisirs sans bonheur, si pleins d'un vide immense,
As-tu rêvé cela, George, où l'as-tu connu ?...

Alors ils s'éloignent, puis se rapprochent, s'évitent, puis se cherchent, commencent à transposer dans leurs livres leurs sentiments en les attribuant à leurs héros, et leur font dire ce qu'ils n'osent pas encore se dire. Elle lui envoie *Lélia*, qu'il lit d'un trait, tandis qu'elle dévore tout ce qu'il a publié jusque-là, et chacun attend celui qui fera le premier pas. Quinze jours après leur première rencontre, Alfred, tournant autour du pot, lui écrit : « Si vous voulez bien de moi pour une heure ou une soirée, au lieu d'aller ces jours-là chez Madame une telle, faisant des livres, j'aurai affaire à mon cher monsieur Sand, qui est désormais pour moi un homme de génie. Pardonnez-moi de vous le dire en face, je n'ai aucune raison de vous mentir. » Ou encore, certes en prenant des gants : « Vous me connaissez assez pour être sûre à présent que jamais le mot ridicule de – voulez-vous ? Ou ne voulez-vous pas ? – ne sortira de mes lèvres. Il y a la mer Baltique entre vous et moi sous ce rapport, vous ne pouvez donner que l'amour moral, et je ne puis le rendre à personne, en admettant que vous ne commenciez pas tout bonnement à m'envoyer paître, si je m'avisais de vous le demander. »

Quelques jours plus tard, c'est enfin la capitulation : « Mon cher George, j'ai quelque chose de bête et de ridicule à vous dire. Vous allez me rire au nez. Vous me mettrez à la porte, et vous croirez que je mens. Je suis amoureux de vous. Je le suis depuis le premier jour où je suis allé chez vous. J'ai cru que je m'en guérirais tout simplement en vous voyant, à titre d'ami... » Point n'est besoin d'aller plus loin ; elle a très bien compris. Mais elle se refuse à lui avouer que ce sentiment est partagé, puisqu'il est si doux de poursuivre sur le registre du marivaudage et si jouissif de satisfaire ce sado-masochisme qu'elle a parfaitement entrevu chez Musset. Elle met donc en avant son âge, ses enfants, son goût pour la vie paisible à la campagne, ce qui conduit ce dernier à répliquer : « Aimez ceux qui savent aimer, je ne sais que souffrir. Il y a des jours où je me tuerais, mais je pleure ou j'éclate de rire... Adieu, George, je vous aime comme un enfant. » Vraiment ? C'est à qui des deux mentira le mieux à soi-même et à l'autre !

Et la comédie se poursuit jusqu'à la fin du mois de juillet où, de guerre lasse, elle finit par céder et se donne à lui, chez elle, place Saint-Michel, le 27,

L'amour enfin

jour anniversaire de la révolution de Juillet où Paris est en fête, sans doute entre le bal et le feu d'artifice. C'est une nuit torride, dans laquelle peut-être, pour la première fois, Alfred s'abandonne totalement au corps de sa partenaire qu'il ne cherche pas à dominer. Dans cette singulière liaison qui commence, il semblerait que ce soit elle l'amant et lui la maîtresse, même si, dans *La Confession d'un enfant du siècle*, il tentera de reprendre l'avantage, en écrivant : « J'entourai de mon bras la taille de ma chère maîtresse ; elle tourna doucement la tête ; ses yeux étaient noyés de larmes. Son corps plia comme un roseau, ses lèvres entr'ouvertes tombèrent sur les miennes, et l'univers fut oublié. » Cette première étreinte lui inspire de nombreux vers dont elle est la destinataire, tels ceux-ci :

Te voilà revenu dans mes nuits étoilées,
Bel ange aux yeux d'azur, aux paupières voilées,
Amour, mon bien suprême, et que j'avais perdu !
J'ai cru, pendant trois ans, te vaincre et te maudire,
Et toi, les yeux en pleurs, avec ton doux sourire,
Au chevet de mon lit, te voilà revenu.

Eh bien, deux mots de toi m'ont fait le roi du monde,
Mets la main sur mon cœur, sa blessure est profonde ;
Elargis-la, bel ange, et qu'il en soit brisé !
Jamais amant aimé, mourant sur sa maîtresse,
N'a sur des yeux plus noirs bu la céleste ivresse,
Nul sur un plus beau front ne t'a jamais baisé !

Elle-même confie à son vieux complice Sainte-Beuve : « Je suis heureuse, très heureuse, mon ami. Chaque jour je m'attache à lui ; chaque jour, je vois s'effacer en lui les petites choses qui me faisaient souffrir ; chaque jour je vois luire et briller les belles choses que j'admirais. Son intimité m'est aussi douce que sa préférence m'a été précieuse. » Pourtant, si on les voit se promener dans Paris, ou au jardin du Luxembourg où Alfred la dessine avec ses enfants, la prudence demeure de mise. Il n'est pas question d'étaler au grand jour la liaison d'une mère de famille, connue dans le monde de la littérature, avec un jeune homme de six ans son cadet. C'est pourquoi ils vont passer quelques jours à Fontainebleau, à l'Hôtel britannique, rue de France, à l'ombre d'un immense château où Napoléon, naguère, a écrit la fin de son histoire. Dans cette thébaïde, leur union devrait toucher à l'apothéose. En fait, elle tourne au drame. Au cours d'une nuit blanche, passée à la belle étoile sur les rochers de Franchard, Alfred, tout d'un coup, livide, l'air hagard, « agité d'un tremblement convulsif », s'écrie, d'un ton terrible, sur le rocher où il s'est juché : « Sortons d'ici ! » C'est une véritable crise hallucinatoire, une de celles dont sa famille a l'habitude, mais pas George, effrayée par un tel spectacle, se demandant à juste titre si son amant n'est pas fou. Un peu calmé, il lui raconte avoir vu un spectre passer dans la nuit, et que ce spectre était lui-même, avec vingt ans de plus, vêtu de haillons, les traits ravagés par la maladie.

Ce sentiment de dualité, qu'il a déjà connu et qu'il connaîtra encore, correspond à un trouble de la personnalité aujourd'hui connu : il s'agit de ce

L'amour enfin

que la science appelle l'« autoscopie psychiatrique », phénomène parapsychique par lequel certains êtres, à la suite de telle ou telle pathologie médicale (souvent après ou pendant un coma), voient un double d'eux-mêmes – un *out of body*, disent les Anglo-Saxons. Naturellement, dans les années 1830, aucun médecin ne pouvait connaître et analyser ce phénomène, au reste assez rare, et ceux qui en souffraient étaient abandonnés à eux-mêmes, comme Guy de Maupassant plus tard. Plus Alfred avancera en âge, plus ce phénomène d'association augmentera, avec pour effet de rompre l'équilibre entre ses deux « moi », au bénéfice du plus imaginatif, qui n'est hélas pas le plus équilibré. Tour à tour Coelio et Octave, les deux personnages clés de son œuvre, c'est-à-dire le vertueux et le débauché, Musset est et sera, jusqu'à son dernier jour, hanté par cette dualité morbide, avec, au cœur de son intimité la plus profonde, l'insoluble question de savoir qui il est vraiment. De ce jour le terrible secret de la famille de Musset est plus ou moins dévoilé : « On » sait qu'Alfred n'est pas tout à fait « normal », ou qu'à certains moments il n'est plus maître de lui-même, ce qui explique la présence récurrente de ce double. Dans « La coupe et les lèvres », cette exclamation le résume : « Et quelquefois, la nuit, mon spectre apparaît. » De là, ses pulsions suicidaires, omniprésentes elles aussi dans ses œuvres, mais de là également la complexité de cette relation amoureuse qui débute, et dans laquelle se profilent les premiers nuages : Musset semble tout autant aimer que haïr sa maîtresse, qui l'attire autant qu'elle lui répugne. Il lui fait l'amour et la fuit, se met en colère contre elle et se jette à ses genoux, veut la dominer et lui obéit. Lui reproche-t-il, dans la vie, de ne pas être assez sentimentale et, au lit, de ne pas être assez perverse, même si elle est une femme libérée, elle ne sacrifierait jamais à l'amour son métier d'écrivain et sa vie de mère.

Certes, elle l'aime, comme elle l'écrit à Sainte-Beuve : « Je me suis énamourée et cette fois très sérieusement d'Alfred de Musset. Ceci n'est plus un caprice, c'est un attachement senti... Je l'ai niée, cette affection, je l'ai repoussée, je l'ai refusée d'abord, et puis je m'y suis rendue et je suis heureuse de l'avoir fait. » Pour autant, elle a fixé les limites qu'elle ne franchira jamais, c'est-à-dire abdiquer sa personnalité et renoncer à sa liberté. Alfred le sent. Inconsciemment il lui en veut, surtout lorsqu'elle répond à ses aspirations de jeune mâle, sinon par la pitié, du moins par une certaine commisération, lorsqu'il ose lui reprocher les hommes qui l'ont précédé. Les promenades au clair de lune sur les rochers de Fontainebleau n'y feront rien, elle conservera jusqu'à la fin son emprise sur lui : « Je ne suis pas votre maîtresse tous les jours ; il y en a beaucoup où je suis, où je veux être votre mère. Oui, lorsque vous me faites souffrir, je ne vous vois plus en amant ; vous n'êtes plus qu'un enfant malade, que je veux soigner ou guérir, pour retrouver celui que j'aime et que je veux toujours aimer. Que Dieu me donne cette force ! Que Dieu, qui nous voit, qui m'entend, que le Dieu des amants me

L'amour enfin

laisse accomplir cette tâche, quand je devrais y succomber ! »

George Sand, cependant, bien que demeurant sur ses gardes, consent à oublier l'incident et, bientôt revenu à Paris, le couple reprend le rythme de sa vie, chacun d'eux continuant de faire toit à part pour respecter les convenances, même si on les aperçoit souvent, ensemble, au théâtre ou à l'Opéra. En fait, c'est au 19 du quai Malaquais, dans le petit appartement de George, tapissé de bleu, sous les combles, que les deux amants se retrouvent le soir pour une sorte de « lune de miel », en contemplant, par-delà les toits du quartier, le cours majestueux de la Seine, le Louvre, la Cité et, tout au fond, les tours de Notre-Dame, ce vieux Paris, écrin de leur passion naissante. Là, ils reçoivent sans manières quelques-uns de leurs amis communs, Balzac, Buloz, Sainte-Beuve, Mérimée, Planche, Lamennais, Dumas, Heine, Rollinat, et, parmi les dames, au demeurant moins nombreuses, puisque George se méfie des concurrentes, Marie Dorval, qui n'est pas encore la maîtresse d'Alfred de Vigny, et Marie d'Agoult, venue en voisine, qui n'est pas encore celle de Franz Liszt, l'une et l'autre retroussant leurs jupes pour affronter les trois étages séparant les simples mortels de l'empyrée romantique. L'ambiance y est bon enfant, gaie et bohème, comme en témoigne Paul de Musset : « Jamais je ne vis de compagnie si heureuse, si peu occupée du reste du monde. On passait son temps

Alfred de Musset

à causer, à dessiner, à faire de la musique. On se déguisait, certains jours, pour le plaisir de jouer des rôles. » Alfred lui-même, lorsqu'il ne remplit pas les albums de George des caricatures de leurs familiers, évoque ces moments dans cette stance burlesque, à la manière d'un instantané saisi sur le vif :

> *George est dans sa chambrette*
> *Entre deux pots de fleurs,*
> *Fumant sa cigarette*
> *Les yeux baignés de pleurs.*
>
> *Buloz, assis par terre,*
> *Lui fait de doux serments,*
> *Solange par-derrière*
> *Gribouille ses romans.*
>
> *Planté comme une borne,*
> *Boucoiran tout mouillé*
> *Contemple d'un œil morne*
> *Musset tout débraillé.*
>
> *Dans le plus grand silence,*
> *Paul, se versant du thé,*
> *Ecoute l'éloquence*
> *De Ménard tout crotté.*
>
> *Planche, saoul de la veille,*
> *Est assis dans un coin,*
> *Et se cure l'oreille*
> *Avec le plus grand soin.*
>
> *La mère Lacouture,*
> *Accroupie au foyer,*
> *Renverse la friture*
> *Et casse un saladier.*

L'amour enfin

De colère pieuse
Guéroult tout palpitant,
Se plaint d'une dent creuse
Et des vices du temps.

Pâle et mélancolique,
D'un air mystérieux,
Papet, pris de colique,
Demande où sont les lieux...

Les visiteurs sont-ils surpris de découvrir un Musset bien sage qui, comme un petit page, demeure souvent assis aux pieds de sa maîtresse, lorsqu'elle se lance dans quelque improvisation littéraire ou politique avec ses amis saint-simoniens ? S'amusent-ils de le voir, le soir, occupé à écrire ou à disserter, alors que, quelques mois plus tôt, celui qui est devenu un « bon petit Mussaillon » courait encore les bordels avec une bande de décavés ? « On a changé Musset », se disent-ils, stupéfaits par une aussi improbable métamorphose, dès lors que, véritable chevalier servant, il multiplie les prévenances, lorsqu'ils vont s'encanailler dans les guinguettes du quartier des Porcherons, où elle arbore ses mantilles espagnoles et lui ses redingotes à carreaux, ressemblant en cela au jeune Jean-Jacques Rousseau avec Mme de Warens, encore que la butte Montmartre ne soit pas Chambéry. Il la dessine en robe brodée, un éventail à la main, la tête à demi tournée devant une balustrade, on dirait aujourd'hui dans une pose de « star ». Certains jours, on monte des canulars, tel celui où George convie plusieurs graves rédacteurs de *La Revue des Deux-Mondes*, pour leur présenter un

Alfred de Musset

honorable membre de la Chambre des communes en voyage en France et qui n'est autre que le célèbre mime Jean-Baptiste Debureau, que personne ne reconnaît vêtu en habit, cravate blanche et escarpins. Celui-ci répond par monosyllabes aux questions qui lui sont posées, provoquant la perplexité des convives. On finit par demander au faux lord sa conception de l'équilibre européen. Il prend alors son assiette, la lance en l'air, avant de la récupérer sur la pointe de son couteau et de la faire tourner en déclarant : « Voilà ce qu'est l'équilibre européen. » Pendant tout ce temps, le service est assuré par une jeune paysanne normande, idiote et maladroite, qui renverse le potage sur les convives et casse la vaisselle : Alfred de Musset lui-même, vêtu d'une robe, d'un fichu et de sabots ! Eclat de rire général au dessert, lorsque la supercherie est enfin dévoilée ! Un soir, un admirateur de George, l'écrivain Chausdesaigues, se présente à la porte où, en l'absence de sa compagne, Alfred le reçoit sans se présenter. Et l'autre de lui dire tout le mal qu'il pense de l'œuvre de Musset, jusqu'au moment où George, enfin revenue, les présente l'un à l'autre !

Bien au-delà du pittoresque et de ces bouffonneries de potaches plus ou moins attardés, la liaison de George et Alfred se renforce au fil des mois, dès lors que pour la première fois de sa vie, ce dernier décide de jouer le jeu en ne se dispersant pas mais en se concentrant sur une seule femme. Leur bonheur, du reste, n'échappe pas à leurs proches, comme Sainte-Beuve notant : « Madame Dudevant

L'*amour enfin*

et Musset s'aiment toujours réellement et j'espère que cela durera. Elle est heureuse, elle travaille, et lui aussi. » Cela va-t-il durer toujours ? Non, comme Paul de Musset le pressent : « Il semblait qu'une association où l'on vivait si gaiement, où l'on mettait en commun talents, esprit, grâce, jeunesse et bonne humeur, ne pourrait jamais se dissoudre. Il semblait surtout que des gens si heureux n'eussent rien de mieux à faire que de rester dans un intérieur qu'ils avaient su rendre charmant pour eux et pour leurs amis. Mais non, une inquiétude ennemie du bien, une espèce de turbulence incompréhensible s'empara d'eux. Ils se mirent à souhaiter un milieu plus beau qu'un petit salon dans la première ville du monde. Cette ville devint à leurs yeux un amas de pierres poudreux et enfumé, dont il fallut se sauver. Ils parlèrent d'Italie. Ce sujet de conversation devint bientôt un projet de voyage et ce projet une idée fixe. »

Paul de Musset exagère quelque peu. Depuis l'institution du « grand tour », un siècle plus tôt, par la noblesse britannique, les élites d'Europe sacrifiant ensuite à ce goût du voyage dont allait naître le mot « tourisme », chacun a envie, au moins une fois dans sa vie, de visiter l'Italie. Au reste, Sand et Musset en avaient parlé dès leur rencontre, et songé en particulier à Venise, cette belle endormie que Byron venait de remettre à la mode, bien d'autres avant lui, Chateaubriand entre autres, ayant vanté l'onirisme exceptionnel de l'ancienne Sérénissime, devenue la cour de récréation du

Alfred de Musset

romantisme. Alfred n'avait-il pas déjà rimé sur cette ville unique, bien avant de s'y rendre :

*Dans Venise la rouge
Pas un bateau qui bouge
Pas un pêcheur dans l'eau,
Pas un falot*

*Seul, assis sur la grève,
Le grand lion soulève,
Sur l'horizon serein,
Son pied d'airain.*

*Autour de lui par groupes,
Navires et chaloupes,
Pareils à des héros
Couchés en rond,*

*Dorment sur l'eau qui fume,
Et croisent dans la brume,
En légers tourbillons,
Leurs pavillons.*

*La lune qui s'efface
Couvre son front qui passe
D'un nuage étoilé
Demi-voilé.*

*Ainsi, la dame abbesse
De Sainte-Croix rabaisse
Sa cape aux larges plis
Sur son surplis*

*Et les palais antiques,
Et les graves portiques,
Et les blancs escaliers
Des chevaliers,*

L'amour enfin

Et les ponts et les rues,
Et les mornes statues,
Et le golfe mouvant
Qui tremble au vent,

Tout se tait, fors les gardes
Aux longues hallebardes,
Qui veillent aux créneaux
Des arsenaux.

– Ah ! Maintenant plus d'une
Attend, au clair de lune,
Quelque jeune muguet,
L'oreille au guet.

Pour le bal qu'on prépare,
Plus d'une qui se pare,
Met devant son miroir
Le masque noir.

Sur sa couche embaumée,
La Vanina pâmée
Presse encor son amant,
En s'endormant ;

Et Narcisa la folle,
Au fond de sa gondole,
S'oublie en un festin
Jusqu'au matin.

Et qui, dans l'Italie,
N'a son grain de folie ?
Qui ne garde aux amours
Ses plus beaux jours ?

Laissons la vieille horloge,
Au palais du vieux doge,

Alfred de Musset

Lui compter de ses nuits
Ses longs ennuis.

Comptons plutôt, ma belle,
Sur ta bouche rebelle
Tant de baisers donnés
Ou pardonnés.

Comptons plutôt tes charmes,
Comptons les douces larmes,
Qu'à nos yeux a coûté
La volupté !

Et n'avait-il pas encore composé cette comédie, La Nuit vénitienne, qui avait été un si grand désastre à l'Odéon, quelques années plus tôt ? N'écoutant que leur envie, les deux amants s'attellent à la préparation du voyage avec un enthousiasme fébrile, tout en réfléchissant aux moyens de vaincre les réticences d'une tierce personne, plus ou moins agacée ou accablée, par l'inévitable scandale que ne manquera pas de susciter le départ, pendant plusieurs mois, d'un jeune homme de bonne famille avec une femme mariée et mère de deux enfants, qui plus est s'habillant en homme, fumant le cigare et écrivant des livres. Cette tierce personne c'est, naturellement, Mme de Musset mère à qui il faut demander, sinon son autorisation formelle, du moins son approbation tacite. En apprenant la nouvelle, elle se serait écriée : « Jamais je ne donnerai mon consentement à un voyage que je regarde comme une chose dangereuse et fatale. Je sais que mon opposition est inu-

L'amour enfin

tile et que tu partiras, mais ce sera contre mon gré et sans ma permission. »

Le plus extraordinaire dans cette aventure est que George Sand elle-même va s'en charger, sollicitant un rendez-vous, 59 rue de Grenelle, à neuf heures du soir, pour un entretien qui se tiendra dans le fiacre qu'elle a loué ! On verse beaucoup de larmes et on négocie pied à pied, art dans lequel la romancière est, parmi d'autres talents, experte. Elle promet d'aimer Alfred « comme un fils », de veiller sur sa santé, de le soigner. De guerre lasse, la mère du poète cède à la requête à minuit, tandis que Buloz, toujours aussi « magnifique », fournit généreusement les quatre mille francs du voyage, en avance sur le prochain roman de George, qu'elle s'engage à lui livrer avant le 1er juin prochain.

Le 12 décembre 1833, par une froide et triste journée d'hiver, les deux amants gagnent la cour des Messageries Lafitte et Caillard, grimpent dans la malle-poste, et filent vers Lyon, à l'aube de ce qui est pour tous les deux leur premier grand voyage. On racontera plus tard que tout ne pouvait que tourner au désastre, puisque la voiture porte le numéro 13, qu'en quittant la cour, elle heurte violemment une borne et renverse bientôt un malheureux porteur d'eau ! En fait, ils sont très heureux et, en quittant Paris, se serrent tendrement la main, même si leurs compagnons de voyage s'étonnent de l'attitude surprenante de cette femme habillée en homme, qui fume aux étapes et parle avec autorité.

Alfred de Musset

A Lyon, ils embarquent sur le Rhône, en grimpant dans un vapeur pour continuer le voyage. Là, ils se lient d'amitié avec un gros et sympathique garçon, laid, débraillé, mais à la conversation étincelante, qui s'en retourne à Civitavecchia où il exerce la fonction de consul de France. Il s'appelle Henri Beyle, mais on ne connaît que son pseudonyme, Stendhal. Après un dîner un peu trop arrosé, il leur fait un soir une démonstration de la danse de l'Ours, comme le raconte Alfred dans une lettre à sa famille. On rit et Alfred croque la scène, avant de se promettre de revoir ce nouvel ami si attachant. En attendant, l'auteur de *La Chartreuse de Parme* leur fait visiter Avignon, qu'il connaît comme sa poche, et les quitte à Marseille puisque leurs chemins divergent.

George et Alfred s'embarquent sur le vapeur *Sully* où le jeune homme fait leur caricature, adossés au bastingage, elle tirant sur son cigare, lui, victime du mal de mer, vomissant tripes et boyaux. Ils débarquent bientôt à Gênes, qu'ils visitent, prenant beaucoup de plaisir à se perdre dans la célèbre villa Pallavicini, et de là, filent sur Pise, puis Florence, où Alfred rêve à son personnage de *Lorenzaccio*, qu'il achèvera à son retour. Puis ils traversent Bologne, Ferrare et Mestre, pour enfin arriver à Venise, par une belle nuit d'hiver. Il signore et la signora Dudesiant – c'est le pseudonyme, assez transparent, qu'ils ont choisi – prennent leurs quartiers quai des Esclavons dans une auberge de bon aloi, l'Albergo Reale, qui appartient au Signore Da Niel, dit

L'amour enfin

Danieli, et qui n'est bien sûr pas encore le palace qu'elle deviendra un demi-siècle plus tard. Comble de malchance, atteinte d'une mauvaise fièvre contractée à Gênes, George s'alite en arrivant, tandis qu'Alfred, au balcon, hume pour la première fois l'air si particulier de la lagune, à l'heure où la lune, qu'il a déjà mise en scène, irradie, tout là-bas, l'église du Rédempteur et, plus au loin, la Douane de Mer. « Voilà Venise, s'écrie-t-il, comme je la connaissais, comme je la voulais, comme je l'avais vue quand je la chantais dans mes vers. »

CHAPITRE 8

Les amants de Venise

« Venise ! O perfide cité,
A qui le ciel donna la fatale beauté !
Je respirai cet air dont l'âme est amollie,
Et dont ton souffle impur empesta
l'Italie ! »

ALFRED DE MUSSET

A Venise, au mois de février de l'année 1834, minuit vient de sonner au Campanile, réveillant le jeune homme en proie à une forte fièvre, dans cet appartement du Danieli, tendu de bleu, composé de deux chambres et d'un salon, garni d'un mobilier cossu. Livide et grelottant de fièvre, il finit par se lever sans trop savoir depuis combien de temps il est là, ni si c'est le jour ou la nuit. Maigre et fantomatique, il est si affaibli qu'il lui faut s'appuyer sur une canne trouvée par hasard dans un coin. Il erre, ne sachant pas exactement où il est, dans le rêve ou la réalité. Soudain, il aperçoit un trait de lumière sous la porte de la seconde chambre vers laquelle il se dirige. Très discrètement – tant il est faible ! – il pousse cette porte et d'abord ne distingue rien, sinon deux corps, nus et entrelacés. Ayant passé beaucoup de temps dans l'obscurité, la lumière des bougies, d'abord, le gêne. Il cligne des yeux, puis il s'approche et soudain réalise que dans ce lit, ce sont sa maîtresse et son médecin qui font l'amour. Alors il tente de dire quelque chose, puis s'évanouit, tandis que les amants surpris se précipitent à son secours, le portent dans sa chambre. Quelques heures plus tard, il revient à lui, mais se met à délirer, tandis que ces dernières semaines lui reviennent en mémoire par bribes, comme des images confuses.

Quelques jours après leur arrivée dans la lagune, George Sand, en effet, avait dû s'aliter et Alfred, au lieu de la soigner, ou tout au moins de demeurer auprès d'elle, avait mis à profit ces deux semaines pour arpenter la ville, armé des *Mémoires de Casanova*. Voulant imiter ce maître en libertinage, il avait visité les principaux monuments de la cité et surtout les bordels et les tripots, dans lesquels il avait vite retrouvé ses habitudes d'alcoolique et perdu de grosses sommes, avant de regagner, tard dans la nuit, à pas furtifs, sa chambre, fuyant l'intimité un peu écœurante de sa compagne, qui souffrait, entre autres, de dysenterie. Pendant ce temps, George, entre deux tisanes, tentait d'achever les ouvrages promis à son éditeur. Et c'est au cours de ces escapades que, séduit par la cité, Alfred prit des notes et emmagasina dans sa tête ce avec quoi il nourrirait plus tard « Le fils du Titien », « La sérénade de Mylord » ou « Leone Fini ».

Souffrit-elle de ses absences ? Bien sûr, comme elle allait le lui reprocher par la suite, dès lors que, « abrutie par les frissons, les défaillances et la somnolence », elle ne sortait de son apathie que pour lui adresser les reproches les plus vifs : « Dès le premier jour, quand tu m'as vue malade, n'as-tu pas pris de l'humeur en disant que c'était bien triste et bien ennuyeux, une femme malade... Tu m'appelais l'ennui personnifié, la rêveuse, la bête, la religieuse, que sais-je ? » Se sentit-il coupable ? Même pas. Révulsé par le délabrement de sa maîtresse, il la fuyait de plus belle et rentrait de plus en plus tard – une fois même, les habits en lambeaux et couvert de sang, après une mauvaise rencontre ! Au fil des jours, pourtant, elle s'était remise et c'était lui qui était tombé malade, après avoir peut-être contracté la malaria ; il vivait désormais entre deux fièvres, ce qui eut naturellement pour effet de réveiller ses vieux démons, comme elle le comprit tout de suite : « Une fois, il a été comme fou, toute une nuit, à la suite d'une grande inquiétude. Il voyait comme des fantômes autour de lui, et criait de peur et d'horreur. A présent, il est toujours inquiet et, ce matin, il ne sait presque ni ce qu'il dit, ni ce qu'il fait. Il ne fait que pleurer, se lamenter d'un mal sans nom et sans cause, il demande son pays, dit qu'il est près de mourir ou de devenir fou ! » Par moments il se calme, dort quelques heures et, se réveillant, commence à la maudire. Alors ils s'envoient des horreurs à la figure. Lui : « George, je me suis trompé. Je t'en demande pardon, mais je ne t'aime pas. » Elle : « Nous ne nous aimons plus, nous ne nous sommes jamais aimés. »

Elle tente néanmoins de soigner, comme elle peut, ces « fièvres » qui, quinze jours durant, épuisent Alfred jour et nuit, ce dont elle rend compte dans une lettre à Jules Boucoiran : « Les nerfs du cerveau sont tellement entrepris que le délire est affreux et continuel. Six heures d'une frénésie telle que malgré deux hommes robustes, il courait nu dans sa chambre... Des cris, des chants, des hurlements, des convulsions, ô, mon Dieu, quel spectacle ! Quel spectacle ! Il a failli m'étrangler en m'embrassant. Les deux hommes ne pouvaient lui faire lâcher le collet de ma robe... Il demande son pays, dit qu'il est près de mourir ou de devenir fou. » N'est-ce pas la scène de Fontainebleau qu'il revit, en pire, lui qui, désormais, n'écrit plus aux siens, les laissant dans l'angoisse ? Très inquiète – n'a-t-elle pas promis à sa mère de s'occuper de lui ? –, elle fait alors appel, sur les conseils du signore Danieli, au docteur Pagello, qui prend les choses en main en prescrivant des sédatifs (eau glacée, eau distillée de cerises et laudanum).

La guérison est lente à venir et, chaque jour, Alfred semble s'épuiser davantage, même s'il donne parfois quelques signes d'apaisement. Désormais le docteur Pietro Pagello vient chaque jour pour ausculter le malade, mais, aussi, pour passer de longs

Les amants de Venise

moments avec cette mystérieuse femme, qui le fascine lorsqu'il la voit écrire tant de pages, sa cigarette de Virginie à la main, et qui prend sur son temps pour causer avec lui. George Sand a compris très vite que ce jeune Vénitien de vingt-sept ans, blond et racé, est tombé amoureux d'elle. Lui demande-t-il l'autorisation de lui faire découvrir sa ville, elle accepte avec empressement et tous deux se jettent dans la première gondole venue pour disparaître bientôt dans le crépuscule. A quelle heure rentrent-ils ? Eux seuls le savent. Mais un soir où ils bavardaient un peu plus que d'habitude, après avoir constaté qu'Alfred dormait profondément, Pietro prit un volume de Victor Hugo et se mit à lire tandis qu'elle écrivait. Sentit-elle qu'il la regardait ? Probablement. Elle finit par lui tendre le feuillet qu'elle venait de couvrir de sa large écriture, et dans lequel elle ne lui cachait pas ce qu'elle attendait de lui : « L'ardeur de tes regards, l'étreinte violente de tes bras, l'audace de tes désirs me tentent et me font peur. Je ne sais ni combattre ta passion ni la partager... »

Alors, il s'enhardit, la prit par la taille et la conduisit dans sa chambre, sans qu'elle se défendît, autrement qu'en lui chuchotant : « Doucement, ne fais pas de bruit, il ne faut pas qu'il nous entende. » Par la suite, elle dira, pour se justifier : « L'amour de la vie est-il donc un crime ? » Et parle-t-elle d'Alfred ou de Pietro quand, sans se mentir à elle-même, elle écrit, évoquant plus tard cet épisode : « Ils coururent les lagunes en barque découverte, à toute heure et par tous les temps, sans rames et sans pilote ; ils errèrent sur les paludes, sans guide, sans montre et sans souci de la marée montante ; ils chantèrent devant les chapelles dressées sous la vigne, au coin des rues, sans songer à l'heure avancée, et sans avoir besoin d'autre lit jusqu'au matin que la dalle blanche encore tiède des feux du jour » ?

Et c'est pendant une de ces nuits d'ivresse, où ils finissent par oublier la présence si proche d'Alfred, que ce dernier, s'étant réveillé à l'improviste, les découvre, se demandant combien d'extases ils viennent de connaître ensemble et comprenant *a posteriori* combien ses doutes étaient fondés, depuis qu'il avait remarqué qu'un jour, ils avaient bu leur thé dans la même tasse : « Je regardai la table de toute la force de mes yeux. Il n'y avait qu'une tasse ! Je ne m'étais pas trompé. Ils étaient amants ! Cela ne pouvait plus souffrir l'ombre d'un doute. J'en savais assez. »

George – qui écrivait naguère à Pagello : « Aurons-nous assez de prudence et de bonheur, toi et moi, pour lui cacher encore notre secret pendant un mois ? Les amants n'ont pas de patience et ne savent pas se cacher » – a-t-elle manqué de discrétion ou a-t-elle fait exprès de se laisser surprendre ? Lorsqu'il reprend ses esprits, il la traite d'« infâme prostituée » et les scènes redoublent de violence. « Le jour où vous m'avez cédé, lui lance-t-il, j'ai compris que vous pensiez bien m'avoir conquis, et que toutes ces feintes résistances n'étaient que l'art

Les amants de Venise

vulgaire de tendre une ligne et d'y faire mordre le pauvre poisson. » On ne saurait être plus cruel, pour elle comme pour lui ! A tour de rôle, ils tentent de se suicider en avalant du laudanum, ou feignent de le faire, tandis qu'Alfred, en proie à une véritable crise paranoïaque, empêche un jour George de prendre la porte en lui criant avec un rire sardonique : « Tu veux courir chez ton docteur, me faire passer pour fou ; dire que j'ai attenté à tes jours. Tu ne sortiras pas ; je veux te garantir d'une lâcheté. Si tu sors, je te plaquerai sur ta tombe une épitaphe à faire pâlir ceux qui la liront ! »

Une visite, cependant, lui redonne un peu de baume au cœur, celle d'Alfred Tattet, en villégiature sur la lagune avec sa maîtresse, la comédienne Virginie Déjazet. Celui-ci informe Sainte-Beuve que leur ami est bien mal et que surtout, il doit se passer de femmes et de vin, ce qui est dur pour lui. Et c'est à lui que George Sand fait ses confidences : « Je suis triste à mourir. Ma vie est affreuse auprès d'Alfred. Nous avons tant souffert l'un et l'autre, que nous ne pourrons plus être calmes. Tous nos entretiens sont pleins d'amertume. » Mais Tattet reparti, les scènes se multiplient. Musset tempête et manque de lever la main sur elle. Elle le menace de le faire enfermer chez les fous.

Comment en sont-ils arrivés là ? Le voyage, bien souvent, est le révélateur de la tension entre les couples. Et sans nul doute, Venise a ouvert les blessures que, jusque-là, leur amour lui-même avait suscitées. En fait, entre eux, tout avait été trop vite et trop fort. Leur liaison, qui les avait flattés au début – n'était-elle pas une romancière illustre et lui le poète de l'avenir ? –, les avait trompés sur la réalité profonde de leurs sentiments. Il n'était pas fidèle, elle devint inconstante, ce qui montra qu'au fond ils ne s'aimaient pas suffisamment pour se suffire à eux-mêmes. A quoi bon aller ensemble se promener sur la plage du Lido – « l'affreux Lido », dira-t-il – lorsqu'ils réalisent que leur histoire, à peine commencée, est déjà achevée ? Il l'écrira bientôt à sa manière :

> *Malgré nos armes,*
> *La pauvre vieille du Lido,*
> *Nageant dans une goutte d'eau*
> *Pleine de larmes...*

Mieux vaut visiter les cimetières, ce qu'ils font de conserve. Avant de conclure

> *Toits superbes ! Froids monuments !*
> *Linceul d'or sur des ossements !*
> *Ci-gît Venise...*

... et ses amours, a-t-on envie de conclure, à l'heure où, l'argent commençant à manquer, ils quittent le Danieli pour un petit meublé dans une ruelle parallèle au Grand Canal, où, un soir, il la surprend en train d'écrire une lettre au docteur Pagello. Aussitôt, elle la jette par la fenêtre, avant qu'il ne puisse s'en emparer, d'où une nouvelle scène. Elle veut

Les amants de Venise

s'enfuir, il l'en empêche et lui lance : « Je ne t'aime plus ; c'est le moment de prendre ton poison ou de te jeter à l'eau. » Le lendemain, il descend chercher la lettre sur le quai sans la trouver. Va-t-il jusqu'à plonger dans le Grand Canal, comme certains l'ont raconté, et manquer de s'y noyer pour rattraper le chiffon de papier qu'il a cru y apercevoir ? Ou la rejoint-il dans la gondole avec laquelle elle tente de lui échapper, la traitant sans ménagement de « catin » ? Si les témoignages diffèrent, une chose est sûre : la tension est à son comble et Alfred décide de rentrer seul à Paris après avoir accepté, en apparence tout au moins, sa défaite, souhaitant aux deux amants de connaître le bonheur sans lui, les bénissant en quelque sorte, les laissant libres de s'aimer à leur guise. Il écrit à sa mère et son frère : « Je vous apporterai un corps malade, une âme abattue, un cœur en sang, mais qui vous aime encore »

Le 29 mars 1834, Alfred quitte Venise après avoir adressé à George une lettre dans laquelle il écrit ces lignes plus ambiguës que son comportement :

> « Il faut que tu saches qu'au premier pas que j'ai fait dehors avec la pensée que je t'avais perdue pour toujours, j'ai senti que j'avais mérité de te perdre et que rien n'est trop dur pour moi, s'il t'importe peu de savoir si ton souvenir me reste ou non, il importe à moi, aujourd'hui, que ton spectre s'efface déjà et s'éloigne de moi, de te dire que rien d'impur ne restera dans le sillon de ma vie où tu as

passé, et que celui qui n'a pas su t'honorer quand il te possédait, peut encore y voir clair à travers ses larmes, et t'honorer dans son cœur, où ton image ne mourra jamais. »

C'est sur le quai qu'ils se séparent, alors que tombe une froide pluie, symbole de l'échec. Elle le baise au front et prend congé de lui, sans se retourner. Il sait qu'elle va rejoindre Pagello, à qui elle a écrit ces lignes si claires, qui constituent tout un programme :

« Comment aimes-tu ? L'ardeur de tes regards, l'étreinte de tes bras, l'audace de tes désirs me tentent et me font peur. Je te regarde avec étonnement, avec désir, avec inquiétude. Si tu étais un homme de ma patrie, je t'interrogerais et tu me comprendrais, mais je serais peut-être plus malheureuse encore, car tu me tromperais... Ce que j'ai cherché en vain chez les autres, je ne le trouverai peut-être pas en toi, mais je pourrai toujours croire que tu le possèdes. Les regards et le caresses à mon gré, sans y joindre de trompeuses paroles. Je pourrai interpréter ta rêverie et faire parler éloquemment ton silence. J'attribuerai à tes actions l'intention que je désirerai. »

Est-ce ce jour que le poète trouve ce titre qui le fera entrer dans la légende, *On ne badine pas avec l'amour* ? Peut-être. Le soir même, il couche à Padoue, d'où il adresse à George un nouveau billet, dans lequel figure cet aveu : « Tu t'es trompée ; tu t'es crue ma maîtresse, tu n'étais que ma mère. C'est un inceste que nous commettions, tu n'étais que ma mère... Je t'ai fait beaucoup souffrir, mais Dieu soit loué, ce que je pouvais faire de pis encore,

Les amants de Venise

je ne l'ai pas fait. Oh ! Mon enfant, tu vis, tu es belle, tu es jeune, tu te promènes sous le plus beau soleil du monde, appuyée sur un homme dont le cœur est digne de toi. Brave jeune homme ! »

Installée chez la demi-sœur de son amant, Giulia Pupatti, dont elle fera la Beppa de ses *Lettres d'un voyageur*, elle lui répond du tac au tac, sans même chercher à nier l'aspect sado-masochiste de leur histoire : « Tu as raison, notre embrassement était un inceste [mais] comment me passerai-je du bien et du mal que tu me faisais ? » Et d'ajouter perfidement : « Pagello vient dîner avec moi. Je passe avec lui les plus doux moments à parler de toi. Il est si sensible et si bon, cet homme ! Il comprend si bien ma tristesse. » Voulant cependant lui donner ce qu'il attend d'elle, elle finira par se considérer, avec Pietro, comme les parents d'Alfred, désormais présenté comme leur turbulent enfant. Elle lui donne du « mon petit », « mon bon enfant chéri », « mon joli petit ange », tout en lui racontant par le menu ses visites des églises de Venise !

Après un long et harassant voyage, via Milan, le Simplon et Genève, où la beauté des Alpes lui apporte un éphémère apaisement, Musset, accompagné par un garçon perruquier à qui Pagello a demandé de veiller sur lui, est enfin de retour à Paris le 10 avril, où, ayant repris ses affaires quai Malaquais, il retrouve dans l'appartement familial de la rue de Grenelle son frère et sa sœur qui, à nouveau, entourent le fils prodige de toute leur affection. Paul pousse le sacrifice jusqu'à lui laisser sa propre chambre, Alfred ne supportant plus le papier décorant la sienne !

Il y demeure prostré une bonne partie de la journée et, pour l'en faire sortir, la famille invente bientôt un stratagème : Hermine se met au piano et joue un concerto d'Hummel, qu'il apprécie particulièrement. Alors il arrive et prend place au salon, acceptant parfois de disputer avec sa mère une partie d'échecs, qu'il perd inévitablement, faute de pouvoir se concentrer. Alfred Tattet tente alors de lui changer les idées en lui suggérant de reprendre avec lui leurs habitudes de sorties nocturnes, mais sans succès, comme le constate son frère, toujours vigilant :

> « Bientôt, il nous laissa mesurer la profondeur de sa blessure. Malgré des souvenirs affreux qui l'obsédaient, il chérissait sa douleur. Par moments, il nous savait mauvais gré d'oser en médire ; par moments, il devenait ombrageux, comme si son caractère se fût altéré ; il nous soupçonnait de je ne sais quelles trahisons, ou bien il nous accusait d'indifférence, et puis, tout à coup, il avait honte de ses soupçons et se reprochait son ingratitude avec une exagération et des emportements contre lui-même, que nous avions de la peine à modérer. »

Loin d'oublier son amour perdu, Musset, en effet, sortant de son abattement, prend la plume et adresse de nouvelles missives à George :

> « Je t'aime encore d'amour. Il y a trois cents lieues entre nous, pourquoi ne parlerais-je pas fran-

chement ? A cette distance, il n'y a plus ni violences, ni attaques de nerfs ; je t'aime, je te sais auprès d'un autre homme que tu aimes et cependant je suis tranquille ; les larmes coulent abondamment sur mes mains, tandis que je t'écris, mais ce sont les plus douces, les plus chères larmes que j'ai versées. Je suis tranquille, ce n'est pas un enfant épuisé de fatigue qui te parle ainsi. J'atteste le soleil que j'y vois aussi clair dans mon cœur que lui dans mon orbite. Je n'ai pas voulu t'écrire avant d'être sûr de moi, il s'est passé tant de choses dans cette pauvre tête. »

Elle lui répond : « J'entends ta voix m'appeler dans le silence de la nuit. Qui est-ce qui m'appellera à présent ! Qui est-ce qui aura besoin de mes veilles, à quoi emploierai-je la force que j'ai amassée pour toi et qui, maintenant, se tourne contre moi-même ? Oh ! Mon enfant, que j'ai besoin de ta tendresse et de ton pardon ! »

Leurs lettres s'intensifient. Lui : « Eh bien, mon unique amie, j'ai été presque un bourreau pour toi ; du moins dans ces derniers temps, mais Dieu soit loué, ce que je pouvais faire de pis encore, je ne l'ai pas fait. Oh ! Mon enfant, tu vis, tu es belle, tu es jeune, tu te promènes sous le plus beau ciel du monde, appuyée sur un homme dont le cœur est digne de toi. » Elle : « Pourquoi, moi qui aurais donné tout mon sang pour te donner une nuit de repos et de calme, suis-je devenue pour toi un tourment, un fléau, un spectre ? Oh ! Mon enfant, que j'ai besoin de ta tendresse et de ton pardon ! Ne me parle pas du mien, ne me dis jamais que tu as des

Alfred de Musset

torts envers moi. » Jamais ils ne se sont autant parlé d'amour que depuis qu'ils se sont quittés et, manifestement, elle continue de l'inspirer :

Porte ta vie ailleurs, ô toi qui fus ma vie ;
Verse ailleurs ce trésor que j'avais pour tout bien.
Va chercher d'autres lieux, toi qui fus ma patrie.
Va fleurir, ô soleil, ô ma belle chérie,
Fais riche un autre amour et souviens-toi du mien.

Dès qu'il en a la force, il va quai Malaquais, respirer les vêtements que George a laissés dans ses armoires, s'empare d'un petit peigne qu'il dérobe pour le garder sur son cœur, et va jusqu'à fumer les petits bouts de ses cigares consumés dans les cendriers, confessant ressentir « une tristesse et un bonheur étranges ». Après avoir trompé Musset avec Pagello, va-t-elle tromper Pagello avec Musset ? En apparence, elle continue à vivre le parfait amour avec son amant mais, lasse de Venise, elle s'en retourne avec lui l'été suivant, puis finit par le renvoyer à Venise. Qui prend alors l'initiative d'une rencontre avec Alfred ? Elle ou lui ? Lui, semble-t-il, qui ne tarde pas à lui faire cette singulière proposition : « Rencontrons-nous quelque part, chez moi, chez toi, au Jardin des Plantes, au cimetière. » C'est un chaste entretien, lors duquel il se met à genoux et demande pardon pour toutes les horreurs qu'il a proférées, pour ses infidélités, pour sa violence, avant de s'écrier :

« Ah ! George, quel amour ! Jamais homme n'a aimé comme je t'aime. Je suis perdu, vois-tu, je suis noyé, inondé d'amour ; je ne sais plus si je vis,

Les amants de Venise

si je mange, si je marche, si je respire, si je parle, je sais que je t'aime. [...] Je t'aime, ma chair et mon sang ! Je meurs d'amour, d'un amour sans fin, sans nom, insensé, désespéré, perdu ! Tu es aimée, adorée, idolâtrée jusqu'à en mourir ! Et non ! je ne guérirai pas. [...] Je le sais bien, j'en meurs, mais j'aime, j'aime, j'aime. [...] Oh, mon Dieu, je le sentais bien, je le savais, il ne fallait pas nous revoir. Maintenant, c'est fini ; je m'étais dit qu'il fallait revivre, qu'il fallait prendre un autre amour, oublier le tien, avoir du courage... »

Quelle femme résisterait à de telles déclarations ? Leur histoire va-t-elle rebondir, connaître un nouveau souffle ? Oui, et avec une intensité érotique jamais atteinte à ce jour. Mais sitôt la volupté retrouvée, la jalousie reprend Alfred et il ne tarde pas à la tourmenter à propos de Pagello, exigeant qu'elle lui raconte leurs étreintes par le détail, il veut savoir quand et comment elle lui a cédé et ce qu'elle a éprouvé. D'où de nouvelles crises et de nouvelles disputes, de nouvelles nuits blanches passées en reproches et vociférations de toute sorte : « Quitte-moi si tu veux, lui écrit-il, tant que tu m'aimeras, c'est de la folie, je n'en aurai jamais la force. » Elle réplique : « Tout cela, c'est un jeu que nous jouons. Mais notre cœur et notre vie servent d'enjeux et ce n'est pas tout aussi plaisant que cela en a l'air. Veux-tu que nous allions nous brûler la cervelle ensemble à Franchard ? » Ils se brouillent, se réconcilient, se brouillent à nouveau, émaillant retrouvailles et séparations d'orgasmes et d'insultes, de rires et de pleurs, de caresses et de coups, comme en témoigne cet extrait du journal de George :

Alfred de Musset

« Tu vois bien que je t'aime, que je ne peux aimer que toi. Embrasse-moi et ne dis rien, ne discutons pas, dis-moi quelques douces paroles, caresse-moi puisque tu me trouves encore jolie [...]. Eh bien ! quand tu sentiras ta sensibilité se lasser et ton irritation revenir, renvoie-moi, maltraite-moi, mais que ce ne soit jamais avec cet affreux mot : dernière fois ! Je souffrirai tant que tu voudras, mais laisse-moi quelquefois, ne fût-ce qu'une fois par semaine, venir chercher une larme, un baiser qui me fasse vivre et me donne du courage. Mais tu ne peux pas. Ah ! Que tu es las de moi et que tu t'es vite guéri aussi, toi ! »

Ils sont incapables de se maîtriser et ils ne peuvent ni se quitter ni rester ensemble. C'est l'impasse, le cœur du cyclone, le champ de leur bataille qui, inévitablement, recommence dès qu'ils cessent de faire l'amour et laissent libre cours à leur haine déchaînée, désespérée. Le plus souvent, l'alcool la nourrit, jusqu'à rendre Alfred brutal. Ils sont, à tour de rôle, dominateurs ou dominés, comme si multiplier les jeux de rôle rendait leur relation plus destructrice, donc plus jouissive : « Je ne désire plus le revoir, écrit-elle, cela me fait trop de mal. Mais il faudra de la force pour lui refuser des entrevues, car il m'en demandera. Il ne m'aime plus. » Il faut réagir et c'est Musset qui, le cœur navré, prend l'initiative de la rupture, le 12 novembre 1834, ce jour où Tattet apprend, le premier, de son ami que « tout est fini ». George, nouvelle Didon quittée par son Énée, manque de devenir folle, songe à se retirer au couvent, menace de se suicider et finit par couper ses longs cheveux pour les

Les amants de Venise

adresser à Alfred, disposés dans un crâne. Elle hurle sa douleur sur le papier, dans cette page somptueuse et tragique qu'aucun Purcell ne mettra en musique :

> « Ange de mort, amour funeste, ô mon destin, sous la figure d'un enfant blond et délicat ! Oh ! que je t'aime encore, assassin ! Que tes baisers me brûlent donc vite, et que je meure consumée ! Tu jetteras mes cendres au vent, elles feront pousser des fleurs qui te réjouiront. Quel est ce feu qui dévore mes entrailles ? Il semble qu'un volcan gronde au-dedans de moi et que je vais éclater comme un cratère. O Dieu, prends donc pitié de cet être qui souffre tant ! Pourquoi les autres meurent-ils ? Pourquoi ne puis-je succomber sous le fardeau de mes peines ? On dit que la douleur s'épuise et qu'à force de saigner, le cœur se dessèche et devient insensible. Quand sera-ce, mon Dieu, que je ne le sentirai plus frémir et se déchirer ? O mes yeux bleus, vous ne me regarderez plus ! Belle tête, je ne te verrai plus t'incliner sur moi et te voiler d'une douce langueur ! Mon petit corps souple et chaud, vous ne vous étendrez plus sur moi, comme Elisée sur l'enfant mort, pour me ranimer. Vous ne me toucherez plus la main comme Jésus à la fille de Jaïre en disant : "Petite fille, lève-toi !" Adieu mes cheveux blonds, adieu mes blanches épaules, adieu tout ce que j'aimais, tout ce qui était à moi. J'embrasserai maintenant dans mes nuits ardentes le tronc des sapins et les rochers dans les forêts en criant votre nom, et quand j'aurai rêvé le plaisir, je tomberai évanouie sur la terre humide. »

Et chacun de menacer l'autre de se suicider. Alors, pour la troisième fois, en janvier 1835, ils redeviennent amants, non pas pour le meilleur, mais cette fois pour le pire, car après cette ultime nuit d'amour, la violence de leurs reproches les submerge littéralement, les laissant inertes, spectraux et totalement vides. Le 22 février 1835, il la menace d'un poignard, en présence de ses deux enfants, Maurice et Solange. Cette fois, c'est la fin. Elle lui adresse ces mots définitifs : « Adieu, adieu. Je ne veux pas te quitter, je ne veux pas te reprendre. Je ne t'aime plus mais je t'adore toujours. Reste, pars, seulement ne dis pas que je ne souffre pas. Il n'y a que cela qui puisse me faire souffrir davantage. Mon seul amour, ma vie, mes entrailles, mon sang, allez-vous-en, mais tuez-moi en partant. » Cela ne l'empêche pas, dans la nouvelle version de *Lélia*, de conjurer les angoisses de cette longue aventure en accentuant la ressemblance entre son compagnon et le personnage de Sténio, présenté comme un ivrogne, un débauché et un lâche. Elle se réfugie à Nohant et, cette fois, il ne cherche pas à la suivre. Il est anéanti, probablement plus qu'elle, comme en témoignent ces vers :

Porte ta vie ailleurs, ô toi qui fus ma vie ;
Verse ailleurs ce trésor que j'avais pour tout bien.
Va chercher d'autres lieux, toi qui fus ma patrie,
Va fleurir, ô soleil, ô ma belle chérie,
Fais riche un autre amour et souviens-toi du mien.

Laisse mon souvenir te suivre loin de France,
Qu'il parte sur ton cœur, pauvre bouquet fané,
Lorsque tu l'as cueilli, j'ai connu l'Espérance,
Je croyais au bonheur, et toute ma souffrance
Est de l'avoir perdu sans te l'avoir donné.

Les amants de Venise

George Sand, de fait, va remplacer Alfred par Michel de Bourges, avant de poursuivre sa vie avec d'autres partenaires, parmi lesquels un autre enfant aussi perdu que surdoué, Frédéric Chopin. Oubliera-t-elle Alfred ? Certainement pas, non plus que lui, qui songera à elle jusqu'à son dernier jour, ne cessant de la maudire – « O femme ! Etrange objet de joie et de supplice ! » – et de la regretter, comme il l'écrira encore :

> *Il faudra bien t'y faire à cette solitude,*
> *Pauvre cœur insensé, tout prêt à se rouvrir,*
> *Qui sait si mal aimer et sait si bien souffrir...*

George, en effet, se lamente : « Poète, belle fleur, j'ai voulu boire ta rosée. Elle m'a enivrée, elle m'a empoisonnée et, dans un jour de colère, j'ai cherché un contre-poison qui m'a achevée. Tu étais trop suave et trop subtil, mon cher parfum, pour ne pas t'évaporer chaque fois que mes lèvres t'aspiraient. » Le naufrage est consommé, comme dans ce tableau de Géricault, qui a tant frappé Alfred au Salon, *L'Epave*, dit aussi *La Tempête*, où l'on voit, couchée sur la grève, une femme morte rejetée par les flots et dans laquelle il a cru reconnaître George Sand, mais où l'on pourrait aussi voir une George Sand enceinte des œuvres de Musset, comme une certaine tradition l'a rapporté, mettant bientôt au monde cette mystérieuse Norma Tessum-Onda (anagramme de *roman, Musset, Sand*). On ne sait pas si elle fut l'authentique enfant des amours de Venise, ou une aventurière mythomane qui, à sa mort, se

Alfred de Musset

fit enterrer dans un petit cimetière charentais sous ce pseudonyme transparent, avec cette épitaphe du poète :

> O mort, ô tombe, pourquoi vous craindre ?
> [...]
> La mort, mais c'est la liberté,
> Qui prend son vol vers l'immortalité.

Le mystère n'est toujours pas éclairci sur cette très belle femme, dont Aurélien Scholl possédait dans ses collections le portrait en miniature. Après avoir, dans sa courte existence, séduit des êtres aussi différents que Léon Gambetta, Paul de Musset, Henri Rochefort et le peintre Muller qui en fit quelque temps son modèle, elle finit par succomber, toute jeune, à la phtisie. Mais n'est-ce pas la magie de ces liaisons d'écrivains, où la réalité et l'imaginaire se chevauchent, confondant le vrai et le faux, le réel et le rêve ? Quelques années plus tard, une autre maîtresse de Musset, Louise Colet, enquêtera à Venise sur l'ombre des amants magnifiques, en sollicitant les souvenirs du Signore Danieli :

« — Vous avez connu Alfred de Musset. Il a logé ici ?
— Alfred de Musset ? répéta M. Danieli, comme cherchant à se souvenir.
— Oui, repartis-je, un poète français.
— Ce qu'il y a de certain, c'est que j'ai eu chez moi un de vos auteurs célèbres, M. de Balzac ; il m'a même donné un de ses romans. Mais l'autre, son nom ne me revient pas.

Les amants de Venise

— Rappelez-vous, monsieur Danieli, c'était un jeune homme blond.

— Oh ! Oui, s'écria l'hôtelier, un jeune homme blond qui a été malade chez moi, bien malade. Mais veuillez attendre un moment, je vais vous répondre avec certitude.

M. Danieli sortit, laissant en suspens ma curiosité ; il reparut presque aussitôt, tenant dans sa main un énorme registre. Il tourna quelques feuilles.

— M'y voilà, dit-il, et il me désigna une signature qui me fit tressaillir : Alfred de Musset, de Paris, 7 décembre 1833. »

Jamais George n'oubliera Alfred, comme elle le confiera plus tard à Marie d'Agoult : « Je me sens toujours pour lui, je vous l'avouerai bien, une profonde tendresse de mère au fond du cœur. Il m'est impossible d'entendre dire du mal de lui sans colère, et c'est pourquoi quelques-uns de mes amis s'imaginent que je ne suis pas bien guérie. » Guérie ou pas, George ne reverra plus jamais Alfred. De son côté, il gardera tout au fond de son cœur une blessure secrète qui, jusqu'à son dernier jour, s'ouvrira et se refermera alternativement, au gré de ses autres amours, comme il l'écrira bientôt dans *La Confession d'un enfant du siècle* : « Les douleurs passagères blasphèment et accusent le ciel. Les grandes douleurs n'accusent ni ne blasphèment : Elles écoutent. » Jusqu'à la fin de sa vie, Alfred de Musset n'en finira pas de régler ses comptes avec George Sand, comme le montrent ces vers de « La nuit d'octobre » :

Alfred de Musset

Honte à toi qui la première
M'as appris la trahison,
Et d'horreur et de colère
M'as fait perdre la raison :
Honte à toi, femme à l'œil sombre,
Dont les funestes amours
Ont enseveli dans l'ombre
Mon printemps et mes beaux jours !
C'est ta voix, c'est ton sourire,
C'est ton regard corrupteur,
Qui m'ont appris à maudire
Jusqu'au semblant du bonheur ;
C'est ta jeunesse et tes charmes
Qui m'ont fait désespérer,
Et si je doute des larmes
C'est que je t'ai vue pleurer.
Honte à toi, j'étais encore
Aussi simple qu'un enfant ;
Comme une fleur à l'aurore,
Mon cœur s'ouvrait en t'aimant.
Certes, ce cœur sans défense
Put sans peine être abusé ;
Mais lui laisser l'innocence
Etait encor plus aisé.
Honte à toi ! Tu fus la mère
De mes premières douleurs,
Et tu fis de ma paupière
Jaillir la source des pleurs !
Elle coule, sois-en sûre,
Et rien ne la tarira ;
Elle sort d'une blessure
Qui jamais ne guérira ;
Mais dans cette source amère
Du moins je me laverai,
Et j'y laisserai, j'espère,
Ton souvenir abhorré !

CHAPITRE 9

La convalescence de Sisyphe

> « De même qu'un blessé, atteint par la gangrène, s'en va dans un amphithéâtre, se faire couper un membre pourri, de même, lorsque l'existence d'un homme a été blessée par une maladie morale, il peut couper cette portion de lui-même. »
>
> Alfred de Musset

« CAMILLE : Je veux aimer, mais je ne veux pas souffrir ; je veux aimer d'un amour éternel, et faire des serments qui ne se violent pas. Voilà mon amant (*elle montre son crucifix*).
PERDICAN : Cet amant-là n'exclut pas les autres.
CAMILLE : Pour moi, au moins, il les exclura. Ne souriez pas, Perdican, il y a dix ans que je ne vous ai vu, et je pars demain. Dans dix autres années, si nous nous revoyons, nous en reparlerons... »

La plume crisse sur le papier et les ratures se font plus rares. Cette fois, c'est certain, l'inspiration est revenue et tout s'enchaîne à la perfection. Alfred

Alfred de Musset

sourit ; il jette un regard sur les oiseaux qui, dans le jardin, gazouillent, et sur l'éclat de la lumière inondant sa chambre malgré le filtre des rideaux de reps lie-de-vin. Rue de Grenelle, en cet été de l'année 1834, la chaleur semble avoir anéanti la ville que ses élites ont abandonnée pour aller respirer le bon air marin, au Havre ou à Dieppe, sans compter ceux qui possèdent dans les environs de la capitale ou en province un château, regagné après quelques heures ou quelques jours de malle-poste. Il continue d'écrire, avec cette extraordinaire facilité de ton lorsqu'il se concentre sur son œuvre :

« PERDICAN : Tu as dix-huit ans et tu ne crois pas à l'amour ?
CAMILLE : Y croyez-vous, vous qui parlez ? Vous voilà courbé près de moi avec des genoux qui se sont usés sur les tapis de vos maîtresses, et vous n'en saviez plus le nom. Vous avez pleuré des larmes de joie et des larmes de désespoir ; mais vous saviez que l'eau des sources est plus constante que vos larmes, et qu'elle serait toujours là pour laver vos paupières gonflées. Vous faites votre métier de jeune homme, et vous souriez quand on vous parle de femmes désolées ; vous ne croyez pas qu'on puisse mourir d'amour, vous qui vivez et qui avez aimé... »

La famille Musset est partie, comme les autres, mais Alfred, qui a tant besoin de solitude, et que sa mère, son frère et sa sœur ont confié à une servante avec mission de veiller sur lui et de le soigner, a préféré rester. Ecrasé, piétiné, aux trois quarts détruit, mais encore vivant, au lendemain de son

La convalescence de Sisyphe

aventure italienne, il profite de cette trêve estivale pour se remettre progressivement à écrire, ce qui constitue pour lui, qui ne sait rien faire d'autre, le seul remède, l'ultime thérapie. Parfaitement conscient de cela, il l'a d'ailleurs confié à Alfred Tattet après son retour de Venise : « Depuis un an, j'ai relu tout ce que j'avais lu, rappris tout ce que je croyais savoir ; je suis retourné dans le monde et je me suis mêlé à quelques-uns de vos plaisirs pour revoir tout ce que j'avais vu ; j'ai fait les efforts les plus vrais, les plus difficiles pour chasser le souvenir qui m'aveuglait encore et rompre l'habitude qui voulait souvent revenir. » L'épreuve l'a-t-il révélé à lui-même ? Sans doute. Il entre dans la période la plus prolifique et la plus créative de sa vie.

Il vient de s'atteler à une pièce en prose dont il a eu la révélation à Venise, et qu'il va intituler *On ne badine pas avec l'amour*. L'intrigue est simple : Perdican – un autre de ses doubles –, fils du baron et jeune chevalier, revient au château de son père pour épouser sa jolie cousine, Camille. Celle-ci, sortant de son couvent, cherche l'amour idéal et, ne le trouvant pas, préfère y renoncer, car la passion qu'elle éprouve pour Perdican l'effraie. Perdican, blessé dans son amour-propre et pensant que piquer la jalousie de Camille la fera tomber dans ses bras, imagine alors de séduire Rosette, la sœur de lait de Camille. Il continue cependant à faire la cour à cette dernière qui feint de revenir sur sa décision pour montrer à Rosette qu'elle a été abusée. Et alors que Perdican retrouve Camille devant l'oratoire, Rosette meurt. Camille quitte Perdican. Cette pièce est, sans doute, la plus autobiographique de Musset. Il y a mis beaucoup de lui-même, comme le montre la conclusion de ce drame, qui est aussi celle de son histoire avec George. Il est toujours dangereux de jouer avec les sentiments de l'autre ; Musset l'a appris à ses dépens, mais il ne saura pas en tirer les conséquences ailleurs que dans son œuvre : « O insensés ! Nous nous aimons ! » Tout est dit !

> « Adieu, Camille, retourne à ton couvent, et lorsqu'on te fera de ces récits hideux qui t'ont empoisonnée, réponds ce que je vais te dire : Tous les hommes sont menteurs, inconstants, faux, bavards, hypocrites, orgueilleux et lâches, méprisables et sensuels ; toutes les femmes sont perfides, artificieuses, vaniteuses, curieuses et dépravées ; le monde n'est qu'un égout sans fond où les phoques les plus informes rampent et se tordent sur des montagnes de fange ; mais il y a au monde une chose sainte et sublime, c'est l'union de deux de ces êtres si imparfaits et si affreux. On est souvent trompé en amour, souvent blessé et souvent malheureux ; mais on aime, et quand on est sur le bord de sa tombe, on se retourne pour regarder en arrière, et on se dit : J'ai souffert souvent, je me suis trompé quelquefois, mais j'ai aimé. C'est moi qui ai vécu, et non pas un être factice créé par mon orgueil et mon ennui. »

Comme dans *Il ne faut jurer de rien* et *Il faut qu'une porte soit ouverte ou fermée*, écrits quelques années plus tôt, cette nouvelle pièce, ou mieux ce

La convalescence de Sisyphe

nouveau proverbe, puisque c'est le nom qu'il préfère lui donner, fait alterner les scènes d'humour et les scènes tragiques, ce qui est bien à l'image de sa vie. Mais l'écrivain d'à peine vingt-cinq ans, qui par certains aspects de sa personnalité est encore si enfant, est-il condamné à la désespérance ? La pièce qu'il achève parallèlement est un autre drame en prose, commencé en Italie, *Lorenzaccio*, et dont l'intrigue, justement, lui a été suggérée par George Sand. A Florence, en 1537, le jeune Lorenzo de Médicis, admirateur des héros de l'Antiquité, décide de se vouer à la restauration de la république et, à cet effet, entre au service de son cousin, le tyran Alexandre, qu'il a décidé d'assassiner, mais dont il devient peu à peu le compagnon de débauche, se muant de ce fait en un être corrompu et pervers qui oublie sa mission et ses idéaux, ne reculant devant aucun crime pour flatter les vices de son maître.

Œuvre noire et désabusée que cette pièce flamboyante et tragique, dans laquelle on a vu la plus « shakespearienne » du répertoire romantique, cet écrin superbe dans lequel s'inscrit l'absurde destin d'un être solitaire livré à ses faiblesses et, malgré tout, épris d'absolu : « Que la nuit est belle ! Que l'air du ciel est pur ! Respire, respire, cœur navré de joie. » Il est évident que la Florence des Médicis est en fait la France de Louis-Philippe, humiliée par la chute de Napoléon et corrompue dans ses mœurs. Lorenzaccio est bien sûr un nouveau double d'Alfred, avec ses qualités et ses défauts, l'honneur et la lucidité, le courage et l'irrésolution, et plus encore ses contradictions, qu'il transcende dans une langue magnifique, avec une intensité rare. Sa maturité d'écrivain, inversement proportionnelle à son immaturité d'homme, transparaît incontestablement dans cette œuvre majeure que les Français ne connaîtront que par la lecture, puisqu'elle sera montée au théâtre bien après la mort de son auteur.

Il s'attelle enfin à cette autobiographie qui lui tient tant à cœur : *La Confession d'un enfant du siècle*. Octave, son double, dont la vie n'a été jusqu'alors qu'un tourbillon insouciant et joyeux, s'effondre le soir où, dans un fastueux banquet que préside sa maîtresse, sa fourchette tombe à terre. Se baissant pour la ramasser, il aperçoit la jambe de celle-ci enlacée à celle de son voisin. Frappé d'une indicible horreur, Octave se maîtrise mais voit, à dix-neuf ans, sa vie brisée. Entraîné par son ami Desgenais, un dandy cynique, il se jette alors à corps perdu dans la débauche et connaît une sorte d'apprentissage qui s'apparente à « un vertige », sans pour autant trouver ni l'équilibre ni le bonheur. La mort de son père met fin à cette période de débauche. Il quitte Paris et retourne dans sa région natale. C'est là qu'il fait la rencontre de Brigitte Pierson, une jeune veuve dont il tombe éperdument amoureux. Commence alors une brûlante passion, mais la visite d'Henri Smith, venu faire sa cour à Brigitte, va exacerber la jalousie d'Octave et mettre fin à leur idylle. Plutôt que de lutter contre son rival, Octave s'efface alors, préférant que « des

La convalescence de Sisyphe

trois êtres qui avaient souffert par sa faute, il ne reste qu'un seul malheureux ».

Dans le droit fil des *Confessions* de Jean-Jacques Rousseau, qu'il vénère depuis son enfance, la *Confession* de Musset, à vingt-cinq ans passés, s'apparente en effet à une véritable introspection. Il ne le cache pas à ses lecteurs dans son avertissement : « Ayant été atteint, jeune encore, d'une maladie morale abominable, je raconte ce qui m'est arrivé pendant trois ans. Si j'étais seul malade, je n'en dirais rien ; mais, comme il y en a beaucoup d'autres que moi qui souffrent du même mal, j'écris pour ceux-là, sans trop savoir s'ils y feront attention ; car, dans le cas où personne n'y prendrait garde, j'aurai encore retiré ce fruit de mes paroles, de m'être mieux guéri moi-même et, comme le renard pris au piège, j'aurai rongé mon pied captif. » Incontestablement, cette épreuve l'a mûri, l'a vieilli. Il le constate lui-même, en achevant ce qui est le plus profond de ses livres, le plus sincère aussi, dans lequel il se met véritablement à nu : « Je crus d'abord n'éprouver ni regret ni douleur de mon abandon. Je m'éloignai fièrement, mais à peine eus-je regardé autour de moi que je vis un désert. Je fus saisi d'une souffrance inattendue. Il me semblait que toutes mes pensées tombaient comme des feuilles sèches, tandis que je ne sais quel sentiment inconnu, horriblement triste et tendre, s'élevait dans mon âme. Dès que je vis que je ne pouvais lutter, je m'abandonnai à la douleur en désespéré. »

Alfred de Musset

Lucide clairvoyance de l'introspection, bien que cet exercice n'ait pas encore été codifié par la psychanalyse encore à naître ! « Je connus et j'aimai la mélancolie. Devenu plus tranquille, je jetai les yeux sur tout ce que j'avais quitté. Au premier livre qui me tomba sous la main, je m'aperçus que tout avait changé. Rien du passé n'existait plus, ou, du moins, rien ne se ressemblait. Un vieux tableau, une tragédie que je savais par cœur, une romance cent fois rebattue, un entretien avec un ami, me surprenaient ; je ne retrouvais plus le sens accoutumé. » Désormais sa vie se peint aux couleurs de la nostalgie, même si c'est à l'avenir qu'il tente de se raccrocher en se reconstruisant ou en tentant de le faire, malgré cette souffrance d'être, de plus en plus aiguë. « Comme un orfèvre qui frotte doucement une bague en or sur sa pierre de touche, je vais essayer toutes choses sur ma blessure fermée », confie-t-il à Paul en revêtant ses habits de soirée. La *Confession* achevée et publiée, il se sent enfin en paix avec lui-même, comme s'il avait évacué, sinon ses angoisses, dont il souffrira jusqu'à la fin de ses jours, du moins l'angoisse fondamentale qu'a été sa relation avec George Sand : « La vérité, squelette des apparences, veut que tout homme quel qu'il soit, vienne à son jour et à son heure, toucher ses ossements éternels au fond de quelque plaie passagère. Cela s'appelle connaître le monde, et l'expérience est à ce prix. »

La convalescence de Sisyphe

Ce premier roman restera le seul. A l'avenir, il n'écrira plus que des pièces de théâtre, légères et spirituelles, et plus jamais de réflexions profondes, même si l'ensemble de son œuvre comporte une dimension noire sous-jacente, ou des poésies fantaisistes et parfois satiriques. En attendant, si Alfred refuse de s'investir directement dans la vie politique, il n'en brosse pas moins, dans une des plus belles pages de la littérature française, un saisissant tableau de la France impériale et post-impériale, avec cette pénétrante analyse de la « maladie morale » qui allait devenir « le mal du siècle » :

> « [...] Alors s'assit sur un monde en ruines une jeunesse studieuse. Tous ces enfants étaient des gouttes d'un sang brûlant qui avait inondé la terre ; il étaient nés au sein de la guerre, pour la guerre. Ils avaient rêvé pendant quinze ans des neiges de Moscou et du soleil des Pyramides ; on les avait trempés dans le mépris de la vie comme de jeunes épées. Ils n'étaient pas sortis de leurs villes, mais on leur avait dit que par chaque barrière de ces villes, on allait à une capitale d'Europe. Ils avaient dans la tête tout un monde ; ils regardaient la terre, le ciel, les rues et les chemins ; tout cela était vide, et les cloches de leurs paroisses résonnaient seules dans le lointain.
> De pâles fantômes, couverts de robes noires, traversaient lentement les campagnes ; d'autres frappaient aux portes des maisons et, dès qu'on leur avait ouvert, ils tiraient de leurs poches de grands parchemins tout usés, avec lesquels ils chassaient les habitants. De tous côtés arrivaient des hommes encore tout tremblants de la peur qui leur avait pris à leur départ, vingt ans auparavant. Tous

réclamaient, disputaient et criaient ; on s'étonnait qu'une seule mort pût appeler tant de corbeaux.

Le roi de France était sur son trône, regardant çà et là s'il ne voyait pas une abeille dans ses tapisseries. Les uns lui tendaient leur chapeau, et il leur donnait de l'argent ; les autres lui montraient un crucifix, et il le baisait ; d'autres se contentaient de lui crier aux oreilles de grands noms retentissants, et il répondait à ceux-là d'aller dans la grande salle, que les échos en étaient sonores ; d'autres encore lui montraient leurs vieux manteaux, comme ils en avaient bien effacé les abeilles, et à ceux-là il donnait un habit neuf.

Les enfants regardaient tout cela, pensant toujours que l'ombre de César allait débarquer à Cannes et souffler sur ces larves ; mais le silence continuait toujours, et l'on ne voyait flotter dans le ciel que la pâleur des lis. Quand les enfants parlaient de gloire, on leur disait : Faites-vous prêtres ; quand ils parlaient d'ambition : Faites-vous prêtres ; d'espérance, d'amour, de force, de vie : Faites-vous prêtres.

Cependant, il monta à la tribune aux harangues un homme qui tenait à la main un contrat entre le roi et le peuple ; il commença à dire que la gloire était une belle chose, et l'ambition et la guerre aussi, mais qu'il y en avait une plus belle, qui s'appelait la liberté.

Les enfants relevèrent la tête et se souvinrent de leurs grands-pères, qui en avaient aussi parlé. Ils se souvinrent d'avoir rencontré, dans les coins obscurs de la maison paternelle, des bustes mystérieux avec de longs cheveux de marbre et une inscription romaine ; ils se souvinrent d'avoir vu le soir, à la veillée, leurs aïeules branler la tête et parler d'un fleuve de sang bien plus terrible encore que celui de l'Empereur. Il y avait pour eux dans ce mot de liberté, quelque chose qui leur faisait battre le cœur à la fois comme un lointain et terrible souvenir et comme une chère espérance, plus lointaine encore.

Ils tressaillirent en l'entendant, mais en rentrant au logis, ils virent trois paniers qu'on portait à Clamart : c'étaient trois jeunes gens qui avaient prononcé trop haut ce mot de liberté. [...] »

Musset n'en a pas pour autant fini de régler ainsi ses comptes avec George Sand, d'une part en offrant à sa tante une paire de boucles d'oreilles qu'il avait achetée à Venise pour sa maîtresse, et d'autre part en rédigeant un conte éblouissant qu'il intitule « Histoire d'un merle blanc ». C'est une délicieuse métaphore sur sa personnalité, lui, le merle si différent des autres par sa couleur et qui finit par trouver son alter ego dans une merlette blanche avec laquelle il file le parfait amour, jusqu'à ce qu'il découvre qu'elle n'est qu'un imposteur, c'est-à-dire une merlette noire peinte en blanc ! D'où, dans ce texte qui allait devenir une des lectures favorites de Marcel Proust, cet impitoyable portrait-charge de son ancienne compagne bégueule et menteuse :

« Tandis que je composais mes poèmes, elle barbouillait des rames de papier. Je lui récitais mes vers à haute voix et cela ne la gênait nullement pour écrire pendant ce temps-là. Elle pondait ses romans avec une facilité presque égale à la mienne, choisissant toujours les sujets les plus dramatiques, des parricides, des rapts, des meurtres et même jusqu'à des filouteries, ayant toujours soin, en passant, d'attaquer le gouvernement et de prêcher l'émancipation des merlettes. En un mot, aucun effort ne coûtait à son esprit, aucun tour de force à sa pudeur ; il ne lui arrivait jamais de rayer une ligne, ni de faire un plan avant de se mettre à l'œuvre. C'était le type de la merlette lettrée ».

Paris rit, se rangeant pour une fois de son côté et non plus de celui de George Sand. Celle-ci, au fil du temps, tendra à faire en sorte qu'on pense que son amant n'est qu'un fou et elle une victime.

L'écriture a ressuscité Sisyphe, qui vient de donner aux lettres le meilleur de lui-même. C'est bien connu, il faut beaucoup souffrir pour être bon. La *Confession* est sortie de lui comme une véritable auto-analyse – à moins qu'il ne s'agisse d'un exorcisme –, évacuant pour quelque temps ses vieux démons qui le tourmentaient, à commencer par cette pathologie consistant à voir partout un double de lui-même. Il semble en être venu à bout, comme en témoignent ces mots écrits à George : « Si tu vas chez Danieli, regarde dans ce lit où j'ai souffert, il doit y avoir un cadavre, car celui qui s'en est levé n'est pas celui qui s'y était couché. » Devient-il un autre ou redevient-il lui-même, avec cette mutation d'écriture ? Petit à petit, le Tout-Paris recommence à l'apercevoir sur les boulevards, dans « ce petit espace souillé de poussière et de boue », comme il aime à le rappeler, au Café de la Régence, aux Bains chinois, à l'école de natation du Pont-Royal ou dans certains salons, notamment celui de Mme de Girardin, qui le reçoit en compagnie de quelques autres plumes de

La convalescence de Sisyphe

choix, tels Balzac et Lamartine. Comme si rien ne s'était passé, il reprend contact avec Beauvoir, Frazer, Belgiojoso et autres comparses, reprend ses habitudes chez Guttinguer à Honfleur ou chez Tattet à Bury.

Il cède même à nouveau à l'envie de changer d'air, en allant passer la fin de l'été à Baden, d'où il revient reposé mais avec un budget sérieusement écorné par ses pertes au jeu. Qu'importe ! Compter n'est pas dans les us de celui qui, jusqu'à la fin, préférera les mots aux chiffres et dépenser plutôt que thésauriser. Musset est né et mourra gaspilleur, non pas seulement d'argent mais de vie. C'est un aristocrate de la désinvolture qui jette au vent sa semence et son patrimoine : « Laisse-la s'élargir cette sainte blessure [...]. Rien ne nous rend si grands qu'une grande douleur. » C'est aussi, en substance, ce qu'il confie à Franz Liszt, dont il admire les prouesses de séducteur, puisque toutes les femmes semblent courir après lui : « Je me demande si mon cœur est trop jeune ou si ma tête est trop vieille », avant de sauter dans une voiture en s'écriant : « Je me sauve du boulevard des Italiens, et je vais pousser des ouf ! à Montmorency... »

Sous une forme différente, il tient ce même discours à son frère Paul, montrant par là combien il est extraordinairement lucide sur lui-même : « Après avoir consulté la douleur jusqu'au point où elle ne peut plus répondre ; après avoir bu et goûté mes larmes, et cela, non pas seul, ni publiquement (car je méprise le cynisme autant que la peur), mais avec mes amis, qui croyaient en moi ; lorsqu'enfin le passé fut tombé en poudre, lorsque je crus sentir que ma pensée, comme une fleur qui va s'épanouir, avait été arrosée et avait puisé dans la terre assez de sucs pour croître au soleil, alors il me sembla que j'allais parler et que j'avais quelque chose dans l'âme. » Comme une promesse de printemps, Alfred de Musset revient doucement à la vie. Le temps des « Nuits » – « La nuit de mai », « La nuit de décembre », « La nuit d'août » et « La nuit d'octobre » – arrive et, avec lui, la transmutation alchimique qui va conduire l'enfant gâté à jeter sa défroque d'égoïste, le superficiel à devenir profond, l'immature à s'ancrer dans le durable, en un mot à entrer dans la peau de ce pélican revenu de toutes ses épreuves, de tous ses refus et de toutes ses aspirations, tel qu'il apparaît alors, dans l'éblouissante clarté et sous la plume impeccable d'un poète christique, qui s'offre en « divin sacrifice » à ses lecteurs :

> *Lorsque le pélican, lassé d'un long voyage,*
> *Dans les brouillards du soir retourne à ses roseaux,*
> *Ses petits affamés courent sur le rivage*
> *En le voyant au loin s'abattre sur les eaux.*
> *Déjà, croyant saisir et partager leur proie,*
> *Ils courent à leur père avec des cris de joie*
> *En secouant leurs becs sur leurs goitres hideux.*
> *Lui, gagnant à pas lents une roche élevée,*
> *De son aile pendante abritant sa couvée,*
> *Pêcheur mélancolique, il regarde les cieux.*
> *Le sang coule à longs flots de sa poitrine ouverte ;*
> *En vain il a des mers fouillé la profondeur ;*

La convalescence de Sisyphe

L'Océan était vide et la plage déserte ;
Pour toute nourriture, il apporte son cœur.
Sombre et silencieux, étendu sur la pierre
Partageant à ses fils ses entrailles de père,
Dans son amour sublime il berce sa douleur,
Et, regardant couler sa sanglante mamelle,
Sur son festin de mort il s'affaisse et chancelle,
Ivre de volupté, de tendresse et d'horreur.
Mais parfois au milieu du divin sacrifice,
Fatigué de mourir dans de trop longs supplices,
Il craint que ses enfants ne le laissent vivant ;
Alors il se soulève, ouvre son aile au vent,
Et, se frappant le cœur avec un cri sauvage,
Il pousse dans la nuit un si funèbre adieu,
Que les oiseaux des mers désertent le rivage,
Et que le voyageur attardé sur la plage,
Sentant passer la mort, se recommande à Dieu.

Cet idéal empreint de désespérance s'exprime encore dans son long poème « Rolla », du nom du personnage que la ruine conduit au suicide, prétexte à une réflexion autobiographique sur l'avenir d'une condition humaine désormais privée de transcendance, puisque Dieu n'existe plus. Alfred se détache encore un peu plus du christianisme rédempteur, dont Rolla et sa maîtresse, la prostituée Marie, s'affranchissent définitivement. Un texte particulièrement provocateur sous la bien-pensante monarchie de Juillet, et dont l'aspect libertaire et sulfureux n'est pas sans annoncer Baudelaire et quelques autres :

O Christ ! Je ne suis pas de ceux que la prière
Dans tes temples muets amène à pas tremblants ;
Je ne suis pas de ceux qui vont à ton Calvaire,
En se frappant le cœur, baiser tes pieds sanglants ;

Alfred de Musset

Et je reste debout sous tes sacrés portiques
Quand ton peuple fidèle, autour des noirs arceaux,
Se courbe en murmurant sous le vent des cantiques,
Comme au souffle du nord un peuple de roseaux.
Je ne crois pas, ô christ, à ta parole sainte ;
Je suis venu trop tard dans un monde trop vieux.
D'un siècle sans espoir naît un siècle sans crainte ;
Les comètes du nôtre ont dépeuplé les cieux
[...]
Ta gloire est morte, ô Christ ! Et sur nos croix d'ébène
Ton cadavre céleste en poussière est tombé !

Pourtant, par une de ces contractions dont il a le secret, celui qui chante le tragique de la destinée humaine sait être drôle et cultiver l'art de la satire.

Ainsi dans « Dupont et Durand » où il brosse un tableau bouffon et pittoresque de la société future, telle qu'il l'imagine, sans roi, sans nation, sans classe, sans famille, sans argent, totalement universalisée et dans laquelle « un coche humanitaire » conduira les habitants de Paris à Pékin, au milieu d'exploitations croulant sous les récoltes :

Du haut de ce vaisseau, les hommes stupéfaits
Ne verront qu'une mer de choux et de navets.
Le monde sera propre et net comme une écuelle ;
L'humanitairerie en fera sa gamelle,
Et le globe rasé, sans barbe ni cheveux,
Comme un grand potiron roulera dans les cieux...

On y découvre, préfigurant le *Bouvard et Pécuchet* de Flaubert, les personnages de Dupuis et Cotonet qui ne savent toujours pas ce qu'est le romantisme et à qui un clerc de notaire de La Ferté-sous-Jouarre donne cette définition que n'auraient pas reniée les surréalistes :

La convalescence de Sisyphe

> « Le romantisme, c'est l'étoile qui pleure, c'est le vent qui vagit, c'est la nuit qui frissonne, la fleur qui embaume et l'oiseau qui vole ; c'est le jet inespéré, l'extase alanguie, la citerne sous les palmiers et l'espoir vermeil et ses mille amours, l'ange et la perle, la robe blanche des saules ; ô la belle chose, Monsieur ! C'est l'infini et l'étoile, le chaud et le rompu, le désenivré et pourtant en même temps le plein et le rond, le diamétral, le pyramidal, l'oriental, le nu à vif, l'étreint, l'embrassé, le tourbillonnant ; quelque science nouvelle ! C'est la philosophie providentielle géométrisant les faits accomplis, puis s'élançant dans le vague des expériences pour y ciseler des fibres secrètes. »

Reste que, le 11 décembre 1840, Alfred atteint sa trentième année, le bel âge pour beaucoup, mais pour lui, un cap très difficile, celui de la mort de sa jeunesse. Trente ans au XIXe siècle est le commencement de l'âge mûr, notre actuelle cinquantaine. Malgré ce qui correspond à sa notoriété, il constate avec une certaine aigreur que sa vie est loin d'être une réussite. Célibataire, sans postérité ni famille à l'exception de sa sœur, de son frère et de sa mère, sans situation véritable, dépendant des siens pour tous ses besoins matériels, il se considère comme un grand dadais sans avenir, puisque ce qu'il fait de mieux n'a pas d'existence : ses pièces ne sont même pas jouées ! Entend-il changer ? Non, puisque enfant il est, enfant il restera. Et même s'il est probablement le plus doué de sa génération, ce n'est pas pour autant qu'il se supporte. Après avoir rempli quelques pages, il fuit son domicile pour s'en aller au café, au restaurant, au cercle de jeux, chez les

Alfred de Musset

filles, n'importe où, pourvu qu'il ne reste pas dans la solitude du foyer, lui à qui s'applique si bien l'adage de Pascal selon lequel « tout le malheur des hommes vient d'une seule chose, qui est de ne pas savoir demeurer en repos dans une chambre ». Il écrit : « Etre bien tranquille chez soi est le plus atroce de tous les supplices ; je ne comprends pas qu'on ne l'ait pas mis en enfer. Comment Dante n'a-t-il pas pensé à nous montrer un homme en robe de chambre, au quatrième ou au cinquième cercle de son enfer, assis au coin de son feu, dans un fauteuil, les pieds dans ses pantoufles ? C'eût été, certainement, le dernier degré de l'horreur ! » Curieuse contradiction, pourtant, chez ce captif de Paris qui, en dehors de son séjour à Venise – et Baden excepté – n'a effectué aucun grand voyage, alors que le « grand tour », auquel tant de contemporains sacrifient, incarne, par excellence, le mode de vie romantique. Ce n'est pas lui qui effectuerait l'itinéraire de Paris à Jérusalem !

Un peu de Touraine et d'Anjou, chez son parent le marquis de Musset, un peu de Normandie, chez ses amis, quelques escapades au Croisic, un peu de Vosges, chez son oncle le sous-préfet et c'est tout ; ou presque. Chateaubriand passait son temps à fuir la capitale, Musset consacre le sien à arpenter Paris. Les grands boulevards, le faubourg Saint-Germain et le quartier de la Nouvelle Athènes, sur la rive droite, composent son monde, de même que le jardin des Tuileries, dans lequel il lui arrive de flâner, l'après-midi, en regardant les jeunes filles. Et outre

La convalescence de Sisyphe

ces quelques lieux, l'Ile de France, de Fontainebleau, au sud, à Montmorency, au nord, au gré de ses hôtes : « Demi-verdure, demi-nature, demi-plaisir, demi-ennui, et tout à l'avenant de fractions en fractions, jusqu'à la dose infinitésimale, voilà tout – autre chose qui est la même chose, un quart d'heure là et autant ici – beaucoup de fumées de cigarettes – beaucoup de grandes et d'éternelles, d'irrévocables déterminations d'un jour, un tant soit peu de vrai et de bon, par moments volé au hasard. »

CHAPITRE 10

Le prince Phosphore de Cœur Volant

« La vie est un sommeil, l'amour en est le rêve,
Et vous aurez vécu si vous avez aimé. »

ALFRED DE MUSSET

Alors que ce bel automne n'en finit pas de mourir, un matin où, comme de coutume, il travaille près de sa fenêtre ouverte, corrigeant l'épreuve d'un article, un doux rayon de soleil, comme une inspiration divine, vient traverser son champ de vision, l'obligeant à se lever pour tirer légèrement le rideau. Mais, au moment de le saisir, son attention se porte sur une autre fenêtre, située dans l'immeuble d'en face, où une jeune et jolie jeune fille est en train de se coiffer. Il lui sourit, elle lui rend ce sourire ; il lui envoie un baiser, elle fait de même, avant de fermer ses volets. Le lendemain, le même manège reprend, et puis le surlendemain et ainsi de suite. Une semaine plus tard, après mille stratagèmes,

Alfred de Musset

ils finissent par se rencontrer, rue de Grenelle, et, surpris par leur audace et par leur désir l'un de l'autre, décident de filer ensemble à la campagne, dans la petite maison qu'Alfred Tattet loue à Margency, et qu'il met naturellement à disposition de son ami Alfred de Musset lorsque celui-ci en a besoin.

Avec cette jeune lorette, dont on connaît aujourd'hui l'identité, Louise Lebrun, Alfred s'enferme pendant plus d'une semaine, goûtant le plaisir de posséder une si touchante et si belle proie, sans lui avouer une seule seconde qui il est, sinon un cœur brisé ayant besoin de réconfort. Est-ce pour elle qu'il écrit :

Qu'il est doux d'être au monde et quel bien que la vie !
Tu le disais ce soir par un beau jour d'été.
Tu le disais, ami, dans un site enchanté,
Sur le plus vert coteau de ta forêt chérie...

Pendant deux mois, ce ne sont que poursuites sur la mousse, rires entre deux baisers, petits soupers près de la cheminée au cours desquels on se grise, abandons crépusculaires entre les draps à la lueur des chandelles. Deux mois de pureté, de rêveries campagnardes avec une nymphe toute simple, peut-être ouvrière dans une manufacture ou employée de maison ou demoiselle de mode, avec laquelle le poète partage ce qui constitue sans doute la plus exceptionnelle de ses liaisons, loin du boulevard, loin du café, loin du bordel :

Le prince Phosphore de Cœur Volant

J'aime et pour un baiser je donne mon génie ;
J'aime, et je veux sentir sur ma joue amaigrie
Ruisseler une source impossible à tarir.
J'aime et je veux chanter la joie et la paresse,
Ma folle expérience et mes soucis d'un jour,
Et je veux raconter et répéter sans cesse
Qu'après avoir juré de vivre sans maîtresse,
J'ai fait serment de vivre et de mourir d'amour.

Mais, même si la jeune fille va lui inspirer le personnage de Mimi Pinson, comme toujours, il se lasse vite et se dit *in fine* que toutes les filles finissent par se ressembler. Pense-t-il qu'avec George, « la plus femme de toutes les femmes », il a connu autre chose ?

C'est certain. Il a beau s'écrier : « A moi aussi la jouissance ici-bas, puisqu'il n'y en a pas d'autre ! », il réalise qu'il lui manque une amie, une confidente, une femme qui pourrait lui offrir plus que son corps, sinon son cœur, du moins son esprit. Bien sûr, ce n'est pas le cas de sa dernière conquête que, redevenu odieux comme il sait l'être si souvent, il reconduit à Paris et abandonne à sa solitude. Certes, un certain nombre de candidates se sont offertes à lui, plus ou moins spontanément, comme Carlotta Marliani, par ailleurs amie de George, qu'il repousse, Mme Levasseur, dont les assiduités le fatiguent, ou cette mystérieuse Olympe Chodzko, qu'il invite à souper avec Tattet et sa marquise à l'occasion du carnaval et à qui il adresse en remerciement ce compliment un peu leste : « Ah ! que vous étiez charmante sous le masque ! Vous êtes une hostie qu'il faut manger, et l'on vous mangera ! »

Ce besoin, Alton-Shée le voit bien, qui a compris le caractère secret de son compagnon de débauche : « Avec les hommes, il parlait peu et riait volontiers de l'esprit des autres. Aux femmes, il réservait toutes les grâces, tous les charmes de sa coquetterie ; près d'elles, il était gai, amusant, éloquent, moqueur... » Dans ce Paris de l'époque romantique où le « monde » ne compte que mille ou deux mille personnes, chacun se connaît ou a entendu parler de l'autre. Les amours malheureuses de l'auteur de *La Confession d'un enfant du siècle* avec la romancière George Sand l'ont rendu très intéressant aux yeux des femmes. Celles-ci, en conséquence, attendent avec impatience de l'apercevoir en ville, de lui être présentées et – pourquoi pas ? – d'avoir avec lui une aventure. Croit-il pour autant qu'il peut tout se permettre ? Sans doute. Le jeune comte Apponyi, neveu et collaborateur de l'ambassadeur d'Autriche à Paris, l'aperçoit chez la princesse Belgiojoso, se comportant comme en pays conquis, vautré sur un canapé, le cigare à la bouche, déjà passablement éméché !

Justement, lors d'une autre soirée, certes plus sage que la précédente, le comte d'Alton-Shée lui présente sa propre sœur, Caroline, épouse du très officiel et très austère Maxime Jaubert, conseiller à la Cour de cassation – son aîné d'un quart de siècle. Musset le surnomme « M. le Conseiller de la Verdrillette » ! Caroline lui a donné une fille unique, Adine. C'est

Le prince Phosphore de Cœur Volant

une pétulante femme « de poche », brune comme il les aime, pas très jolie mais endiablée à souhait, qui depuis son enfance mène la vie à grandes guides, galopant à cheval comme une forcenée, jetant son gant à ses nombreux amants et tenant, chez elle, rue Taitbout, un brillant salon où elle émerveille ses proches par son talent de pianiste et de chanteuse. Aussitôt conquis, Alfred ne tarde pas à devenir un familier de la maison de « la fée blonde », toujours volontaire pour lui tourner les pages lorsqu'elle s'assoit devant son clavier, et il dépose un jour dans la main de son hôtesse ses « Stances à Ninon » qui ne laissent aucun doute sur ce qu'il éprouve pour elle :

Si je vous le disais pourtant, que je vous aime,
Qui sait, brune aux yeux bleus, ce que vous en diriez ?
L'amour, vous le savez, cause une peine extrême :
C'est un mal sans pitié que vous plaignez vous-même ;
Peut-être cependant que vous m'en puniriez.

Flattée, elle s'amuse d'abord à le repousser, puis le surnomme « le prince Phosphore de Cœur Volant », parce que « la qualité stimulante qui appartenait en propre au poète, par sa manière d'écouter, de comprendre, de réveiller l'esprit, établissait une sorte d'analogie avec l'animation provoquée par ce noir liquide, dont l'usage a bravé les menaces de la faculté ». Amusée, séduite, curieuse, elle finit par se donner à lui, au printemps 1835, avec cette désarmante facilité dont elle use dans toute chose. Ils commencent alors une singulière liaison qui, d'abord sexuelle, va évoluer vers la tendresse, la complicité, l'amitié, et qui inspirera plus tard à Musset le personnage de Mme de Léry dans *Un caprice*. C'est pour elle qu'il écrit « La nuit de décembre », dans laquelle il retourne à ses obsessions, et à elle qu'il demande tendresse et protection, ce qu'elle lui accorde volontiers, à condition qu'il se plie aux règles qu'elle édicte la première : reconnaître qu'elle est la maîtresse du jeu, la Titania du *Songe d'une nuit d'été*. Il lui écrit : « Au milieu de ma sotte vie, je dois avoir un peu l'air d'un homme empoisonné par la fumée de l'asphalte ou du tabac, qui entrerait tout d'un coup dans un jardin, et qui recevrait dans le nez un coup de vent plein d'une odeur de roses. »

Lui fait-elle oublier George Sand ? Peut-être pas, mais pendant les quelques mois que dure leur liaison, elle parvient à en mettre le spectre entre parenthèses, d'autant que leur relation n'est jamais basée sur la violence mais sur l'espièglerie, l'esprit et l'humour – Alfred doit en déployer beaucoup pour conserver la faveur de Caroline, ou tout au moins son estime. « J'aime par-dessus tout votre manière douce, bienveillante, et pourtant sincère d'adresser un reproche qui convainc sans blesser », lui écrit-il, tandis qu'elle-même le voit, certes comme il est, mais, forte de l'incontestable pouvoir qu'elle a sur lui, sans le juger : « Il n'est pas de ciel orageux, panaché, éclairé par un soleil de mars, dont la mobilité puisse être comparée à celle de son humeur. Eviter le nuage pouvait être difficile, le dissiper ne demander qu'une caresse de l'esprit. » Elle panse ses blessures, soigne son cœur meurtri et redonne un

Le prince Phosphore de Cœur Volant

peu d'espoir à cet esprit chagrin qui lui adresse en retour cet étrange remerciement :

> « Je me suis regardé et je me suis demandé si, sous cet extérieur raide, grognon, impertinent, peu sympathique, il n'y avait pas primitivement quelque chose de passionné et d'exalté à la manière de Rousseau. C'est possible ; j'ai tenté une seule fois de me livrer à l'amitié, c'est un sentiment étrange, inouï pour moi, une excitation peut-être plus forte que le désir dans l'amour, car ce transport ne me satisfait pas. D'après ce que j'en sais, ce doit être un sentiment terrible, très dangereux, très doux, qui doit faire le malheur de toute la vie, et je comprends que Rousseau soit devenu à moitié fou des secousses que cette passion lui a données. Or, bien décidément, je n'en veux pas ; c'est assez de l'amour, c'est assez de vous, Mesdames, et puis je n'ai pas le temps. Voilà bien du sérieux pour une légère remontrance, mais auprès de vous mon cœur se dilate comme il se resserre auprès des autres. Pardonnez-moi donc cette dissertation et, si vous y pensez un peu, vous me comprendrez mieux. Je ne suis pas tendre, mais je suis excessif ».

Mais, malgré ses efforts, elle ne réussit pas à exorciser son passé : « Je vous avouerai, lui écrit-il, que je commence à être parfaitement dégoûté de voir que des veilles forcées, que ma tête et ma poitrine me refusent, ne peuvent me tirer d'un passé qui m'étouffe. » Quoi qu'il en soit, Don Juan, pris aux rets, vit dans l'euphorie :

Partout retentissait comme une joie étrange
C'était en février, au temps du carnaval,
Les masques avinés se croisaient dans la fange
S'accostaient d'une injure ou d'un refrain banal...

Alfred de Musset

Pendant trois semaines, ce ne sont donc qu'embrassades, étreintes, rendez-vous d'alcôve, mais dans lesquels il est interdit de parler d'amour. Son frère témoigne : « Alfred voyait trois ou quatre fois par semaine son inflexible maîtresse. Il observait scrupuleusement la consigne et ne prononçait pas un mot d'amour, mais il enrageait tout bas. La tentation lui vint de recourir encore à la poésie pour rompre le silence. » Et voici comment naquirent ces « Stances à Ninon », si éloquentes quant à son nouvel état d'esprit vis-à-vis des femmes, sinon de « la » femme :

Avec tout votre esprit, la belle indifférente,
Avec tous vos grands airs de rigueur nonchalante,
Qui nous font tant de mal et qui vous vont si bien,
Il n'en est pas moins vrai que vous n'y pouvez rien.

Il n'en est pas moins vrai que, sans qu'il y paraisse,
Vous êtes mon idole et ma seule maîtresse ;
Qu'on n'en aime pas moins pour devoir se cacher,
Et que vous ne pouvez, Ninon, m'en empêcher.

Il n'en est pas moins vrai qu'en dépit de vous-même,
Quand vous dites un mot, vous sentez qu'on vous aime,
Que malgré vos mépris, on n'en peut pas guérir,
Et que, d'amour de vous, il est doux de souffrir.

Il n'en est pas moins vrai que, sitôt qu'on vous touche,
Vous avez beau nous fuir, sensitive farouche,
On emporte de vous des éclairs de beauté,
Et que le tourment même est une volupté.

Soyez bonne ou maligne, orgueilleuse ou coquette,
Vous avez beau railler et mépriser l'amour,

Le prince Phosphore de Cœur Volant

Et comme un diamant qui change de facette,
Sous mille aspects divers vous montrer tour à tour,

Il n'en est pas moins vrai que je vous remercie,
Que je me trouve heureux, que je vous appartiens,
Et que, si vous voulez du reste de ma vie,
Le mal qui vient de vous vaut mieux que tous les biens.

Je vous dirai quelqu'un qui sait que je vous aime :
C'est ma Muse, Ninon, nous avons nos secrets.
Ma Muse vous ressemble ou plutôt c'est vous-même ;
Pour que je l'aime encore, elle vient sous vos traits.

La nuit, je vois dans l'ombre une pâle auréole,
Où flottent doucement les contours d'un beau trône.
Un rêve m'apparaît, qui passe et qui s'envole ;
Les heureux sont les fous, les poètes le sont.

J'entoure de mes bras une forme légère ;
J'écoute à mon chevet murmurer une voix ;
Un bel ange aux yeux noirs sourit à ma misère ;
Je regarde le ciel, Ninon, et je vous vois.

O mon unique amour, cette douleur chérie,
Ne me l'arrachez pas, quand j'en devrais mourir !
Je me tais devant vous ; – quel mal fait ma folie ?
Ne me plaignez jamais, et laissez-moi souffrir.

C'est encore Caroline qui lui inspire Le Chandelier et Il ne faut jurer de rien, pièces légères et pleines d'esprit, qui semblent avoir été écrites pour la divertir et se mettre à son niveau d'élégance immorale et d'amours distanciées. Car elle ne le détourne pas de son travail et, bien au contraire, l'encourage à persévérer, ce qu'on peut lire dans les lettres que Musset lui écrit : « Vous me reprochez de ne pas travailler.

Voulez-vous me permettre de vous dire mes raisons ? Combien d'amis ? Zéro, ni chien, ni chat. Combien de maîtresses ? Pas la plus imperceptible apparence. Combien d'argent ? Trente sous, et la permission de me déshonorer en jouant sur parole, quel doux sentier semé de fleurs. Bonsoir madame, ma verveine est morte, mon voyage manqué, ma tête vide et quant à mon cœur, je ne sais où il est, avec la marquise probablement, car je n'en entends pas parler. Voilà mes raisons pour ne rien faire, sans compter le proverbe le plus juste qui ait jamais été ici-bas : A quoi bon autre chose que rien ? »

Dans *Le Chandelier* inspiré par le fameux *Point de lendemain* de Vivant Denon, Musset met en scène les amours de l'officier de dragons Clavaroche avec la belle Jacqueline, épouse du notaire André. Pour détourner les soupçons de ce dernier, elle feint d'être courtisée par son clerc Fortunio, auquel on fait jouer le rôle de « chandelier », sorte de chevalier servant. Mais celui-ci, réellement amoureux d'elle, lui déclare sa flamme, ce qui la bouleverse et la conduit à devenir sa maîtresse. *Il ne faut jurer de rien* conte l'aventure du léger Valentin, qui fait le pari de séduire la jeune Cécile. En fait il est séduit par elle, ce qui humanise ce débauché – qui n'est pas sans rappeler l'auteur –, pris à son propre piège.

Mais Caroline, lassée de ferrailler avec cet écorché vif, prend bientôt la décision de rompre ou plus exactement de faire évoluer leur relation de telle manière qu'ils ne seront plus « amants », mais « amis », bien

Le prince Phosphore de Cœur Volant

que cette amitié soit désormais « sans nom ». Elle sera la « marraine » du Musaillon, sa confidente et sa correspondante pendant les vingt-deux années que vivra encore son pseudo-« filleul ». En échange, il devra tout lui dire, jusqu'au plus intime. Il n'y manquera pas, fidèlement, jusqu'à la mort.

Chez elle, cependant, tout est toujours calculé. Elle a conscience que son amant est incapable de rester seul. Alors elle lui trouve une remplaçante, en la personne de sa charmante cousine, Aimée, sa cadette de huit ans, qu'elle lui présente. Son apparition, avec son capuchon blanc, subjugue l'éternel infidèle au cœur d'artichaut qui, plus que jamais, attend la rédemption par l'amour et s'écrie : « Oh ! Le joli petit moinillon blanc », avant de la chanter ainsi :

> *Charmant petit moinillon blanc,*
> *Je suis un pauvre mendiant.*
> *Charmant petit moinillon rose,*
> *Je vous demande peu de chose.*
> *Accordez-le-moi poliment,*
> *Charmant petit moinillon blanc. [...]*
>
> *Hélas ! petit moinillon rose,*
> *Mon cœur est pour vous lettre close,*
> *Hélas ! petit moinillon blanc,*
> *Il pourrait vous dire pourtant...*
> *Mais, sur ce, je fais une pause,*
> *Hélas ! petit moinillon rose.*

Ces vers, un petit groom les porte à Aimée d'Alton le matin à son réveil, ouvrant ainsi une nouvelle histoire d'amour passionnée, à laquelle elle répond aussitôt en offrant à Musset une boîte de santal dans laquelle il trouve… une plume, pour l'encourager à écrire.

C'est, elle aussi, un petit bout de femme aux yeux bleus et aux cheveux blonds qu'elle coiffe délicieusement en anglaises retombant de chaque côté de son beau visage aux traits réguliers. Il comprend immédiatement que le Ciel ne l'a envoyée que pour lui. Petite-fille d'un général du Premier Empire élevé au titre de baron par Napoléon et fille de général, âgée de vingt ans, elle est assez libre d'allure et de ton, comme le sont à cette époque les jeunes filles éduquées en Angleterre. Le sculpteur Auguste Barre a laissé d'elle un charmant biscuit de Sèvres la représentant assise, l'air mutin, boudeur et encore enfantin, dans une robe amplement décolletée, à peine ornée de quelques fleurs, comme les jeunes filles de Watteau ou de Boucher peintes au siècle des Lumières, qu'il aime tant. Caroline a-t-elle, à l'instar de Mme de Merteuil avec Valmont, poussé à l'idylle ? C'est incontestable, sachant qu'il ne pourrait pas longtemps résister à autant de charmes.

Durant les premières semaines, Alfred est si épris qu'il lui adresse des lettres brûlantes et folles – « Enfant, le bonheur est fait pour nous, s'il est fait pour quelqu'un au monde » – et la jeune femme se montre un peu effrayée des libertés qu'il prend avec elle, lui rappelant malicieusement le proverbe qui dit qu'on ne doit pas vendre la peau de l'ours avant

Le prince Phosphore de Cœur Volant

qu'on ne l'ait mis à terre ! Pour elle il écrit ce sonnet qu'il publiera, plus tard, dans « Le fils du Titien » :

> *Lorsque j'ai lu Pétrarque, étant encore enfant,*
> *J'ai souhaité d'avoir quelque gloire en partage.*
> *Il aimait en poète, et chantait en amant ;*
> *De la langue des dieux, lui seul sut faire usage.*
>
> *Lui seul eut le secret de saisir au passage*
> *Ces battements du cœur qui durent un moment,*
> *Et, riche d'un sourire, il en gravait l'image*
> *Du bout d'un stylet d'or sur un pur diamant.*
>
> *O vous qui m'adressez une parole amie,*
> *Capricieuse enfant qui l'oublierez demain,*
> *Souvenez-vous de moi, qui vous en remercie.*
>
> *J'ai le cœur de Pétrarque et n'ai pas son génie,*
> *Je ne puis ici-bas que donner en chemin*
> *Ma main à qui m'appelle, à qui m'aime, ma vie.*

Mais Alfred, qui décèle parfaitement à qui il a affaire, persévère jusqu'à ce qu'elle accepte de se donner corps et âme : « Où nous verrons-nous ? » lui demande-t-elle, dès que sa résolution est prise. « Chez moi », lui répond-il, en oubliant qu'il partage son appartement avec sa mère, son frère et sa sœur, sans compter les domestiques. Mais rendez-vous est pris le matin très tôt. Comme un chat, il se glisse à l'aube hors du logis, attend avec fébrilité le fiacre qui la conduit, l'attrape doucement, ouvre la porte de l'immeuble, puis celle de l'appartement qu'ils traversent tous deux, le cœur battant, et il la conduit dans sa chambre, où le miracle s'accomplit

Alfred de Musset

Le mot n'est pas trop fort, lorsqu'on voit ceux qu'il va utiliser pour se remémorer cette scène :

> « En t'écrivant, maintenant, je t'avoue que je me retiens pour ne pas déraisonner ! – le fiacre s'arrête – je te vois descendre, arriver à petits pas, cherchant la porte dans la cour. Je cours à toi, je te prends la main, nous montons. En silence, tout dort. La porte est enfin fermée derrière nous, ô ma nymphe, mon Aimée, quel moment ! Mon imagination s'arrête. Je ne puis essayer de deviner ni mon bonheur, ni ta beauté, ni le premier mot que tu me diras, mais le premier baiser, ah, je le devine, je le sens déjà, il me brûle, il me traverse le cœur. »

Fou amoureux, il désigne Aimée par d'innombrables surnoms dans les lettres qu'il lui adresse quotidiennement : « ma bien-aimée », « mon amie », « mon amante », « Poupette », « ma blanche belle », « ma nymphette », « ma belle Minouche », « Sa Majesté Poupette », « ma chère âme », « ma chère Poupette », « coquette Poupette », « chère belle », « chère blonde chère », « mon bel amour », « ma blanche beauté », « mon bel et adoré amour », « mon bel ange bien-aimé », « ma belle enfant », « ma chère Fanfan », « chère mauvaise tête », « mon cher cœur », « ma belle chère blonde », « ma chère beauté », « ma chère Blanche », « ma chère et blanche blonde »... ! Ou encore : « ma rose embaumée », « ma Blanche », « mon Aimée bien-aimée ». Il va jusqu'à signer certaines lettres « Monsieur du Moinillon », et rime ce chant endiablé :

Le prince Phosphore de Cœur Volant

A votre tour, essayez ma maîtresse,
Et faites-moi, jusqu'au tombeau,
D'une vieille et douce tendresse
Un impromptu toujours nouveau...

Amour sacré du corps et de l'esprit, relation totalement fusionnelle entre ces jeunes gens qui – c'est si rare en leur temps et dans leur milieu ! – se sont déjà donnés l'un à l'autre sans passer par le mariage. Au regard de la loi, si la chose était publique, Alfred de Musset serait le suborneur d'une jeune fille. Et le mariage, Aimée d'Alton-Shée y pense, qui veut sauver son amant de lui-même, en particulier de ses débauches qui minent sa santé et le vieillissent prématurément. Rien, en fait, ne s'opposerait à l'union légale et officielle de la fille du général-baron avec le fils du défunt comte-administrateur. Leurs familles partagent de surcroît le même idéal : le respect du souvenir napoléonien dans la fidélité à la famille d'Orléans qui règne si pacifiquement sur la France. Les Alton-Shée ne sauraient refuser un gendre que l'héritier du trône considère comme un ami intime. Les Musset ne sauraient récuser une jeune femme aussi jolie et aussi racée, qui plus est dépositaire d'une dot importante, car sa famille est riche, très riche. Un jour que Musset lui avoue qu'il a perdu tout son argent dans un tripot, elle lui brode une somptueuse bourse en filet qu'elle lui offre ; à l'intérieur, il y a un écu d'or et un billet, en forme de conseil, pour ne pas perdre cet écu. Ce sera la bourse d'*Un caprice* !

Alfred de Musset

Il y a pourtant un obstacle de taille à cette union : Alfred lui-même, qui aime à répéter : « Quand on ne peut plus déraisonner, il faut se brûler la cervelle ou se marier. » Il est effrayé à l'idée de devenir un mari et – qui sait ? – un père, effrayé aussi, tout simplement, par l'amour :

> « Un sentiment d'amère réflexion est donc le résultat de cette première épreuve, lui écrit-il, en lui administrant sa première leçon de pessimisme caractérisé. Le cœur, blessé dans son essence même, dans son premier élan, saigne et semble à jamais déchiré. Cependant on vit et il faut aimer pour vivre encore ; on aime avec crainte, avec défiance, et peu à peu on regarde autour de soi, et on s'aperçoit que la vie n'est pas aussi triste qu'on l'avait jugée ; on revient à soi, on revient au bonheur, à Dieu, à la vérité. Le cœur, plus ferme, accepte les obstacles, les chagrins, les dégoûts même ; sûr de lui, il les prévoit, les combat et les change quelquefois en biens. Plus résigné, il jouit mieux des jours heureux, les appelle avec plus d'ardeur, les prolonge avec plus de soin. Il en vient enfin à se dire : le mal n'est rien, puisque le bonheur existe. »

Alfred refuse enfin la proposition, en lui écrivant ce qui, malgré la tendresse, constitue bien une fin de non-recevoir : « Oui, mon enfant, je ne fais pas de phrases ; ce serait un crime, dans la force du terme, de t'entraîner après moi. Ta lettre m'a fait peur pour toi, car si je souffre tant, que mon cœur n'a pu retenir un bond à la vue d'une espérance, cependant je n'ai pas hésité un instant, Dieu merci ! Je me ferais horreur si j'abusais de toi. »

Le prince Phosphore de Cœur Volant

Bien sûr, elle l'inspire, peut-être plus que toute autre femme avant elle : *Un caprice*, « Les deux maîtresses », « Margot », « L'espoir en Dieu », « A la mi Carême » sont successivement rédigés sur un papier qu'elle a préalablement baisé de ses blanches lèvres. « Le fils du Titien » et surtout les « Nuits », c'est bien à elle et à son influence de Muse qu'il les doit. « N'as-tu pas maintenant une belle maîtresse », peut-on lire dans « La nuit d'octobre ».

Elle est encore Emmeline, l'héroïne éponyme de cette nouvelle où il les campe tous deux, lui sous le visage de Gilbert, elle sous celui de la comtesse de Marsan. Pendant toute la durée de leur liaison, elle résume toutes les femmes qui sortent de son imagination, comme dans « Frédéric et Bernerette ». Est-ce encore grâce à elle qu'il clôt définitivement l'épisode vénitien de si triste mémoire ? C'est bien à cette époque qu'il achève « Le fils du Titien », dans lequel il prend plaisir à décrire la cité où il avait vécu avec George, y compris le quai des Esclavons. Là encore, il transcrit sa propre histoire dans les amours de Pomponio Filippo (Alfred), avec Monna Bianchina (Aimée), l'amie de l'entremetteuse Dorothée (Caroline) ! C'est encore pour son Aimée qu'Alfred loue une petite garçonnière rue Tronchet. Pendant deux années, ils s'attendent, se retrouvent et s'aiment sans retenue dans ce nid d'amour. « Jamais je n'ai rencontré une femme aussi franche, aussi vraie que vous, lui écrit-il. Jamais je n'ai vu tant de cœur, et si peu de coquetterie, tant de sincérité et de noblesse... » « Je ne sais si, en vous voyant, je vais me jeter sur vos lèvres ou tomber à genoux devant vous – chère, chère Aimée la bien nommée, que je suis heureux de vivre et de t'avoir connue... » « Tu es belle comme le jour, ma chère âme. Tu es une vraie nymphe et je t'adore en païen. Ceci est toujours, comme tu vois, de la sympathie religieuse. Seulement, c'est de la religion comme je la comprends, celle de Vénus, elle vaut bien l'autre, et si on est religieux dans tes bras, je défie qu'on soit catholique... » « J'ai terriblement besoin de te voir, de te serrer, de te sucer et – et vous ma belle nymphe – je baise ta bocca... Je n'aime que toi et je ne sais pas jusqu'à quand je te dirai que plus je te vois, plus je te connais, plus je t'ai, et plus je t'aime... »

Mais, au bout de deux années, l'enthousiasme faiblit, ce qui transparaît dans cette constatation : « Te portes-tu mieux ? Je suis pour ma part un peu invalide, et toujours gai comme un catafalque. Il faut pourtant essayer de vivre, ma chère amie, et si tu me donnais l'exemple, tu m'encouragerais. Je t'embrasse. » Peu à peu, les vieux démons de Musset le rattrapent, le ramènent à l'alcool et au sexe. Il s'enferme cycliquement, dans cette spirale infernale, refusant de s'engager plus avant avec sa compagne, arguant, comme toujours, de sa famille, de son œuvre, de sa solitude. D'où de nouveaux billets, de plus en plus distants, qu'Aimée reçoit comme des coups de couteau dans le cœur : « La vie ne m'est ni chère ni odieuse ; elle m'est inutile et indifférente » ou : « Je ne peux ni te rendre heureuse, ni remplir ta vie... » Puis il se fait plus explicite encore dans ces stances cruelles :

> *Si la flèche envenimée*
> *Ne peut sortir de mon flanc,*
> *La main de ma bien-aimée*
> *Peut en essuyer le sang.*

Jour après jour, elle constate, impuissante, qu'il se détache d'elle, sans qu'elle puisse rien faire pour enrayer cette irrémédiable séparation qu'elle pressent, en apprenant qu'il a résilié le bail de leur petite chambre, parce qu'il n'a plus les moyens de la louer, en raison de ses dettes de jeu. Une dernière fois elle lui propose le mariage ; une dernière fois, il refuse, dans une lettre qui pourrait être cynique, mais qui en fait est bouleversante :

> « Tu n'es pas gaie, ma pauvre chère ? et je le suis si peu que j'éprouve je ne sais quelle difficulté à t'écrire. Je ne voudrais ni ne pourrais, Dieu merci, te faire partager ce que je sens. Ce n'est pas du chagrin, de la colère, ni même de l'ennui ; mon cœur s'en va, la vie ne m'est ni chère ni odieuse ; elle m'est inutile, indifférente. [...] Ma destinée est faite, elle l'est par moi, depuis longtemps ; ce qui m'arrive aujourd'hui ne m'est pas nouveau, ni inattendu ; c'est ce qui m'est arrivé cent fois, mais toujours de pis en pis, et cette fois, plus que les autres. [...] Tu crains, dis-tu, que je veuille te quitter et te persuader de te marier ; tu sais aussi bien que moi à quoi t'en tenir sur ces deux choses ; ce n'est pas le moment d'y revenir ni d'en parler ; il y a une chose certaine, je ne peux ni te rendre heureuse, ni remplir ta vie ; ne me réponds pas à cela que tu

m'aimes, je le sais et je te répondrai que tu m'es chère et très chère, ce que tu sais aussi... »

Cette confession expédiée, il s'en va chez Tattet, sinon s'amuser, du moins se cacher à la campagne, souffrant et jouissant tout à la fois du mal qu'il fait à Aimée, courant déjà vers d'autres conquêtes. Une nuit, où il rentre plus saoul que d'habitude, il viole la servante de sa mère, et s'en vante à Tattet ! Il continue, malgré tout, d'écrire à Aimée, et même lui parle encore d'amour, même s'il ne la voit plus guère. Mais leur correspondance s'espace à la fin de l'année 1838, suivie, au mois de janvier suivant, d'une rupture de fait sinon de forme, selon la manière dont on lit cet ultime billet : « Appelle amour ou amitié le sentiment que j'ai et aurai toujours pour toi ; je n'y verrai jamais de différence. » Mais il se souviendra d'elle et lui écrira des années plus tard ces mots : « Quelqu'un qui pense à vous sans cesse et dont le souvenir, s'il existe encore, est peut-être désagréable, a eu cent fois la tentation de vous écrire. Je cède aujourd'hui à cette tentation sans raison et sans espérance, sinon que vous êtes la seule vraie aimée. Vous avez plus d'esprit qu'il n'en faut pour le reconnaître, mais auriez-vous le courage de lui répondre ? » Elle ne l'aura pas, et ne réagira pas davantage à cet ultime billet : « Tout m'ennuie. M'aimes-tu encore ? Il n'y a que toi qui aies du cœur. Pas de lettre. Oui – ou rien. Si c'est oui, quand et comment ? Tout de suite, si cela est possible. » Ne comprend-il pas que, si elle se terre, c'est uniquement à cause de lui ? Une nouvelle fois,

Le prince Phosphore de Cœur Volant

c'est bien lui qui a pris la responsabilité de la rupture, même s'il en rejette la faute sur l'autre. Cynique et étourdi, il écrira à son amie, la duchesse de Castries : « Ce qu'on appelle les femmes du monde, d'une part me font l'effet de jouer une comédie dont elles ne savent pas même les rôles. D'un autre côté, mes amours perdues m'ont laissé quelques cicatrices qui ne s'effaceraient pas avec de l'onguent miton mitaine. Ce qu'il me faudrait, c'est une femme qui fût quelque chose, n'importe quoi : ou très belle, ou très bonne, ou très méchante à la rigueur, ou très spirituelle, ou très bête, mais quelque chose. » Aimée quitte la vie d'Alfred, d'autres la rejoignent, compagnes d'une heure, d'un jour, d'une semaine ou d'un mois, comme la nymphe Poupette ou Olympe Chodzko, l'une ou l'autre destinataire d'un autre poème, image des désirs de cet amant ardent, qui passe si facilement de la passion au rejet, de l'enthousiasme au désenchantement, de la volupté à l'écœurement :

Si tu ne m'aimais pas, dis-moi, fille insensée,
Que balbutiais-tu dans ces fatales nuits ?
Exerçais-tu ta langue à railler ta pensée ?
Que voulaient donc ces pleurs, cette gorge oppressée,
Ces sanglots et ces cris ?

Ah ! Si le plaisir seul t'arrachait ces tendresses,
Si ce n'était que lui qu'en ce triste moment
Sur mes lèvres en feu tu couvrais de caresses
Comme un unique amant !

Si l'esprit et les sens, les baisers et les larmes,
Se tiennent par la main de ta bouche à ton cœur,

Alfred de Musset

Et s'il te faut ainsi, pour y trouver des charmes,
Sur l'autel du plaisir profaner le bonheur.

Ah ! Laurette ! Ah ! Laurette, idole de ma vie,
Si le sombre démon de tes nuits d'insomnie
Sans ce masque de feu ne saurait faire un pas,
Pourquoi l'évoquais-tu, si tu ne m'aimais pas ?

Mais c'est lui qui va bientôt tirer la conclusion de cette histoire : « J'ai quitté tout ce qui m'entourait, mes amis, mes amies, le courant d'eau où je vivais et une des plus jolies femmes de Paris. Je n'ai pas réussi, bien entendu, dans ma sotte vision, et aujourd'hui, je me trouve guéri, il est vrai, mais à sec, comme un poisson au milieu d'un champ de blé. » C'est certain, seule Aimée d'Alton-Shée, qui aima Alfred d'un amour sincère et gratuit, eût pu sauver l'homme et l'écrivain, en l'arrachant aux excès, à la solitude et aux angoisses. Mais Alfred voulait-il être sauvé ? Sans doute pas ! Si elle ne revit jamais plus celui qui fut l'amour de sa vie, elle ne perdit jamais le contact avec la famille de Musset dans laquelle, d'une manière surprenante, elle entrerait un jour, mais après la mort de l'objet de sa passion.

CHAPITRE 11

Un paresseux si prolifique

« Pour être d'un parti, j'aime trop la paresse
Et dans aucun haras je ne suis l'étalon. »

ALFRED DE MUSSET

La nuit est tombée depuis déjà un bon moment, lorsque, comme de coutume, le domestique de la famille Musset, tout à la fois majordome, valet de chambre et commissionnaire, pénètre silencieusement dans la chambre de son maître. Il allume gravement un flambeau de douze bougies, lentement, solennellement. Cette tâche achevée, il dispose à présent une rame de papier, un encrier de porcelaine et une plume d'oie taillée avec soin, respectant un ordre minutieux qu'on lui a recommandé. Tel est le rituel précis qui, à neuf heures du soir, rue de Grenelle, est scrupuleusement respecté, lorsque « Monsieur Alfred » ne sort pas et consent à dîner avec les siens, ou tout au moins à expédier une rapide collation avec sa mère, sa sœur et son frère, dans l'échange de banalités polies autour

Alfred de Musset

desquelles s'ordonnent généralement leurs rencontres. Il est hors de question qu'on aborde franchement la vie dissolue du cadet des fils de feu le comte de Musset-Pathay. Chacun se prépare alors au plus grand silence et s'engage à ne faire aucun bruit de tout le reste de la soirée.

A l'instar de Mozart, Musset se met alors au travail sans pratiquement raturer, tant sa facilité à écrire est extraordinaire, exaspérante pour ses rivaux. Lorsqu'il ne boit pas, se couche de bonne heure et ne traîne pas dans les bouges les plus mal famés de Paris, il est, en effet, à l'approche de ses trente ans, parfaitement maître de lui et d'une lucidité à toute épreuve.

« N'en doutez pas, c'est une chose divine que cette étincelle fugitive enfermée sous ce crâne chétif. Vous admirez un bon instrument, un piano d'Erard, un violon de Stradivarius ; grand Dieu ! Et qu'est-ce donc que l'âme humaine ? Jamais, depuis trente ans que j'existe, je n'ai usé aussi librement de mes facultés que je l'aurais voulu ; jamais je n'ai été tout à fait moi-même qu'en silence. Je n'ai encore entendu que les premiers accents de la mélodie qui est peut-être en moi. Cet instrument qui va bientôt tomber en poussière, je n'ai pu que l'accorder, mais avec délices. »

Est-ce le temps de l'apaisement ? Peut-être, même s'il n'est que fugace :

Muse, quand le blé pousse il faut être joyeux.
Regarde ces coteaux et leur blonde parure.
Quelle douce clarté dans l'immense nature !
Tout ce qu'il vit ce soir doit se sentir heureux.

Un paresseux si prolifique

Ces années, en effet, incarnent la pleine maturité intellectuelle de Musset, qui, de surcroît se trouve libéré des contraintes matérielles depuis qu'une fonction officielle lui a été attribuée. En 1837, à l'occasion du mariage du dernier fils de Louis-Philippe avec l'infante d'Espagne, on lui avait proposé un poste d'attaché d'ambassade à Madrid. Jugeant que c'était trop loin, il avait refusé pour ne pas quitter les siens et notamment Aimée d'Alton, avec qui, à l'époque, il filait le parfait amour, et à laquelle il avait alors écrit : « J'ai envoyé promener la diplomatie, l'ambition et toutes les reines d'Espagne passées et futures. » Le duc d'Orléans ne lui tient pas rigueur de ce refus. Moins de deux ans plus tard, le 19 octobre 1838 il le fait nommer bibliothécaire au ministère de l'Intérieur, une sinécure gratifiante, qui lui permet de jouir d'un salaire honorable sans pour autant se fatiguer, puisque sa présence n'y est requise que quelques heures par mois. Naturellement, le ministre à qui l'on demande de le nommer, Montalivet, n'a aucune idée de l'identité du récipiendaire : « J'ai entendu parler d'un point sur un i, dit-il, qui me paraît un peu hasardé, et je craindrais de me compromettre » !

Ce poste, en tout cas, est aussi la récompense des poèmes que Musset fait régulièrement paraître à la gloire de la dynastie d'Orléans, à l'occasion d'un attentat auquel Louis-Philippe a échappé – bien que le roi ait été choqué d'y avoir été tutoyé ! – ou de la naissance du comte de Paris, ou encore, d'une

Alfred de Musset

manière plus patriotique, à l'occasion d'un différend diplomatique entre la France et la Prusse, d'où ces vers aux accents enflammés :

Nous l'avons eu, votre Rhin allemand,
Il a tenu dans notre verre.
Un couplet qu'on s'en va chantant
Efface-t-il la trace altière
Du pied de nos chevaux marqué dans votre sang ?

Nous l'avons eu, votre Rhin allemand,
Son sein porte une plaie ouverte,
Du jour où Condé triomphant
A déchiré sa robe verte.
Où le père a passé, passera bien l'enfant...

On lui a reproché, par la suite, ces œuvres de circonstance qui ne constituent pas, bien sûr, le meilleur de sa plume, sans voir qu'il pouvait difficilement échapper à ces corvées. Il était en effet un ami de l'héritier du trône qui, du reste, en remerciement des vers sur la naissance de son fils, lui fit aussitôt porter un écrin contenant un porte-crayon orné d'un diamant. Cela dit, il est vrai qu'il se range ostensiblement dans le camp des conservateurs, à la différence de son ami Alton-Shée qui, lui, appartient à la gauche républicaine. Alfred n'a jamais souhaité s'engager en politique, lui qui a coutume de répéter : « Un poète peut parler de lui, de ses amis, des vins qu'il boit, de la maîtresse qu'il a ou voudrait avoir, du temps qu'il fait, des morts et des vivants, des sages et des fous, mais il ne doit pas faire de politique. » Mais de là à penser

Un paresseux si prolifique

comme les bourgeois de Monsieur Prudhomme, il y a un pas qu'il essaie de ne pas franchir, sans toutefois y parvenir. Certes, Victor Hugo, sous ce même régime, va devenir pair de France, avant de rêver, en 1848, qu'il pourrait un jour être président de la République. Rien de tel chez Alfred ; il écrit :

Je ne fais pas grand cas des hommes politiques ;
Je ne suis pas l'amant de nos places publiques,
On n'y fait que brailler et tourner à tous vents...

Pour autant, le roi Louis-Philippe ne se souvient plus de l'ancien camarade de jeux de son fils aîné, à Neuilly. En témoigne cette anecdote : reçu à la Cour, Alfred est présenté au souverain, qui se rappelle parfaitement son nom, mais le confond avec un de ses cousins inspecteur des forêts de la famille d'Orléans et lui dit : « Ah ! J'imagine que vous arrivez de Joinville. Je suis bien aise de vous voir » !

Sans doute est-il plus naturel – et par là même meilleur – lorsque Paris apprend avec stupéfaction la mort prématurée de Maria Malibran, dont la voix sublime s'est définitivement éteinte à Manchester. Comptant parmi ses plus grands admirateurs, il compose aussitôt à sa mémoire ces admirables stances, qui font battre le cœur de tous les Parisiens pour la diva défunte :

Sans doute il est trop tard pour parler encor d'elle ;
Depuis qu'elle n'est plus quinze jours sont passés,
Et dans ce pays-ci quinze jours, je le sais,

Alfred de Musset

Font d'une mort récente une vieille nouvelle.
De quelque nom d'ailleurs, que le regret s'appelle,
L'homme, par tout le pays, en a bien vite assez...

Contrairement à ce qui a été dit, Alfred de Musset n'a jamais été l'amant de Maria Felicia Garcia-Malibran, qu'il a seulement connue sur scène, même si l'on peut établir des ressemblances entre leurs deux destins. Toujours l'obsession de mourir jeune, fauché en pleine gloire, idéal romantique dont il rêve. Au reste, à cette époque où il rompt avec Aimée d'Alton, sa tristesse est telle que son cœur se met à battre pour Pauline Garcia, la sœur cadette de la Malibran, cantatrice elle aussi. Caroline Jaubert la lui a présentée, mais elle le repousse et le renvoie à sa plume ou (ce qui est presque la même chose, puisque celle-ci est consubstantielle à sa création) à sa débauche depuis qu'il a repris l'habitude d'écrire le jour et de sortir la nuit. Pour se venger de Pauline, qui n'est pourtant pas jolie, il attend le moment où elle épouse Louis Viardot. Il compose alors une amusante suite de caricatures sur les péripéties, réelles ou supposées, de ce mariage, à la manière des bandes dessinées. N'est-il pas l'inventeur des « bulles », à travers lesquelles s'expriment les personnages ? C'est sa façon à lui de se libérer de ses échecs ; ce n'est pas la moins efficace, même s'il préfère les vers pour parler de ses déboires sentimentaux, comme celui que vient de lui infliger Pauline.

Son poste de bibliothécaire, en tout cas, lui permet d'écrire. La besogne ne manque pas. Le paresseux,

Un paresseux si prolifique

au fil des années, s'est sérieusement mis au travail, allant jusqu'à constater un jour : « Je vais faire ma quatrième nouvelle, suivie de plusieurs autres ; j'aimerais autant être marchand de chandelles ; mais peu importe, j'ai bon appétit ! » Ce travail ne l'empêche pas pour autant de continuer à mener joyeuse vie – il est encore si jeune ! – avec sa bande habituelle – Tattet, Alton-Shée, Belgiojoso, Mosselman, Arvers –, nageant l'été, dans la Seine, soupant, le soir, sur les boulevards, finissant parfois la nuit dans les bordels. Il se ménage des temps, non de repos mais de travail, pendant lesquels il peut avancer sur l'ensemble des chantiers qu'il commence en sa vingt-huitième année et que, très sérieusement, il mène à bien, comme « Silvia », publié dans *La Revue des Deux-Mondes* ou encore *Comédies et proverbes*, « Tristesse », « Une soirée perdue », « Simone » ou « A trente ans », *Un caprice*. Et il n'y a que « Le poète déchu » (d'abord intitulé « Le rocher de Sisyphe ») qu'il ne parvient pas à achever, ou tout au moins dont il détruit la plus grande partie, à la demande de son frère.

En fait, cette créativité est aussi la conséquence de ce que George Sand avait pressenti. Après leur rupture, elle lui avait écrit ces lignes grâce auxquelles, peut-être, il reprit confiance en lui, en comprenant enfin le message si essentiel qu'elle lui adressait :

> « Tu te sentais jeune, tu croyais que la vie et le plaisir ne doivent faire qu'un. Tu te fatiguais à jouir de tout, sans réflexion. Tu méconnaissais ta grandeur et tu laissais aller ta vie au gré des passions qui devaient l'user et l'éteindre comme les

> autres hommes ont le droit de le faire. [...] Tu voulus vivre pour ton compte et suicider ta gloire par mépris de toutes les choses humaines. Tu jetas pêle-mêle dans l'abîme toutes les pièces précieuses que Dieu t'avait mises au front, la force, la beauté, le génie, et jusqu'à l'innocence de ton âge, que tu voulus fouler aux pieds, enfant superbe. Quel amour de la destruction brûlait donc en toi ? Quelle haine avais-tu contre le ciel, pour dédaigner ainsi ses dons les plus magnifiques ? Est-ce que la haute destinée te faisait peur ? Au milieu des fougueux plaisirs où tu cherchais vaguement ton refuge, l'esprit mystérieux vint te réclamer et te saisir. Il fallait que tu fusses poète, tu l'as été en dépit de toi-même. [...] Suspendu entre la terre et le ciel, avide de l'un, curieux de l'autre, dédaigneux de la gloire, effrayé du néant, incertain, tourmenté, changeant, tu vivais seul au milieu des hommes ; tu fuyais la solitude et la trouvais partout. »

C'était effectivement bien vu et, pour une fois, George Sand tombait d'accord avec l'analyse de Paul de Musset – qui pourtant la détestait :

> « Composer une nouvelle et imaginer une fable, en tracer le plan, c'était l'affaire d'une heure de causerie au coin du feu ; mais Alfred sentait avec impatience combien le travail matériel marche lentement. Souvent il lui arrivait de rêver à un sujet de poésie tout en écrivant de la prose. Il assurait même que ce double exercice, loin de nuire à l'un ou à l'autre travail, leur était également profitable à tous deux. Sachant bien d'avance ce qu'il voulait dire en prose, il regagnait le temps employé à tracer des mots sur le papier, en roulant dans sa tête une autre idée. C'était, disait-il, comme de regarder une étoile dans le ciel pour mieux voir scintiller l'étoile voisine. »

Un paresseux si prolifique

Cet intense labeur montre à quel point Tattet exagère, quand il dit de son ami : « Je n'ai pas vu Alfred depuis fort longtemps. Son grand travail consiste à savoir si, étendu dans son vaste fauteuil, il se décidera à mettre sur la cheminée sa jambe gauche plutôt que sa jambe droite. » Au reste, l'intéressé sait bien ce qu'on dit de lui, et se justifie ainsi :

« *Oui, j'écris rarement et me plais de le faire,*
Non pas que la paresse en moi soit ordinaire ;
Mais sitôt que je prends la plume à ce dessein,
Je crois prendre en galère une rame à la main. »

Qui croyez-vous, mon cher, qui parle de la sorte ?
C'est Alfred, direz-vous, ou le diable m'emporte !
Non, ami. Plût à Dieu que j'eusse dit si bien
Et si net et si court pourquoi je ne dis rien !
L'esprit mâle et hautain dont la sobre pensée
Fut dans ces rudes vers librement cadencée
(Otez votre chapeau), c'est Mathurin Régnier,
De l'immortel Molière immortel devancier...

Son génie, en tout cas, éclate à cette époque avec la publication de son chef-d'œuvre, ses « Nuits », rivales de celles d'Edward Young, de James Hervey, de Novalis. Il s'agit de quatre poèmes (« La nuit de mai », « La nuit d'août », « La nuit d'octobre » et « La nuit de décembre »), construits autour des thèmes imbriqués de la douleur, de l'amour et de l'inspiration, ceux au fond qu'il cultive depuis qu'il a commencé à écrire. Cette œuvre est un dialogue entre la Muse – qui est tout à la fois son talent inspirateur et l'incarnation de la femme idéale qu'il ne cesse de chercher – et lui-même – « Poète, prends ton luth et me donne un baiser ». Avec ces vers il entend définir les conditions d'une inspiration essentiellement fondée sur la douleur, donnant par là même la clef essentielle de toute son œuvre. Comme dans cet extrait de « La nuit de mai », où il met toute son expérience d'homme et de poète :

Crois-tu donc que je sois comme le vent d'automne,
Qui se nourrit de pleurs jusque sur un tombeau,
Et pour qui la douleur n'est qu'une goutte d'eau ?
O poète ! Un baiser, c'est moi qui te le donne.
L'herbe que je voulais arracher de ce lieu,
C'est ton oisiveté ; ta douleur est à Dieu.
Quel que soit le souci que ta jeunesse endure,
Laisse-la s'élargir, cette sainte blessure,
Que les noirs séraphins t'ont faite au fond du cœur ;
Rien ne nous rend si grands qu'une grande douleur,
Mais, pour en être atteint, ne crois pas, ô poète,
Que ta voix ici-bas doive rester muette.
Les plus désespérés sont les chants les plus beaux,
Et j'en sais d'immortels qui sont de purs sanglots...

Ou dans cet autre, tiré de « La nuit d'août », où s'ébauche ce dialogue entre la Muse et le poète :

Puisque l'oiseau des bois voltige et chante encore
Sur la branche où ses œufs sont brisés dans le nid ;
Puisque la fleur des champs entr'ouverte à l'aurore,
Voyant sur la pelouse une autre fleur éclore,
S'incline sans murmure et tombe avec la nuit ;

Puisqu'au fond des forêts, sous les toits de verdure,
On entend le bois mort craquer dans le sentier,
Et puisqu'en traversant l'immortelle nature,
L'homme n'a su trouver de science qui dure,
Que de marcher toujours et toujours oublier ;

Un paresseux si prolifique

Puisque, jusqu'aux rochers, tout se change en poussière,
Puisque tout meurt ce soir, pour revivre demain ;
Puisque c'est un engrais que le meurtre et la guerre ;
Puisque sur une tombe on voit sortir de terre
Le brin d'herbe sacré qui nous donne le pain ;

O Muse ! Que m'importe ou la mort ou la vie ?
J'aime, et je veux pâlir ; j'aime et je veux souffrir ;
J'aime, et pour un baiser je donne mon génie ;
J'aime et je veux sentir sur ma joue amaigrie
Ruisseler une source impossible à tarir.

J'aime et je veux chanter la joie et la paresse,
Ma folle expérience et mes soucis d'un jour,
Et je veux raconter et répéter sans cesse
Qu'après avoir juré de vivre sans maîtresse,
J'ai fait serment de vivre et de mourir d'amour.

Dépouille devant tous l'orgueil qui te dévore,
Cœur gonflé d'amertume et qui t'es cru fermé.
Aime, et tu renaîtras ; fais-toi fleur pour éclore.
Après avoir souffert, il faut souffrir encore ;
Il faut aimer sans cesse, après avoir aimé.

La rédaction des « Nuits », par son caractère apaisant et constructif, le console de tous les maux qu'il a éprouvés jusque-là. Cependant, il ne cesse de se demander si ce qu'il écrit en vaut encore la peine, lui qui fait partie, comme Marcel Proust plus tard, de ces écrivains qui ne veulent pas suivre les goûts du public mais habituer le public à suivre leur goût. D'où cette amère conversation avec son frère :

« — Trouves-tu qu'on te rende justice ?
— Je le pensais comme toi, mais je craignais de me tromper. Le public est en retard avec moi. Il se

fait, autour de mes publications, un silence qui m'étonne. Je n'ai pas la moindre envie de jouer le rôle de grand homme méconnu ; mais après dix ans de travail, j'ai le droit de me retirer sous la tente. Je veux bien dire que j'ai été jusqu'à présent un enfant, mais je ne veux plus que les autres me le disent. On me rendra justice, parce qu'il en est temps, sinon je me tairai. »

L'auteur blessé, pour qui le théâtre est tout et dont pourtant on ne monte jamais les pièces, connaît des découragements successifs qui, par moments, le font songer à en finir. Paul de Musset s'aperçoit ainsi, un jour, que les deux pistolets de combat de Victor-Donatien ont disparu de la vitrine du salon. L'attentionné frère du poète avait-il anticipé sur ce qu'il redoutait ? Par prudence, il avait préalablement retiré les capsules de poudre qu'il avait cachées dans son bureau ! Entre ses maladies et ses rétablissements, ses débauches nocturnes et son inertie diurne, ses moments de créativité et son manque d'inspiration devant la page blanche, Alfred n'en finit pas de se chercher sans jamais se trouver, même si, plus cohérent avec lui-même que les autres ne le croient, il constate sans tricher : « Peut-on voir un spectacle plus pénible que celui d'un libertin qui souffre ? J'en ai vu dont le rire faisait frissonner. Celui qui veut dompter son âme avec les armes des sens peut s'enivrer à loisir ; il peut se faire un extérieur impassible ; il peut enfermer sa pensée dans une volonté tenace ; sa pensée mugira toujours dans le taureau d'airain. »

Un paresseux si prolifique

En fait, Alfred de Musset semble vivre entre deux « dépressions nerveuses », comme on dit aujourd'hui, lui le cyclothymique qui peut un jour rire et vivre et, l'autre, pleurer et mourir, cultivant un fond permanent de misanthropie, dont sa correspondance est émaillée : « Le monde ! Les petites cancanneries, les gros riens, s'agiter sur une chaise qui craque en tendant son dessous-de-pied et en regardant sa botte, cette vie de coups d'épingle ! Oïme ! Il y a quelqu'un de très gentil avec un front blanc et deux yeux croquants au bout d'un joli corps très blanc, qui m'a persuadé et fait croire pendant quelque temps que je pouvais vivre dans ce baquet... » Il ne manifeste pas seulement ce désenchantement envers le Tout-Paris ou encore la classe politique que, sans le dire trop, il méprise, mais aussi face à l'omniprésence de la presse, qui n'est pas uniquement une caractéristique de la monarchie de Juillet, mais encore une donnée fondamentale du romantisme par son étroite imbrication avec la littérature. Une grande partie des textes de la Jeune France, en effet, paraît d'abord dans la presse à cette époque et c'est ainsi que le public découvre Balzac, Mérimée, Stendhal et même Musset. Mais ce dernier, qui compte déjà plusieurs années de journalisme à son actif, conteste bientôt cette influence : « Cette littérature de portière va faire sortir de terre tout un monde nouveau de lecteurs ignorants et à demi barbares. Je sais bien qu'elle se tuera elle-même par ses propres excès ; mais avant cela elle aura dégoûté les esprits délicats de la lecture. » Est-ce une sorte de divorce avec son temps, un refus de la modernité ou un repli sur soi-même ? Il y a de tout cela dans cette attitude qui isole davantage Musset de ses contemporains et l'enferme dans cette tour d'ivoire dont il a le plus grand mal à sortir : « Aujourd'hui, écrit-il encore, il ne s'agit que d'amuser une foule ignorante qui ne se connaît à rien, ne se mêle point de juger et ne sait pas sa langue. A quoi bon lui parler français ? Elle ne l'entendrait pas. Quant à moi, je n'ai rien à lui dire. »

Est-ce bien sûr ? Cette réserve, qu'on lui reproche toujours, cette paresse, qu'on lui attribue volontiers, c'est pourtant à la presse qu'il la confie, en publiant en 1842, dans *La Revue des Deux-Mondes*, une épître en vers sur la paresse, dédiée à Buloz, dans laquelle on retrouve cette accusation, cette fois-ci plus virulente :

D'abord, le grand fléau qui nous rend tous malades,
Le seigneur Journalisme et ses pantalonnades ;
Ce droit quotidien qu'un sot a de berner
Trois ou quatre milliers de sots, à déjeuner ;
Le règne du papier, l'abus de l'écriture,
Qui d'un plat feuilleton fait une dictature. [...]
Ensuite un mal profond, la croyance envolée,
La prière inquiète, errante et désolée,
Et, pour qui joint les mains, pour qui lève les yeux,
Une croix en poussière et le désert aux cieux ;
Ensuite un mal honteux, le bruit de la monnaie,
La jouissance brute, et qui croit être vraie,
La mangeaille, le vin, l'égoïsme hébété,
Qui se berce en ronflant dans sa brutalité ;
Puis un tyran moderne, une peste nouvelle,
La Médiocrité qui ne comprend qu'elle...

CHAPITRE 12

Les amertumes de l'amour

« J'aime toutes les femmes, je les déteste toutes. »

ALFRED DE MUSSET

Paris, Théâtre-Français, automne 1938. Le brigadier vient de frapper ses trois coups et le silence se fait enfin dans la vaste salle où, depuis une demi-heure, les conversations allaient bon train, tandis que par petits groupes les hommes en habit, les femmes en grand décolleté prenaient place soit au parterre, soit dans les baignoires ou les balcons. Le Tout-Paris est réuni. Eclairées par les lampes à gaz, les dorures cernent l'espace comme des serpents sculptés et les parfums capiteux montent dans l'atmosphère, tandis que les perles et les diamants chatoient comme un élément majeur du décor. Même si l'assistance retient son souffle, on se salue encore et l'on s'observe à la jumelle, cherchant à découvrir quel joli minois cache cet éventail et qui accompagne telle belle marquise, telle femme de pair de France, telle épouse d'un haut dignitaire des Tuileries. Sa fille, enfin sortie du couvent ? Une petite cousine de province découvrant Paris ? Charmante en tout cas. Il faudra tâcher de se faire présenter à l'entracte où, lorsque les bouchons de champagne sauteront, toutes les audaces seront permises.

Dans sa loge près de la scène, à demi en retrait, impeccable dans son habit noir, sa chemise blanche et sa lavallière de soie, ses cheveux longs mieux coiffés que d'habitude, Alfred de Musset attend que la magie commence, lorsque le lourd et imposant rideau rouge s'élève avec lenteur. Apparaît enfin celle qui est devenue la coqueluche de Paris, la tragédienne par excellence, Rachel, dix-huit ans à peine, avec sa silhouette si petite, si mince et si frêle, avec son beau visage et ses cheveux noirs, avec son regard si pénétrant dans le rôle de Roxane, comme va bientôt la peindre Devéria. Mais sa présence physique n'est pas seule responsable de son succès phénoménal. Il y a aussi sa voix prodigieusement expressive et la sobriété de son jeu, à l'opposé de toute grandiloquence. Rachel, en effet, révolutionne véritablement la tragédie classique, parce que, selon elle, « la poésie est un langage humain et la musique des vers vient du cœur ». Sociétaire du Théâtre-Français à vingt ans, cette aînée des nombreux enfants d'un misérable couple de brocanteurs itinérants, qui a vécu l'obscurité avant de connaître la gloire, la misère avant la fortune, s'impose comme « la » Phèdre du siècle.

Les amertumes de l'amour

Le lendemain paraît dans *La Revue des Deux-Mondes* l'article de Musset :

> « Mlle Rachel est plutôt petite que grande ; ceux qui ne se représentent une reine de théâtre qu'avec une encolure monstrueuse et d'énormes appas noyés dans la pourpre, ne trouveront pas leur affaire ; la taille de Mlle Rachel n'est guère plus grosse qu'un des bras de Mlle George ; ce qui frappe d'abord dans sa démarche, dans ses gestes et dans sa parole, c'est une simplicité parfaite, un air de véritable modestie. Sa voix est pénétrante, et dans les moments de passion, extrêmement énergique ; ses traits délicats, qu'on ne peut regarder de près sans émotion, perdent à être vus de loin sur la scène ; du reste, elle semble d'une santé faible ; un rôle un peu long la fatigue visiblement. [...] Elle ne déclame point, elle parle ; elle n'emploie, pour toucher le spectateur, ni ces gestes de convention, ni ces cris furieux dont on abuse partout aujourd'hui. »

Un texte fort élogieux qui vaut à Musset cette critique sévère de Janin : « On se figure que la critique est aussi facile à faire que le roman, que pour être un grand aristarque, il n'y a qu'à placer les points sur les i et que cela se chante sur l'air "connaissez-vous dans Barcelone une Andalouse, etc.". On arrive ainsi à la hâte, en galant habit, tout éperonné ; et avec la première chose, une allumette, un cure-dent, on écrit sa petite critique au hasard. »

Alfred est-il déjà épris ? C'est certain, même s'il n'en a pas encore conscience, lui qui compte parmi les premiers à reconnaître l'immense talent de Rachel : « C'est une créature toute d'instinct, ignorante, vraie princesse bohémienne, une pincée de cendre où il y a une étincelle sacrée. » Lors d'une soirée chez Caroline Jaubert, une voyante extralucide intervient qui, en état de somnambulisme, dit à Musset que la personne à laquelle il pense le plus répond au nom de A.C.H.R.L.E. « Charles ! », s'exclame, étonnée, la maîtresse de maison. « Non, répond Alfred, Rachel. » Il a beau dire : « Je ne veux plus rien, je ne suis plus fou en amour », son cœur est pris ! C'est pour elle, en effet, qu'il ébauche *La Servante du Roi*, une pièce dont elle sera l'héroïne et qu'il ne mènera pas à son terme, sans que cela gêne trop la comédienne, puisqu'en règle générale, elle n'aime pas interpréter le répertoire contemporain, même si tous les auteurs sont à ses pieds – Dumas, Lamartine, Hugo, Stendhal – lorsqu'elle paraît chez Mme Récamier, où Chateaubriand n'est pas le dernier à lui prodiguer ses hommages. Il est vrai que, dès qu'il s'agit d'elle, le consensus est général. Les royalistes, les bonapartistes et même les républicains la portent aux nues. Alfred la défend contre les attaques de Jules Janin, allant jusqu'à envisager un duel qui, finalement, n'aura pas lieu.

Il est bientôt admis chez elle, passage Véro-Dodat près du Palais-Royal, le 29 mai 1839, pour un dîner privé, dont il rend compte dans une lettre à Caroline Jaubert, qui suit avec intérêt l'intrigue de l'idylle naissante :

Les amertumes de l'amour

« Nous voilà arrivés chez elle. Le triste Bonnaire, désolé de la rencontre, s'éclipse, et va noyer son désappointement dans plusieurs petits verres. A ce piteux départ, Rachel éclate de rire. Nous entrons, nous nous asseyons, les amoureux de ces demoiselles chacun à côté de sa chacune, moi à côté de la chère fanfan. Après quelques propos insignifiants, Rachel s'aperçoit qu'elle a oublié ses bagues et ses bracelets ; elle envoie la bonne les chercher. Plus de bonne pour faire le souper. Rachel se lève, va se déshabiller et de là à la cuisine. Un quart d'heure après, elle rentre en robe de chambre et en bonnet de nuit, un foulard sur l'oreille, jolie comme un ange, tenant à la main une assiette dans laquelle il y a trois biftecks qu'elle a fait cuire elle-même. Elle pose l'assiette au milieu de la table en nous disant : "Régalez-vous." Elle retourne à la cuisine, revient avec une soupière pleine de bouillon fumant, et une petite casserole d'épinards. Voilà le souper. Point d'assiettes ni de cuillères, la bonne ayant les clefs sur elle. Rachel ouvre le buffet, trouve un saladier plein de salade, prend la cuillère de bois, déterre une assiette et se met à manger seule... »

Il est clair que, au-delà du pittoresque de cette soirée – les couverts perdus, l'arrivée inopinée du père de l'actrice... – Rachel le fascine totalement, pour ne pas dire le subjugue :

« Elle étend son bras sur la table, et le front posé sur sa main, appuyée sur son coude, elle s'abandonne entièrement. Cependant, elle ne parle presque qu'à demi-voix ; ses yeux étincellent, elle pâlit, elle rougit ; jamais je n'ai rien vu de si beau, et jamais au théâtre elle n'a produit tant d'effet sur moi. La fatigue, un peu d'enrouement, le punch, l'heure avancée, une animation presque fiévreuse sur ces petites joues entourées d'un bonnet de nuit, je ne sais quel charme inouï répandu dans tout son être, ces yeux brillants qui me consultent, un sourire enfantin qui trouve moyen de glisser au milieu de tout cela, tout enfin, jusqu'à cette table en désordre, cette chandelle qui tremblote, cette mère assoupie, il y avait là à la fois un tableau digne de Rembrandt, un chapitre de roman digne de *Wilhelm Meister* et un souvenir qui, pour moi, ne s'effacera jamais... »

L'été, Alfred passe plusieurs jours à Montmorency, dans la villa que la comédienne vient d'acquérir. C'est de là qu'il écrit à Caroline Jaubert : « Je voudrais pouvoir répondre quelque chose à votre gentil mot sur les apparitions, mais les petites tapes de votre main sont si douces à recevoir, que je vous avoue qu'elles ne corrigeront jamais guère personne. Quoi qu'il en soit, sachez que votre filleule travaille. Qu'elle était jolie, l'autre soir, courant dans son jardin avec mes pantoufles et un petit bonnet noir et rouge, en laine tricotée ! » Mais à travers Rachel, à nouveau le spectre lancinant de George Sand lui apparaît. Très vite, sa jalousie reprend le dessus, d'autant plus justifiée cette fois qu'il doit tout à la fois partager sa maîtresse avec un autre de ses amants, le docteur Véron, directeur de l'Opéra et indispensable chroniqueur de son temps, et la disputer à une armée de prétendants sonnant quotidiennement à sa porte. En conséquence, il devient si odieux qu'à l'automne ils se brouillent, ce qu'il conclut par ces vers :

Les amertumes de l'amour

Comprendrais-tu des nuits, le murmure des flots,
Si quelque part là-bas la fièvre et l'insomnie
Ne t'avaient fait songer à l'éternel repos ?

Puis par cette remarque, très « musséenne » : « Nous nous sommes dit des injures, toujours très poliment » ! Il cherche alors un soutien auprès de ses confrères les poètes, adressant à Lamartine une lettre déchirante, publiée dans *La Revue des Deux-Mondes*, où il compare leurs sorts malheureux :

Te dirai-je qu'un soir, resté seul sur la terre,
Dévoré comme toi d'un affreux souvenir,
Je me suis étonné de ma propre misère.
Et de ce qu'un enfant peut souffrir sans mourir ?

Mais son confrère ne goûte guère le message et ne répond pas, ce qui arrache à Alfred cette constatation : « Lamartine me traite en enfant. » Alfred Tattet, à qui il confie ses états d'âme, est plus réceptif : « Je crois qu'il faut que je me dépêche d'écrire mes mémoires pour prouver que j'ai ri et pleuré jadis. » Faute d'avoir la duchesse de Castries, qui veut bien être son amie mais en aucun cas sa maîtresse ; faute aussi de conserver les faveurs que lui accorde peu de temps la comtesse russe Maria Kalergis, troublé enfin d'avoir aperçu George Sand au théâtre, où il s'est caché pour ne pas être vu d'elle, il se tourne vers la princesse Cristina Belgiojoso. Il l'a sans doute rencontrée dans le salon de La Fayette et revue chez Berryer, au château d'Augerville, près de Fontainebleau, lorsqu'il y résidait avec Caroline Jaubert. La princesse, d'abord réticente, finit par se prendre au jeu et se laisser séduire même si, au fond, elle ne se sent guère attirée, lui préférant son secrétaire Bolognini, ou son admirateur éperdu, l'historien François Mignet.

Autre personnalité singulière que cette pétulante aristocrate milanaise, née Cristina Trivulzio, issue d'une richissime famille, devenue femme de lettres et journaliste, qui voua sa vie à la cause de l'unité italienne. Elle tient, rue d'Anjou, un brillant salon. C'est là qu'elle reçoit, entre autres, Ballanche, Ampère, Cousin, Heine, Liszt, dans une pièce de velours pourpre éclairée seulement par des bougies disposées dans des crânes. Balzac, un jour, lui reprochera d'avoir des taches d'encre sur sa robe de chambre, parce qu'elle passe trop de temps à son traité de théologie ! Alfred l'appelle « Uranie » ou, plus poétiquement encore, « Elle ». Morbide et alanguie, cette brune au pâle visage de statue et aux grands yeux inquiets séduit mais agace Musset, qui la vénère et brûle de posséder celle qu'on a surnommée « la Belle Joyeuse ». Il n'y parviendra jamais. Il lui déclare un jour qu'à force de le faire mourir de désir, elle pose « des cataplasmes d'épingles sur son cœur ». Ceci ne l'empêche pas de lui faire des confidences, comme celle-ci, au printemps 1841 : « Ma vie est si bizarre et il y a un tel désaccord entre mon cœur et ma tête ou, pour mieux dire, ente moi et mes actions, que j'ai été forcé de m'habituer depuis longtemps à avoir ma pensée dans ma poche, et à ne l'en tirer qu'en rentrant

Les amertumes de l'amour

chez moi. » Inaccessible, dans sa sévère beauté romantique, elle irrite Alfred, qui doit se contenter de la dessiner, et lui lance qu'elle n'aime qu'elle-même.

Elle accepte pourtant, un soir, d'aller souper avec lui dans un cabinet particulier, comme beaucoup de restaurants en proposent à leurs clients à cette époque. Mais le prince, son mari – dont elle est certes séparée –, apprenant que Musset est enfermé avec une belle, monte le saluer. Alfred a toutes les peines du monde à l'empêcher d'entrer. Cristina, échaudée, préfère mettre un terme à l'aventure, le repousse et quitte la France pour la Lombardie. Nouveau chagrin pour Alfred, d'autant plus fort qu'elle est, jusque-là, la seule à lui avoir dit non ! « A présent que mon parti est pris de ne plus la revoir, je puis vous dire franchement mon opinion sur elle : Je l'aime, je l'aime et je l'aime beaucoup. Et vous aussi. C'est fâcheux, mais je n'y puis rien », confie-t-il à Caroline, avant de changer de registre après leur rupture : « Je ne la reverrai de ma vie. » Tel est Musset, qui tente néanmoins de faire bonne figure, en écrivant à la princesse : « Ma première impression en vous voyant a été, vous le savez, un mouvement d'amour irrésistible [mais] je m'en suis guéri, si l'on veut, et vous auriez parfaitement droit et raison d'en rire, c'est pourtant cette première impression qui m'a rendu auprès de vous ce que je ne crois pas avoir été souvent devant une autre femme, embarrassé et décontenancé. »

Alfred de Musset

Rien ne va plus pour Alfred de Musset. Au mois de février, il contracte une grave fluxion de poitrine, ce qui lui vaut un attroupement de jupes auprès de son lit, dans lequel on reconnaît Caroline Jaubert et Mme de Castries, jeune et jolie femme que Balzac a courtisée en vain, sans compter sa mère et sa sœur, dont il épuise les forces par ses continuelles exigences. Saigné à outrance, il est constamment veillé par une religieuse du Couvent du Bon Secours, rue Notre-Dame-des-Champs, sœur Marceline : elle lui lit l'*Imitation de Jésus-Christ*. Cela le fait sourire, et il la caricature sur un dessin que l'on possède encore, où il s'est représenté recroquevillé sur son lit, si faible qu'on dirait un enfant, avec ce commentaire burlesque : « Sœur Marceline, où êtes-vous ? Et ma petite marraine ? Et cette bonne princesse ? Envers qui aïe ! aïe ! L'estomac, aïe la poitrine !!! Ouf !!! Ouf !!! » Non sans autorité, elle parvient à le faire manger et boire, et même à entretenir cet agnostique impénitent des mystères de la religion. Cette religieuse est-elle la première femme à le comprendre, pour la raison que, justement, il ne peut rien y avoir entre eux ? Ce n'est pas impossible. Il naît entre ces deux êtres une complicité apaisée qui fait du bien au poète. Elle lui offre une plume qu'elle a brodée à son intention avec des fils de soie, ainsi qu'une petite amphore en laine tricotée.

Au bout de quelques semaines, du reste, il guérit et se remet à écrire, comme il le fait savoir à Caroline : « Je ne m'ennuie pas, parce que je travaille,

Les amertumes de l'amour

mais j'ai un petit fond de tristesse. Mes projets de sagesse sont plus fermes que jamais. Il ne me manque qu'un peu de force et un rayon de soleil qui dégourdisse ce vilain temps. » Il n'oubliera pas sa bienfaitrice, sœur Marceline, allant jusqu'à demander que ses petits cadeaux soient, le moment venu, déposés dans son cercueil, et lui consacrera ces vers :

> *J'étais couché pâle et sans vie*
> *Dans un linceul de sang glacé*
> *Où la douleur et l'insomnie*
> *Pendant trois jours m'avaient bercé.*
>
> *Pauvre fille, tu n'es plus belle,*
> *A force de veiller sur elle*
> *La mort t'a laissé sa pâleur ;*
> *En soignant la misère humaine*
> *Ta main s'est durcie à la peine*
> *Comme celle du laboureur.*
>
> *Mais la fatigue et le courage*
> *Font briller ce pâle visage,*
> *Au chevet de l'agonisant.*
> *Elle est douce, ta main grossière,*
> *Au pauvre blessé qui la serre*
> *Pleine de larmes et de sang.*

Pour accélérer sa convalescence, mais aussi remonter son moral en berne, il répond favorablement à l'invitation d'Alfred Tattet et va passer quelques semaines à Bury. « J'ai revu, écrit-il à son frère, les bois que j'aimais tant il y a deux ans. Je me suis abreuvé de verdure. Nous avons pris le café

Alfred de Musset

en plein air et joué au loto ; qu'est-ce que tu veux de plus innocent ? » Veut-il donner le change ? Sans doute, car au fond de lui-même, il déprime, comme le montrent ces vers écrits à ce moment :

> *J'ai perdu ma force et ma vie,*
> *Et mes amis et ma gaieté ;*
> *J'ai perdu jusqu'à la fierté*
> *Qui faisait croire à mon génie.*
>
> *Quand j'ai connu la Vérité,*
> *J'ai cru que c'était une amie ;*
> *Quand je l'ai comprise et sentie,*
> *J'en étais déjà dégoûté.*
>
> *Et pourtant elle est éternelle,*
> *Et ceux qui se sont passés d'elle*
> *Ici-bas ont tout ignoré.*
>
> *Dieu parle, il faut qu'on lui réponde.*
> *Le seul bien qui me reste au monde*
> *Est d'avoir quelquefois pleuré.*

En fait, ses vieux démons se rappellent à son bon souvenir. Fuyant la tapageuse gaieté de la société de Tattet, il s'en retourne à Paris pour panser les plaies de son âme dans la solitude de sa chambre, de sa loge à la Comédie-Française ou de l'Opéra, et, plus discrètement encore, de sa table de café, avec pour seul interlocuteur une bouteille de vin de Suresnes, dont il use et abuse sans retenue. Est-ce, à trente ans, l'accomplissement d'une vie ? Il y a des buts plus reluisants que celui de s'enivrer quotidiennement pour oublier le désastre de ses amours, aux-

Les amertumes de l'amour

quels Musset accorde une si grande importance ! « Il y a un triste regard à jeter sur le passé pour y voir les mortes espérances et les mortes douleurs, écrit-il rageusement, un plus triste regard à jeter sur l'avenir, pour y voir l'hiver de la vie. » Sans doute réalise-t-il qu'il n'est plus le jeune homme que chacun, pourtant, persiste à voir en lui, mais un homme blasé, fatigué et déjà à demi détruit, qui n'a plus ni ambition, ni volonté, ni illusion mais seulement cette déconcertante facilité à écrire, quoique parfois l'inspiration lui manque.

Déchiré entre l'idéal et la débauche, il tente de renouer avec Aimée d'Alton, mais sans succès, puisque celle-ci, tout en continuant de l'aimer, le fuit. Il se rabat alors sur la princesse Belgiojoso, qui prend ses quartiers à Versailles, où elle passe l'année 1842. Il s'installe près de chez elle dans l'espoir de la séduire, mais échoue à nouveau. D'où ces lignes adressées à Caroline :

> « Concevez-vous quelque chose de plus inhumain que cette personne ? Elle me dit qu'elle a de l'amitié pour moi. Moi, imbécile, je le crois bonnement. Je lui répète dans une demi-douzaine de lettres qu'elle est une des personnes au monde que j'aime le plus. Elle me répond : Venez. J'arrive... Là-dessus, pour une méchante plaisanterie que je fais à table, elle me cherche une querelle d'Allemand ou plutôt de Patagon... Et la voilà qui se met à me frapper à grands coups de bâton sur la tête, avec son charmant sourire entre ses deux fossettes et des regards à me donner la migraine. Non, il n'est pas possible d'être plus sanguinaire ; c'est de l'anthropophagie. »

Alfred de Musset

Lassée, la princesse finit par lui signifier son congé, ce dont il se vengera en publiant, l'automne suivant, ces vers « Sur une morte » :

> *Elle aurait souri, si la fleur*
> *Qui ne s'est point épanouie*
> *Pouvait s'ouvrir à la fraîcheur*
> *Du vent qui passe et qui l'oublie.*
>
> *Elle aurait pleuré si sa main,*
> *Sur son cœur froidement posée*
> *Eût jamais, dans l'argile humain,*
> *Senti la céleste rosée.*
>
> *Elle aurait aimé, si l'orgueil*
> *Pareil à la lampe inutile*
> *Qu'on allume près d'un cercueil*
> *N'eût veillé sur son cœur stérile.*
>
> *Elle est morte, et n'a point vécu.*
> *Elle faisait semblant de vivre.*
> *De ses mains est tombé le livre*
> *Dans lequel elle n'a rien lu.*

Il blesse un ami de la princesse, Pier Silvestro Leopardi, parent du poète, qui le provoque en duel, ce qui oblige celle-ci à calmer le jeu en s'interposant entre eux. C'est la fin d'une relation difficile intervenant au milieu d'autres difficultés, notamment sa santé chancelante et ses états d'âme face au service qu'il refuse formellement d'assurer au sein de la Garde nationale. Cette insubordination caractérisée lui vaut de passer plusieurs fois vingt-quatre heures en prison, entre 1841 et 1843, à l'hôtel des Hari-

Les amertumes de l'amour

cots, épreuves moins tristes cependant que les ruptures successives avec ses maîtresses, qui continuent de lui inspirer d'innombrables poèmes :

*Et je veux raconter et répéter sans cesse
Qu'après avoir juré de vivre sans maîtresse,
J'ai fait serment de vivre et de mourir d'amour.*

Libéré, il s'éprend d'une brève passion pour la comédienne Augustine Brohan, grande interprète de Molière et de Beaumarchais à l'Odéon, pour laquelle il compose ces vers :

*J'ai vu ton sourire et tes larmes,
J'ai vu ton cœur triste et joyeux.
Qui des deux a le plus de charme ?
Dis-moi ce que j'aime le mieux :
Les perles de ta bouche ou celles de tes yeux ?*

Mais, comme toujours, il se lasse vite de sa maîtresse, ce que montre cette détestable conversation qu'ils échangent, quelques mois plus tard : « — Monsieur, on m'a raconté que vous vous étiez vanté d'avoir couché avec moi ?

— Madame, je me suis toujours vanté du contraire. »

Il la remplace alors par une de ses consœurs, la comédienne Louise-Rosalie Allan-Despréaux. Née en 1810, cette enfant de la balle née d'une mère actrice avait débuté sur la scène à dix ans, aux côtés de Talma, avant d'effectuer une brillante carrière au Théâtre-Français, se spécialisant bientôt dans les rôles d'ingénue que lui permettent son talent et son ravissant physique. Assidu de son salon, rue de Mogador, où il lui tourne les pages lorsqu'elle se met à chanter en s'accompagnant au piano, Alfred va jusqu'à s'abstenir de boire et de fréquenter les filles, et se traîne chaque soir dans sa loge pour lui déclarer sa flamme, sans succès cependant, puisqu'elle lui répond qu'elle entend demeurer fidèle à son mari. Prévenue par son amie Mme Samson-Toussaint, qui la met en garde contre les assiduités de son nouveau chevalier servant, la belle lui répond : « Ne craignez rien. Je suis assurément flattée des hommages que me rend Monsieur de Musset, mais quant à lui céder jamais, c'est autre chose. Je connais trop le personnage et me doute bien que ce ne serait qu'une passade. »

C'est pour elle qu'il écrit, au printemps de l'année 1842, ce sonnet si révélateur de ses sentiments :

Se voir le plus possible et s'aimer seulement,
Sans ruse et sans détours, sans honte ni mensonge,
Sans qu'un désir nous trompe ou qu'un remords nous
    ronge,
Vivre à deux et donner son cœur à tout moment ;

Respecter sa pensée aussi loin qu'on y plonge,
Faire de son amour un jour au lieu d'un songe,
Et dans cette clarté respirer librement —
Ainsi respirait Laure et chantait son amant.

Vous dont chaque pas touche à la grâce suprême,
C'est vous, la tête en fleurs, qu'on croirait sans souci,
C'est vous qui me disiez qu'il faut aimer ainsi.

Les amertumes de l'amour

Et c'est moi, vieil enfant du doute et du blasphème,
Qui vous écoute, et pense, et vous réponds ceci :
Oui, l'on vit autrement, mais c'est ainsi qu'on aime !

Au fil des jours, cependant, elle commence à douter d'elle-même devant l'empressement du poète se mourant d'amour à ses pieds et la traitant de coquette lorsqu'elle lui résiste, ou mieux, allant jusqu'à tomber véritablement malade pour la culpabiliser. Elle lui cède enfin, comme elle l'a elle-même raconté : « Puis il est venu et enfin, je me suis donnée librement et par un penchant vraiment irrésistible, mais aussi avec une profonde tristesse, arrangez cela. » Mais comme chaque fois qu'il entame une nouvelle liaison, au bout de quelques semaines de bonheur intense, sa jalousie maladive, ses délires sado-masochistes, ses crises de nerfs et ses hallucinations reprennent le dessus. Les scènes suivent inévitablement les étreintes, à tel point qu'elle lui jette un jour : « Allez-vous-en, vous reviendrez quand vous aurez recouvré la raison. »

Quelqu'un vient alors à leur secours. Mme de Musset elle-même, qui apprécie particulièrement la jeune femme et estime qu'elle fait du bien à son fils. C'est pourquoi elle fait bientôt, mais à l'envers, ce que George Sand lui avait imposé avant le départ pour Venise : elle l'invite à venir la rencontrer pour lui dire : « Sauvez-le, vous le pouvez, il vous aime assez pour cela... Sauvez-le, je vous le confie et aidez-moi. » Louise l'a raconté elle-même : « Sa mère me serrait les mains, me parlait avec une tendresse et une bonté touchantes, me demandant pardon avec le tact d'une femme du grand monde, puis me disait combien elle se sentait heureuse que je voulusse bien aimer son fils qu'elle adore. » En pleurs, la vicomtesse la conjure de ne pas abandonner son cadet : « Vous le pouvez, il vous aime assez pour cela. Il était guéri de ses écarts, il s'y est replongé à cause de vous. Sauvez-le, je vous le confie. Soyez-lui indulgente, ne l'abandonnez pas. Que si même votre esprit clairvoyant le juge, il ne le condamne point. »

Ce n'est pas à Venise que le couple va vivre son histoire, mais tout près de Paris, à Ville-d'Avray, dans un petit pavillon construit par le sculpteur Pradier, proche de celui où un jeune peintre, Corot, commence lui aussi sa fascinante histoire de paysagiste. Là, chacun, en principe, doit travailler, c'est-à-dire, pour elle, apprendre ses rôles, pour lui, écrire, et tous deux se mettent sérieusement à la tâche. Et effectivement, le soir, une fois expédié le dîner préparé par une servante embauchée sur place, Louise joue du piano tandis qu'Alfred dessine ou écrit :

Puis je viens retrouver la place bien-aimée,
Des fleurs d'or et d'argent la pelouse embaumée,
Je regarde des cieux l'aspect toujours nouveau,
Et cette vérité qu'on a tant blasphémée
Me vient alors au cœur, que ce monde si beau
Ne peut manquer d'un père et n'être qu'un tombeau.

Les amertumes de l'amour

Les premiers jours et les premières nuits, tout est parfait, mais au bout d'une semaine, les problèmes resurgissent. Alfred, incapable de se contenir, accable sa maîtresse de reproches, cherchant toujours la dispute, finissant par claquer la porte et s'en retourner à Paris. Elle l'y cherche, ne l'y trouve pas, retourne à Ville-d'Avray, où il est revenu, plus en colère que jamais, et lui envoie des horreurs à la figure. Ils se raccommodent, puis recommencent à se disputer. Cette fois c'est elle qui le fuit et lui qui tente de la rejoindre. Ils se retrouvent ; elle le jette dehors ; il tombe malade, elle le soigne. « Je le fuis, lorsqu'il me rend malheureuse, écrit-elle, mais je ne puis m'empêcher de lui revenir quand je le vois triste et malheureux. [...] Le voilà timide et résigné. Je le vois s'efforçant de ne pas me déplaire, voulant n'être qu'un ami, et si malheureux que mon cœur n'a pu y tenir. »

A cette même époque Louise écrit alors à son amie Mme Toussaint cette extraordinaire lettre dans laquelle est confirmé tout ce que nous savons de Musset et de son déséquilibre mental, décrit par une pénétrante psychologue, ayant parfaitement compris – comme sa propre mère, du reste – la complexité de son amant :

> « Déjà deux fois, j'ai brisé ou voulu briser ce lien qui, par instants, n'est plus possible. Ce sont des désespoirs auxquels je ne sais pas résister, des attaques de nerfs qui amènent des transports au cerveau, des hallucinations et des délires. Puis ce sont des repentirs tout aussi exaltés, des joies de me

recouvrer, des reconnaissances qui m'émeuvent et me font de nouveau rentrer dans la joie que j'ai voulu quitter. Quelle tête à l'envers ! L'amour le grise aussi bien qu'autre chose. Par moments, l'ivresse est sublime, mais que d'autres instants où elle n'est pas tenable ! [...] Je n'ai jamais vu de contrastes plus frappants que les deux êtres enfermés dans ce seul individu. L'un doux, tendre, enthousiaste, plein d'esprit, de bon sens, naïf comme un enfant, bonhomme, simple, sans prétention, modeste, sensible, exalté, pleurant d'un rien venu du cœur, artiste exquis en tous genres, sentant et exprimant tout ce qui est beau dans le plus beau langage, musique, peinture, littérature, théâtre. Retournez la page, et prenez le contre-pied : vous avez affaire à un homme possédé d'une sorte de démon, faible, violent, orgueilleux, despote, fou, dur, petit, méfiant jusqu'à l'insulte, aveuglément entêté, personnel et égoïste autant que possible, blasphémant tout, et s'exclamant autant dans le mal que dans le bien. Lorsqu'une fois, il a enfourché le cheval du pape, il faut qu'il aille jusqu'à ce qu'il se rompe le cou. L'excès, voilà sa nature, soit en beau, soit en laid. Dans son dernier cas, cela ne se termine jamais que par une maladie qui a le privilège de le rendre à la raison et de lui faire sentir ses torts. Je ne sais comment il a pu y résister jusqu'ici, et comment il n'est pas mort cent mille fois. »

De ruptures en retrouvailles, de réconciliations en séparations, leur histoire dure jusqu'en 1850, année où, épuisés l'un et l'autre par cette relation tumultueuse, ils cessent de se voir. Le 16 mai, elle écrit à sa confidente :

« Voilà environ un mois que je n'ai vu Alfred. L'absence durera-t-elle ? Je l'ignore. Je ne fais absolument rien pour la faire cesser, et comme je ne me

Les amertumes de l'amour

trouve pas mal du côté du calme, cela durera tant qu'il plaira à Dieu. Si son cœur volage revient, comme il est revenu bien des fois déjà, ne pouvant pas me voir, pas m'aimer, nous verrons quelle sera l'inspiration qui me guidera. Si c'est fini, cela aura duré un peu moins de onze mois, belle durée comme vous voyez. Il y a de quoi rabattre un peu de mon orgueil, si je pouvais en avoir pour des choses de ce genre, mais loin de là, je suis humble dans ma conscience, comme il convient à un cœur qui a de la fierté et point de vanité. Je tâche de me guérir peu à peu des sentiments et des passions, en voyant ce qu'ils deviennent. Nous ne sommes tous, hommes et femmes, que des dupes, et nous avons grand tort de nous jeter à la tête ceci et cela. Le cœur humain suit sa marche en se moquant de notre raison, ou plutôt de nos raisons. »

En fait, Alfred a cessé de désirer sa maîtresse, qui a pris du poids, et la récuse pour le rôle de Jacqueline, dans *Le Chandelier,* où elle continue pourtant de charmer la salle. Il le fait savoir avec grossièreté ; lorsque son partenaire Delaunay déclame :

> *Si vous croyez que je vais dire*
> *Qui j'ose aimer,*
> *Je ne saurais pour un empire*
> *Vous la nommer.*
> *Nous allons chanter à la ronde*
> *Si vous voulez*
> *Que je l'adore...*

Alfred s'écrie :

> *... et qu'elle est ronde*
> *Comme un tonneau !*

Alfred de Musset

Qui prend l'initiative de la séparation ? Elle, semble-t-il, qui met un point final à leur histoire : « Les brouilles vinrent de lui, la rupture de moi. » Au lendemain de cette énième rupture, il tente de conquérir une nouvelle comédienne, Anaïs Aubert, mais semble-t-il sans succès. Désormais, il ne va plus s'intéresser qu'aux filles publiques, tout en continuant à disserter sur l'amour :

> *J'ai dit à mon cœur, à mon faible cœur :*
> *N'est-ce point assez d'aimer sa maîtresse ?*
> *Et ne vois-tu pas que changer sans cesse*
> *C'est perdre en désirs le temps du bonheur ? [...]*
>
> *Il m'a répondu : Ce n'est point assez,*
> *Ce n'est point assez de tant de tristesse ;*
> *Et ne vois-tu pas que changer sans cesse*
> *Nous rend doux et chers les chagrins passés ?*

Sans compter ce qui pourrait passer pour une conclusion :

> *Oui, femmes, quoi qu'on puisse dire,*
> *Vous avez le fatal pouvoir*
> *De nous jeter par un sourire*
> *Dans l'ivresse ou le désespoir.*
>
> *Oui, deux mots, le silence même,*
> *Un regard distrait ou moqueur,*
> *Peuvent donner à qui vous aime*
> *Un coup de poignard dans le cœur.*
>
> *Oui, votre orgueil doit être immense,*
> *Car, grâce à notre lâcheté,*

Les amertumes de l'amour

Rien n'égale votre puissance,
Sinon votre fragilité.

Mais toute puissance sur terre
Meurt quand l'abus en est trop grand,
Et qui sait souffrir et se taire
S'éloigne de vous en pleurant.

Quel que soit le mal qu'il endure,
Son triste rôle est le plus beau.
J'aime encor mieux notre torture
Que votre métier de bourreau.

Et le voici qui se replonge dans les nuits de Paris où, un soir, Roger de Beauvoir l'aperçoit, aux trois quarts ivre, accompagné de cinq filles très décolletées. A table, de plus en plus gris, il leur raconte Sade, tandis qu'elles le couronnent de fleurs. « Après tout, j'aime mieux ça qu'une couronne d'épines ou une couronne impériale », lance-t-il, avant de s'écrouler ! De mois en mois, son pessimisme s'affirme, lui dictant ces nouveaux vers désabusés :

Les morts dorment en paix dans le sein de la terre.
Ainsi doivent dormir nos sentiments éteints.
Ces reliques du cœur ont aussi leur poussière ;
Sur leurs restes sacrés ne portons pas les mains.

S'il n'éprouve plus guère de sentiments, il n'en est pas de même de certaines de ses admiratrices, voire adoratrices, qui, régulièrement, lui écrivent pour lui proposer le mariage, comme cette jeune fille, tombée follement amoureuse de lui à la simple lecture de ses vers. Le père de celle-ci confie sa détresse à son ami l'architecte Charpentier, qui connaît un peu Musset et l'entretient du problème. « Eh bien, lui répond ce dernier, faites-moi l'honneur de m'inviter un soir à dîner chez vous avec cette jeune fille et je vous promets d'arranger les choses. »

Aussitôt dit, aussitôt fait. Le jour dit, tout le monde se retrouve chez Charpentier, à l'exception de Musset qui se fait attendre plus que de raison. Persuadé qu'il ne viendra plus, on se met à table. C'est alors qu'il arrive, livide, le regard perdu, titubant, s'asseyant à la place qui lui est indiquée et demeurant ainsi, sans parler ni manger. D'abord fasciné puis perplexe, la jeune fille finit par le trouver totalement inintéressant et l'oublie. C'est ce dernier Musset qui frappe ses contemporains, celui qui, progressivement, se détache de l'amour de la vie, qui se renferme sur lui-même, retombe malade, repart en prison pour ses refus réitérés de servir dans la Garde... N'est-ce pas ainsi que le voit la fille de Buloz ? « Un homme, blond, beau, qui me sembla d'abord très jeune et à qui je trouvai l'air las et épuisé après l'avoir regardé attentivement. Je le verrai toujours, il tenait un verre, il buvait lentement, la tête renversée en arrière, sa main tremblante, c'était Musset. »

D'autres femmes pourtant s'intéressent à lui, comme cette Mlle de Maleville, fille d'un auteur de théâtre, à qui l'on tente de le marier ; ou cette mystérieuse Mme G., pour qui il publie trois poèmes d'amour dans *La Revue des Deux-Mondes*, et qui fut peut-être la marquise de La Grange ; ou encore cette Italienne prénommée Lise, dont il fait sa pas-

Les amertumes de l'amour

sade de quelques mois, tout en se laissant nourrir et soigner par elle, car elle est aussi excellente infirmière que cuisinière. « Oh mon cher, confie-t-il à un ami, je loge à un étage qui me fait tourner la tête quand j'y pense ; je chante des canzonnetti sur une guitare fêlée en mangeant des macaronis aux tomates, des cappelletti, ravioli, carne bastarde, polpette, turtarelli, miliari, frittadelli, cipolini. [...] Elle est bête comme une oie au moins, pleine de finesse et d'esprit ; elle n'a pas un sou, ni moi non plus. Nous vivons comme des princes. Nous nous querellons toute la journée et nous roucoulons comme des tourtereaux toute la nuit ; je ne lui laisse pas faire un pas hors de chez elle et je lui donne des coups de pied au cul si elle pleure ; en un mot, c'est un ménage accompli. »

Il tente enfin de se rabibocher avec Rachel, dont la carrière est au zénith, et qu'il retrouve chez Buloz à l'occasion d'un dîner de réconciliation, avant d'être officiellement reçu chez elle, lors du grand dîner hebdomadaire qu'elle donne le jeudi dans son nouvel hôtel de la rue Trudon. Là, il réitère sa promesse de lui écrire un rôle et, en guise de pardon, lui offre une bague de prix. Ce n'est pourtant qu'un feu de paille. Rachel quitte bientôt Paris pour une tournée à l'étranger. A son retour, elle lui préférera désormais le prince Walewski, enfant adultérin de Napoléon, à qui elle donnera deux enfants, seuls descendants directs de l'Empereur après la mort de l'Aiglon. Une fois de plus, c'est ce qu'Alfred a appelé « la bascule », dont il donne cette explication :

Alfred de Musset

« Je t'aime si tu ne m'aimes pas, je recule si tu avances, etc., etc., ornée de détails vrais » !

« J'ai fait de mon mieux pour m'amuser comme les autres, confie-t-il alors à son frère, mais je n'ai réussi qu'à m'étourdir ; je n'ai plus le sentiment du plaisir. » Comme à son habitude, cet éternel insatiable est lucide sur lui-même ; c'est toujours la première de ses vertus. Mais son cœur est-il vraiment éteint ? Non ! Il se ranime dès que lui est présentée une nièce de Caroline Jaubert, jeune et belle, et veuve qui plus est mais là, c'est elle qui dit non. Ce refus est un terrible coup porté, non seulement à sa fierté d'homme célèbre, mais encore à ses talents de séducteur. Cette fois, se dit-il, les choses ont véritablement changé si les femmes lui refusent ce qu'elles lui accordaient si facilement naguère, comme celle qui s'écria un jour : « Alfred de Musset, voyons, je ne suis pas bien sûre qu'il n'ait pas été mon amant ! »

CHAPITRE 13

Les illusions perdues

> « Rien ne nous rend si grands qu'une grande douleur. [...]
> Les plus désespérés sont les chants les plus beaux,
> Et j'en sais d'immortels qui sont de purs sanglots. »
>
> ALFRED DE MUSSET

En ce mois de novembre 1847, le silence est total sur les travées du Théâtre-Français, où la foule semble boire les paroles des acteurs à la fin du dernier acte d'*Un caprice* :

« CHAVIGNY : Ernestine, je vous adore.
MADAME DE LÉRY : Vous n'aimez donc plus madame de Blainville ?
CHAVIGNY : Ah ! Grand Dieu ! Je ne l'ai jamais aimée.
MADAME DE LÉRY : Ni moi non plus, monsieur de Chavigny.

CHAVIGNY : Mais qui a pu vous dire que je pensais à cette femme-là ? Ah ! Ce n'est pas elle à qui je demanderai jamais un instant de bonheur ; ce n'est pas elle qui me le donnera.

MADAME DE LÉRY : Ni moi non plus, monsieur de Chavigny. Vous venez de me faire un petit sacrifice, et c'est très galant de votre part ; mais je ne veux pas vous tromper ; la bourse rouge n'est pas de ma façon.

CHAVIGNY : Est-il possible ? Qui est-ce donc qui l'a faite ?

MADAME DE LÉRY : C'est une main plus belle que la mienne. Faites-moi la grâce de réfléchir une minute et de m'expliquer cette énigme à mon tour. Vous m'avez fait, en bon français, une déclaration très aimable ; vous vous êtes mis à deux genoux par terre, et remarquez qu'il n'y a pas de tapis ; je vous ai demandé votre bourse bleue, et vous me l'avez laissé brûler. Qui suis-je donc, dites-moi, pour mériter tout cela ? Que me trouvez-vous de si extraordinaire ? Je ne suis pas mal, c'est vrai ; je suis jeune, et il est certain que j'ai le pied petit. Mais enfin, ce n'est pas si rare. Quand nous nous serons prouvé l'un à l'autre que je suis une coquette, et vous un libertin, uniquement parce qu'il est minuit et que nous sommes en tête à tête, voilà un beau fait d'armes que nous aurons à écrire dans nos mémoires ! C'est pourtant là tout, n'est-ce pas ! Et ce que vous m'accordez en riant, ce qui ne vous coûte pas même un regret, ce sacrifice insignifiant que vous faites à un caprice plus insignifiant encore, vous le refusez à la seule femme qui vous aime, à la seule femme que vous aimiez !

CHAVIGNY : Mais, madame, qui a pu vous instruire ?...

Les illusions perdues

MADAME DE LÉRY : Parlez plus bas, monsieur, la voilà qui rentre, et cette voiture vient me chercher. Je n'ai pas le temps de vous faire ma morale ; vous êtes homme de cœur, et votre cœur vous la fera. Si vous trouvez que Mathilde a les yeux rouges, essuyez-les avec cette petite bourse que ses larmes reconnaîtront, car c'est votre bonne, brave et fidèle femme qui a passé quinze jours à la faire. Adieu : vous m'en voudrez aujourd'hui, mais vous aurez demain quelque amitié pour moi et, croyez-moi, cela vaut mieux qu'un caprice. Mais s'il vous en faut un absolument, tenez, voilà Mathilde ; vous en avez un beau à vous passer ce soir. Il vous en fera, j'espère, oublier un autre, que personne au monde, pas même elle, ne saura jamais.
[...]
CHAVIGNY : Je vous demande pardon, madame, elle le saura, et je n'oublierai jamais qu'un jeune curé fait les meilleurs sermons. »

Le rideau tombe et les applaudissements crépitent. Le temps, qui jusque-là semblait suspendu, se déchire. Pour un succès, c'est un succès, un triomphe même, dont témoigne le lendemain Théophile Gautier : « Ce petit acte est tout bonnement un grand événement littéraire. Depuis Marivaux, il ne s'est rien produit à la Comédie-Française de si fin, de si délicat, de si doucement enjoué que ce chef-d'œuvre mignon enfoui dans les pages d'une revue et que les habitants de Saint-Pétersbourg, cette neigeuse d'Athènes, ont été obligés de découvrir pour nous le faire accepter. » Le plus important est qu'enfin, dix-sept ans après l'échec de *La Nuit vénitienne* à l'Odéon, le double verrou a sauté, même si la représentation d'*Un caprice* n'a pas été à l'initiative d'un directeur de théâtre, mais d'un acteur, Bocage. D'un côté, après des années de refus, pour toutes sortes de raisons – « immoralité, apologie de l'adultère, textes contraires aux bonnes mœurs » –, les directeurs de théâtre acceptent d'inscrire à leur répertoire les pièces de Musset. D'un autre, leur auteur lui-même accepte l'idée de les représenter, puisqu'il est forcé de constater qu'elles ont du succès, mieux, qu'elles lui rapportent de l'argent, ce qui lui permet de meubler son nouvel appartement.

Pourtant, c'est en même temps le chant du cygne de Musset. Ses pièces, que les Parisiens découvrent – *On ne badine pas avec l'amour, Fantasio, Barberine, Carmosine, A quoi rêvent les jeunes filles* –, sont des textes déjà anciens et il ne sait plus ou ne veut plus en écrire. Bien sûr sa renommée, jusque-là, sinon confidentielle, du moins réservée au monde assez limité des salons parisiens, s'est accrue dans les dernières années de la monarchie de Juillet, mais sans atteindre véritablement la célébrité qu'au fond il ne connaîtra qu'à titre posthume. Ceci explique pourquoi, le 24 avril 1845, il reçoit la seule vraie reconnaissance publique de sa carrière d'homme de lettres : sa nomination au grade de chevalier de la Légion d'honneur dans la même promotion que Balzac et Frédéric Soulié, maigre consolation pour des écrivains de cette envergure, récompensés avec des hochets comme les chefs de bureau des grands ministères ! Ses moyens financiers, de surcroît, se réduisent comme une peau de chagrin malgré sa pension de bibliothécaire. N'avoue-t-il pas la même année à Alfred Tattet qu'il est aux abois en l'appelant au secours ? « J'ai épuisé mes ressources habituelles, je suis absolument sans aide... Je suis au désespoir. »

Quant à sa santé, elle n'est pas fameuse. Depuis des années il accumule les fluxions de poitrine et les pleurésies, ce qui l'oblige à s'aliter de plus en plus souvent. Son cœur commence à donner de sérieux signes de fatigue, ce qu'aggravent ses médecins usant et abusant des saignées, car cette archaïque pratique continue d'être utilisée. Ses excès d'alcool et de tabac contribuent quant à eux naturellement à accentuer ses problèmes, de même que ses prouesses au bordel, encore que, là aussi, ses forces soient déclinantes. D'où ces vers au pessimisme chronique :

> *L'heure de ma mort, depuis dix-huit mois,*
> *De tous les côtés sonne à mes oreilles,*
> *Depuis dix-huit mois d'ennuis et de veilles,*
> *Partout je la sens, partout je la vois.*
>
> *Plus je me débats contre ma misère,*
> *Plus s'éveille en moi l'instinct du malheur ;*
> *Et, dès que je veux faire un pas sur terre,*
> *Je sens tout à coup s'arrêter mon cœur.*
>
> *Ma force à lutter s'use et se prodigue.*
> *Jusqu'à mon repos, tout est un combat ;*
> *Et comme un coursier brisé de fatigue,*
> *Mon courage éteint, chancelle et s'abat.*

Alfred de Musset

A ces problèmes matériels, physiques et psychologiques, s'ajoute la lancinante question de savoir s'il est reconnu parmi les grands de son temps. Henri Heine dit un jour de lui : « Il est aussi inconnu dans les salons comme auteur que pourrait l'être un poète chinois », tandis que Victor Hugo, à cette même époque, confie à Ernest Legouvé : « Musset est un de ces artistes éphémères avec qui la gloire n'a rien à faire, et dont la réputation n'est qu'un caprice de la mode. » Cette phrase, qui lui est certainement répétée, lui fait d'autant plus mal qu'elle confirme ses doutes quant à l'impuissance créatrice dont il commence à souffrir. Elle va le conduire, à peine franchie la trentaine, à ne plus rien écrire, à l'exception de ses *Poésies nouvelles*, publiées en 1850, rassemblant tout ce qu'il a composé depuis dix ans. Sa jeunesse enfuie, il réalise combien la maturité qui vient lui sera difficile, alors même que sa fontaine s'est tarie et que son cœur s'est tu. Tandis que pour beaucoup d'écrivains, la quarantaine est l'âge de la plénitude intellectuelle, et l'époque où la gloire et la fortune se consolident, lui n'éprouve qu'indifférence et souffrance. Il cesse de travailler et s'abandonne à l'oisiveté, noyant son désespoir dans l'alcool, tout en se persuadant que rien de son œuvre ne franchira le cap de la postérité.

Bien sûr, après *Un caprice*, seront encore représentés *Il faut qu'une porte soit ouverte ou fermée, Le Chandelier, Il ne faut jurer de rien, Andrea del Sarto, Louison* et *On ne saurait penser à tout*, ce

Les illusions perdues

qui, peu à peu, permet à un public plus vaste de se familiariser avec son œuvre et avec ses personnages, dont certains vont passer à la postérité, comme Mimi Pinson. Mais son œuvre est irrémédiablement derrière lui. Ne croirait-on pas entendre le pathétique monologue de Lorenzaccio : « J'ai cru à la vertu [...], j'étais heureux alors, j'avais le cœur et les mains tranquilles ; [...] je n'avais qu'à laisser le soleil se lever et se coucher pour voir fleurir autour de moi toutes les espérances humaines [...] j'étais bon et, pour mon malheur éternel, j'ai voulu être grand... » ? Au moment où ses pièces sont enfin représentées, il ne sait plus rien écrire et ne sait plus aimer, sauf peut-être la comédienne Rose Chéri, une de ses interprètes, encore que sa passion ne soit pas partagée. Est-ce son masochisme qui le pousse à condamner à l'avance le succès qu'il pourrait remporter, comme il le fait en amour en précipitant l'échec de ses relations successives ? Il semble ne plus croire en lui, celui qui, au mois de janvier 1850, cède à la nostalgie, dans son *Sonnet au lecteur* :

Jusqu'à présent, lecteur, suivant l'antique usage,
Je te disais bonjour à la première page.
Mon livre, cette fois, se ferme moins gaiement ;
En vérité, ce siècle est un mauvais moment.

Tout s'en va, les plaisirs et les mœurs d'un autre âge,
Les rois, les dieux vaincus, le hasard triomphant,
Rosafinde et Suzon qui me trouvent trop sage,
Lamartine vieilli qui me traite en enfant.

Alfred de Musset

La politique, hélas ! Voilà notre misère,
Mes meilleurs ennemis me conseillent d'en faire.
Etre rouge ce soir, blanc demain, ma foi, non.

Je veux, quand on m'a lu, qu'on puisse me relire.
Si deux noms, par hasard, s'embrouillent sur ma lyre,
Ce ne sera jamais que Ninette ou Ninon.

Faute d'un nouvel amour, il s'en va quelque temps soigner son pauvre corps dans les Vosges, où l'oncle Desherbiers, devenu sous-préfet de Mirecourt, l'a invité à venir respirer le bon air. D'où cette amusante lettre à Tattet, une des trop rares où il livre ses impressions de voyage, montrant par là quel merveilleux observateur il est quand il s'en donne la peine :

« Oui, mon cher, je suis dans les Vosges, et vous pouvez dire, en songeant à moi : "Epinal, Vosges, Epinal", en toute vérité, car, grâce à l'amabilité du Préfet et aux avances flatteuses des indigènes, je voltige de-ci, de-là, en attendant que l'eau de Plombières soit chaude. Je suis un papillon de mairie, une Joconde d'arrondissement, je dîne chez des principaux de collège et même des inspecteurs généraux ; l'unique gendarme des bourgs circonvoisins se découvre devant ma boutonnière ; je suis fêté partout, on m'offre de la bière ; je ne sais pas encore ce qu'en pensent les dames, attendu qu'il n'y en a pas. Çà et là quelques potirons affectent bien la forme humaine, mais c'est une contrefaçon lorraine. J'ai vu à Lagny une assez jolie maîtresse de poste, et quelques volées de grisettes à Nancy (le hussard y respire). Il y a bien aussi quelques exceptions plus près, mais leurs maris ont une drôle d'idée qui les gêne et les empêche d'être cocus, c'est de fumer et de jouer au piquet pendant que leurs femmes vendent de la dentelle.

Est-ce en pensant à toutes ces femmes, celles qu'il a eues et celles qu'il n'a pas eues, que sa mélancolie chronique lui dicte ces vers ? Ils n'en sont pas moins bouleversants :

Que sont-ils devenus, les chagrins de ma vie ?
Tout ce qui m'a fait vieux est bien loin maintenant ;
Et rien qu'en regardant cette vallée amie,
Je redeviens enfant.

CHAPITRE 14

Le chancelant perpétuel

> « Tout ce qui était n'est plus ; tout ce qui sera n'est pas encore. Ne cherchez pas ailleurs le secret de nos maux. »
>
> ALFRED DE MUSSET

Au Café de la Régence, en cet hiver 1851, alors que dix-neuf heures sonnent à la pendule, le calme revient peu à peu à l'heure du dîner, à mesure que les habitués le quittent pour aller se sustenter dans l'un des restaurants voisins, ou rentrent chez eux pour dîner en famille, pour ceux qui, selon le terme de l'époque, ne vivent pas « en garçon ». La salle est à présent vide et va le rester pendant une heure ou deux, puis elle se repeuplera à l'heure du spectacle et de la promenade, avec le flot interrompu des lions et des amazones, des noceurs et des cocottes, des journalistes et des comédiens, dans le brouhaha des rires et des conversations, les odeurs de cigare et de parfum, l'entrechoquement des bouteilles de vin et des chopes de bière.

Alfred de Musset

Pour l'heure donc, tout est calme et personne ne fait attention, là-bas, au fond, à un homme assis à une table solitaire, les yeux vides, regardant sans le voir le morceau de sucre qui fond très doucement dans son verre d'absinthe. Il ressemble au personnage féminin qui inspirera à Manet, quelques années plus tard, l'un de ses tableaux les plus célèbres, représentant une autre victime de la « fée verte ». Grand mais voûté, blond mais d'un blond terni, la barbe se teintant déjà de poils gris, encore bien habillé mais sans luxe superflu, il ne fait plus guère impression avec son cigare à moitié éteint, vissé sur sa lèvre inférieure, et sa main gauche toute tremblante, indiquant dans quelle misérable dépendance alcoolique il est tombé. Qui reconnaîtrait dans ce fantomatique inconnu l'homme de lettres qu'ont immortalisé Lamy, Landelle et Gavarni, à l'époque où son entrée dans les salons du romantisme faisait toujours sensation, provoquant l'émotion chez les jeunes filles et le désir chez les femmes mûres ? Brouillé avec nombre de ses contemporains, et notamment Victor Hugo, avec lequel il finira par se réconcilier, hormis son frère Paul, pourtant il ne compte pas véritablement d'amis. Certes, on l'invite encore à dîner, mais il se dérobe le plus souvent au dernier moment, quand il ne quitte pas les convives en plein repas, sans leur fournir d'explication. Susceptible et irritable, il déconcerte ses interlocuteurs et s'enferme de plus en plus dans la solitude, qu'il ne brise qu'en retrouvant le chemin du café comme une luciole irrésistiblement attirée par la lumière. Seul Sainte-Beuve lui

Le chancelant perpétuel

est resté fidèle qui, pourtant, avait écrit quelques années auparavant : « Chez Guttinguer, je devais trouver Musset, qui auparavant loge pour le quart d'heure à Saint-Germain à une fashionable auberge où il pratique la vie de ses drames. Mais gris le matin, il avait de plus un rendez-vous à Paris et n'a pu être de retour à temps. Nous n'avons eu à dîner que son ami Tattet et un autre gentil monsieur, mais à peine éveillés de leur griserie et de tout ce qui s'ensuit. C'est triste, au fond, de les voir ainsi. »
Alton-Shée, de son côté, ne dit pas autre chose : « Encore joli garçon avec des bouffées d'élégance, peu soigné. L'habitude de fumer jour et nuit la cigarette jaunissait ses doigts, ses dents et jusqu'à ses lèvres. » De même qu'Edouard Grenier : « Son attitude avait quelque chose d'anglais, de gêné même. Comment dirais-je ? Il semblait se surveiller et se craindre. On attribuait cette espèce d'engourdissement à sa fatale habitude de mêler de l'absinthe à sa bière, comme je l'ai vu faire plus d'une fois au Café d'Orsay ou à la Régence. Du reste, très correct, et d'une démarche sinon aisée, du moins toujours assurée. » Et Hetzel, après lui : « J'ai une fois, à 4 heures du matin, rencontré Alfred à la porte d'une maison de filles de la rue Saint-Marc, il pleurait. Il avait été si ignoble dans cette maison, qu'on l'avait flanqué dehors. Il pleurait comme Adam à la porte du Paradis terrestre. »

Parfois, au Café de la Régence il accepte de disputer une partie d'échecs, à la condition que son partenaire demeure silencieux. Tel est le cas d'un

Alfred de Musset

certain Pierre Lefranc qui, ayant perdu, lui lance avec un peu de vigueur la pièce de cinq francs qui était le prix de la mise. Se croyant offensé, Musset lui saute au cou et le menace d'un duel. Il fait de même avec le peintre Cristofano Allori, à qui il reproche d'avoir donné ses traits à son Holopherne, et avec son éditeur, Charpentier, avec qui il ne cesse de se chamailler. De plus en plus émotif, il sanglote pour des broutilles, s'alarme du destin d'un vieux chien qu'il recueille, ainsi que d'un chat famélique croisé dans la rue. « Les larmes lui viennent aux yeux, confirme son frère, pour un mot, pour un vers, pour une mélodie », avant de comprendre que plus sa sensibilité augmente, plus son humanité s'affirme, comme le montre cette anecdote :

> « Le spectacle de la souffrance, la confidence d'un chagrin l'agitaient jusqu'à en rêver la nuit. Il revenait, un soir, fort tard de ce Théâtre-Français où il allait si souvent. C'était un hiver, par le froid et la neige. Il passe, enveloppé jusqu'aux yeux dans son manteau et les mains dans les poches, devant un vieux mendiant qui jouait d'un orgue sur le Pont des Saints-Pères. L'obstination de ce vieillard à tourner la manivelle pour obtenir quelques sous le touche vaguement, mais le vent de bise, la neige qui tombe, le terrain glissant auquel il faut prendre garde, détournent son attention. Arrivé devant la porte de sa maison, il entend encore de loin les sons criards de l'orgue. Au lieu de tirer la sonnette, il regarde sa montre et voit qu'il est plus de minuit. "Ce pauvre diable, se dit-il, serait peut-être parti si je lui eusse fait la charité. Je serai cause qu'il

Le chancelant perpétuel

gagnera une maladie par ce temps de chien." Déjà son imagination lui représente ce misérable mourant sans secours dans quelque grenier. A cette idée, il lui devient impossible de passer outre. Il retourne sur ses pas, s'en va droit au mendiant et, lui jetant une pièce de cinq francs : "Tenez, lui dit-il, voici probablement plus d'argent que vous n'en gagneriez en restant là jusqu'à demain. Pour Dieu ! Allez vous coucher, c'est à cette condition que je vous fais l'aumône." »

Pourtant, ce soir, au Café de la Régence, c'est de lui que s'occupe un serveur, à l'heure où l'établissement s'apprête à fermer, lui expliquant doucement qu'il est l'heure de s'en aller, l'aidant en lui posant sa cape sur le dos et lui tendant sa canne et son chapeau. Un peu titubant, M. de Musset obtempère, son bras appuyé sur celui du garçon. A petits pas, il regagne le boulevard pour rejoindre le bordel où il va poursuivre sa quête de la jeunesse enfuie, dans les vapeurs glauques de la Grange-Batelière, de la rue Villedo ou de la rue du Hasard qu'il a pitoyablement baptisée « la rue du Jeu de l'Amour et du Hasard ». Là, parmi les parfums bon marché et la sueur des clients, il se consume dans l'enfer de la nuit, la face cachée de Paris, de plus en plus dépendant de ce plaisir obsessionnel qu'il ne parvient pas toujours, du reste, à satisfaire. « Alfred continue à être plongé dans les filles, note Tattet. Il y laissera son génie et sa santé. Quel affreux suicide. »

Son affaire faite, à grand renfort de rhum ou à nouveau d'absinthe, il regagne son domicile, croisant

Alfred de Musset

dans la nuit des passants indifférents ou non, tel ce jeune homme qui l'observe à la dérobée et qui le baptise « le croque-mort langoureux ». Il s'appelle Charles Baudelaire et il sera à son tour, dans quelques années, le plus grand poète français de son époque. Et c'est ainsi que le voit, non sans quelque humanité cette fois, malgré sa détestable réputation de commère du Paris de Napoléon III, son ancien condisciple, Horace de Viel-Castel – « Pauvre poète, personne ne saura quelle coupe d'amertume tu as vidée avant d'aller chercher l'oubli en vidant les sales verres des cabarets ! On ne te plaindra pas et moi je te plains. On te méprisait en te voyant passer ivre et chancelant, et moi je te plaignais. On s'éloignait de toi, sans même chercher à rallumer le flambeau de ton intelligence, et moi, pauvre Alfred, je serrais ta main froide et fiévreuse avec un bonheur douloureux. »

Cet alcoolisme de plus en plus poussé, il ne cherche du reste nullement à le dissimuler et en fait même un sonnet, dont la destinataire est Caroline Jaubert, qui lui avait demandé de se corriger :

Qu'un sot me calomnie, il ne m'importe guère.
Que, sous le faux-semblant d'un intérêt vulgaire
Ceux mêmes dont hier j'aurai serré la main
Me proclament, ce soir, ivrogne et libertin,

Ils sont moins mes amis que le verre de vin
Qui pendant un quart d'heure étourdit ma misère ;
Mais vous, qui connaissez mon âme tout entière,
A qui je n'ai jamais rien tu, même un chagrin,

Le chancelant perpétuel

Est-ce à vous de me faire une telle injustice,
Et m'avez-vous si vite à ce point oublié ?
Ah ! Ce qui n'est qu'un mal, n'en faites pas un vice.

Dans ce verre où je cherche à noyer mon supplice,
Laissez tomber plutôt quelques pleurs de pitié
Qu'à d'anciens souvenirs devrait votre amitié.

Sa dépendance à l'alcool s'est d'autant plus accrue que, depuis quelques années, il est livré à lui-même, dans la mesure où sa famille a éclaté. En effet, sa jeune sœur, Hermine, devenue Mme Lardin, a épousé un conseiller à la Cour d'appel d'Angers, où elle habite désormais et où sa mère l'a rejointe, après avoir liquidé la location de la rue de Grenelle d'abord, puis du quai Voltaire, où elle s'était ensuite installée. Tandis que Paul avait pris un appartement rue des Pyramides, Alfred, lui, avait d'abord choisi le sien rue Rumford, près de Saint-Augustin, puis rue du Mont-Thabor, non loin du jardin des Tuileries, mais aussi de ces grands boulevards qui ont toujours constitué l'épicentre de son monde. C'est là qu'il vit désormais, sans avoir grand-chose à faire puisque la révolution de 1848 l'a privé de son poste, sur un ordre sec de Ledru-Rollin : « Le citoyen Alfred de Musset, bibliothécaire au Ministère de l'Intérieur, est révoqué de ses fonctions. » Cette décision provoqua l'indignation de nombre d'écrivains, dont certains ralliés à la révolution, parmi lesquels Alexandre Dumas.

Alfred de Musset

Heureusement, se tient à ses côtés un « ange gardien » que sa mère, avant de prendre le chemin de la province, lui a laissé. Elle s'appelle Adèle Colin et veille sur lui avec dévouement et autorité, comme la veuve de Donatien de Musset le lui a prescrit. Véritable seconde mère ou sœur attentionnée, cette Franc-Comtoise tient naturellement son petit ménage, prend soin de son linge, le nourrit, fait ses courses et le soigne à l'occasion, avec ses sinapismes à la moutarde. Mais surtout, elle n'a pas son pareil pour l'écouter, le tranquilliser, le rassurer, comme le fera plus tard une autre modeste jeune femme avec un autre écrivain, Céleste Albaret, la gouvernante de Marcel Proust. Mais dans le premier cas, la relation est plus charnelle : c'est elle qui accueille Alfred lorsqu'il rentre chez lui au milieu de la nuit, immanquablement ivre, qui le déshabille et le couche ; c'est elle qui lui tient la main lorsque les hallucinations le possèdent, qui le fait boire et manger lorsque, brûlant de fièvre, il doit garder le lit. Il la tutoie, l'utilise aussi comme secrétaire, car elle ne manque ni d'instruction ni d'intelligence, et il lui confie tous ses secrets, sur cette chaise longue où il passe désormais le plus clair de son temps, confiant à son frère cette énième remarque désabusée : « J'espérais mourir jeune, mais s'il plaît à Dieu de me laisser longtemps encore dans cet ennuyeux monde, il faudra bien m'y résigner. Voici le meuble sur lequel je vieillirai. »

Le 12 février 1852, il est élu à l'Académie française au fauteuil du baron Dupaty (le dixième),

Le chancelant perpétuel

après deux échecs et une humiliation : l'obtention du prix Maillé-Latour-Landry, destiné à encourager un jeune écrivain ou un écrivain pauvre, ce qui l'avait ulcéré, et conduit à reverser l'argent (1 300 francs) aux blessés de 1848. Seule satisfaction, il reçut peu après une indemnité, à titre d'auteur, de 1 000 francs pour cause de révolution, celle-ci ayant suspendu les représentations des théâtres.

Est-il heureux de cet honneur, quoique celui-ci le range du côté des poètes officiels du régime ? Son frère Paul note sobrement : « L'auteur des Nuits parut plus sensible que je ne l'aurais cru à cette marque de distinction qu'il regarda comme une consécration nécessaire à son talent. » C'est certain, mais ses contemporains jugent sévèrement ce qu'ils considèrent comme une compromission. Ainsi Barbey d'Aurevilly écrit : « Musset, lui aussi, a accepté le caparaçon académique, sous lequel nous l'avons vu si tristement baisser la tête. C'était le bât sur le dos d'Ariel. » Et après lui Arsène Houssaye : « Voilà donc M. Alfred de Musset à l'Académie : c'est bien fait. Il a renié sa jeunesse, et M. Nisard a applaudi. Heureusement que toute la poésie de sa jeunesse est restée à la porte de l'Académie. » Il n'y a guère qu'Alfred Arago à se réjouir en ces termes pleins d'esprit : « Mon cher ami, il faut qu'une porte soit ouverte ou fermée : en vous ouvrant la sienne, l'Académie a fait œuvre de justice : ce n'est pas un caprice qui lui prend, elle en est incapable. On disait que jamais nous n'obtiendrions les palmes vertes. Voyons, il ne faut jurer de rien... »

Alfred de Musset

Le 27 mai, le poète, dans son habit brodé, sacrifie donc au rite académique en prononçant l'éloge du terne Dupaty devant un public que son frère dit enchanté, mais que d'autres ont décrit plutôt dubitatif devant son manque de voix. Frédéric Nisard, le grand adversaire du romantisme, lit son discours de réception en demi-teinte. Incorrigible, comme toujours le soir même de sa réception Quai Conti, il s'en va souper au Palais-Royal, où Arsène Houssaye l'aperçoit ainsi : « Au dessert, grand bruit dans les escaliers. Aux bougies, on éclaire la descente funèbrement joyeuse d'un homme ivre mort. On s'informe, c'est Alfred de Musset qui pour fêter son introduction a payé à dîner à un bordel. » D'où ce dialogue, quelques jours plus tard, avec Sainte-Beuve qui l'admoneste et à qui il répond : « Mais vous allez bien au bordel, vous aussi ? — Oui, mais moi, je n'y demeure pas ! »

L'instauration du Second Empire, à laquelle les Musset, en vieux bonapartistes, ont été favorables, a-t-elle joué en sa faveur dans cette élection ? C'est certain, le chef de l'Etat ayant alors son mot à dire, même à titre officieux, en faveur d'un poète qui, pendant les trois années où il a exercé la présidence de la République, a fréquenté les salons de l'Elysée. Cela, les romantiques l'acceptent mal. Ils considèrent qu'Alfred de Musset trahit les idéaux de 1830 et renie le romantisme qui, pour beaucoup, est « de gauche », tels Lamartine, candidat malheureux à la présidentielle de 1848, ou Hugo, exilé au lendemain du coup d'Etat du 2 Décembre, même si le

Le chancelant perpétuel

terme de « gauche » n'existe pas en tant que tel. Le nouvel académicien a beau répéter qu'il n'a jamais voulu faire de la politique on ne le croit pas, surtout lorsque, un an plus tard, le 18 mars 1853, il est nommé conservateur de la bibliothèque du ministère de l'Instruction publique, avec des appointements de 3 000 francs par an, grâce à l'entregent de son ami le ministre Hippolyte Fortoul, mais sur ordre de l'empereur. C'est une sinécure, puisqu'il n'a pratiquement rien à y faire, sinon être présent de temps à autre et écrire quelques textes sur des idées du ministre, comme ce « Songe d'Auguste » que Gounod va mettre en musique, et qui n'est bien sûr pas le meilleur d'une œuvre. Ceci dit, le poète au moins ne ment pas. Il n'a jamais dissimulé ses opinions, lui qui écrivit naguère :

Que les hommes entre eux soient égaux sur la terre
Je n'ai jamais compris que cela pût se faire,
Et je ne suis pas né de sang républicain...

En tant qu'académicien, Musset doit désormais faire de la figuration. Ainsi, en ce 9 août 1852 où il représente l'Académie, au Havre, à l'occasion de l'inauguration des statues de Casimir Perier et de Bernardin de Saint-Pierre. Sous les embruns, il prononce, livide, un discours d'une extrême platitude. Ou encore le 21 août 1855, lorsque, invité, au théâtre du château de Versailles, au grand dîner donné en l'honneur de la reine Victoria, il fait bien pâle figure. Fréquentant le salon du prince Napoléon et celui de sa sœur, la princesse Mathilde, il ne s'y fait

Alfred de Musset

guère remarquer, sauf par son silence. Il arrive en général en retard et quasiment ivre mort, se trouvant incapable de dire un mot d'esprit, voire même un mot tout court. Son vice est désormais de notoriété publique, ce que montre ce cruel jeu de mots, inventé par ses collègues du Quai Conti, lorsqu'il est absent de la séance hebdomadaire : « Monsieur de Musset s'absente. — Vous voulez dire qu'il s'absinthe ! »

Une caricature de Nadar le représente en habit d'académicien, affublé d'un long nez, le regard noyé par l'alcool. Une courte mais malveillante biographie que Mirecourt publie sur lui en 1854 comporte ce commentaire atroce : « Avec la santé, se perd l'intelligence, et ce qu'il y a d'affreux, ce qu'il y a d'épouvantable ici-bas, quand on est illustre, c'est d'assister aux funérailles de sa gloire. » De plus il devient sourd, ce qui n'arrange pas ses relations avec les autres mais, au contraire, le renvoie à sa solitude, à sa misanthropie, à sa paresse et à cette apparence de déchéance que chacun, les écrivains surtout, jaloux de ses succès passés, se plaît à déceler, non sans jubilation. Maxime Du Camp, qui le croise dans un salon, ne le traite-t-il pas de « vieux dandy » ?

Il n'en connaît pas moins une ultime liaison avec une femme qui, très sincèrement, s'intéresse à lui, tout au moins dans les premiers temps. Elle s'appelle Louise Colet ; c'est une jeune et belle Provençale, poète à ses heures, qui s'est séparée de son

Le chancelant perpétuel

mari, musicien de son état. Elle tient un salon littéraire, que fréquentent un certain nombre d'écrivains, tout en devenant successivement la maîtresse de Villemain, de Victor Cousin, puis de Gustave Flaubert, avant de rencontrer Alfred de Musset. Cette fois – et justement parce qu'elle est poète – il croit sincèrement avoir trouvé l'âme sœur qu'il cherche depuis sa rupture avec George Sand, les autres n'ayant été que des palliatifs. Pour une fois, ce n'est pas la passion qui prédomine, mais une sorte de camaraderie sensuelle et sentimentale, dont il n'est pas tout à fait dupe, puisqu'il lui lancera un jour : « Vous vous moquez de Villemain avec Cousin, de Cousin avec moi et probablement de moi avec un autre », sans tout à fait se tromper, puisque, effectivement, elle ne cesse d'entretenir Flaubert de ce que dit, écrit et fait Musset.

Leur liaison commence au Jardin des Plantes, où ils se promènent un jour. Devant la cage du lion, Louise approche la main pour le toucher, provoquant la colère de l'animal qui pousse un rugissement terrible et manque d'avaler cette main qu'Alfred arrache pour la couvrir de baisers. Comme Flaubert l'avait prévu, cette union intense mais problématique est rapidement marquée par un rapport de force difficile et parfois violent entre ces deux caractères bien trempés. L'auteur de *Madame Bovary* a surnommé Louise son « cher volcan ». Elle le quitte, au terme d'une relation tumultueuse. Il la met en garde contre Alfred : « J'ai bien songé à Musset, eh bien le fond de tout cela, c'est la

Alfred de Musset

Pose ! » Comme toujours, l'histoire commence par des vers, sauf que, cette fois-ci, c'est elle qui les écrit :

Que faites-vous des anciennes amours ?
Les chassez-vous comme des ombres vaines ?
En y pensant, n'avez-vous pas toujours
Comme un frisson qui vous court dans les veines ?

Ils ont été, ces fantômes glacés,
Cœur contre cœur, une part de vous-même,
Ils ont frémi dans vos bras enlacés,
Ils vous ont dit ce mot sacré : Je t'aime !

Mais, inévitablement, au bout de quelques jours, les amants s'opposent, se déprennent, s'embrassent et se chamaillent à tout propos et à toute heure du jour ou de la nuit. Les scènes se multiplient pendant six mois, jusqu'à ce terrible 26 juin 1852, où, de retour d'une promenade au bois de Boulogne, la tension montant d'un cran, Alfred traite Louise de « saltimbanque ». Elle le gifle et, bien que le fiacre roule à vive allure, saute en marche aux abords de la place de la Concorde et se blesse en tombant. Ils se revoient pourtant, au mois de septembre suivant. Pour se faire pardonner, il l'invite à dîner au Café anglais, auquel il est toujours demeuré fidèle. Mais là, il se goinfre d'huîtres devant elle, sans doute très salement, puisqu'elle lui annonce qu'elle trouve ce spectacle « dégradant », se lève et quitte la salle, avant de répandre sur lui les pires calomnies. « Comment, s'écrie-t-elle un jour, cet homme avec son égoïsme et ses vices, a-t-il pu se mettre à la tra-

Le chancelant perpétuel

verse de ma passion pour Flaubert, si grande, si vraie, la seule de ma vie ? »

Une année à peine après leur rupture, Louise Colet achèvera « La servante », un long poème dans lequel elle règle férocement ses comptes avec son ancien amant dépeint sous les traits peu flatteurs de Lionel de Vernon, homme de lettres libertin et alcoolique. Flaubert lui écrira avec bon sens : « Quand Musset sera mort, qui saura qu'il s'est saoulé, qu'il battait sa chambrière ? La postérité est très indulgente pour ces crimes-là. Elle pardonne à Jean-Jacques Rousseau d'avoir mis ses enfants à l'hôpital ! Et puis, en quoi cela nous regarde-t-il ? De quel droit ? » Sage conseil qui n'empêchera pas Louise de récidiver en publiant, après la mort de Musset, un roman intitulé *Lui*, dans lequel elle raconte leur aventure en donnant le mauvais rôle à son double à peine déguisé, Albert de Lincel, dont la victime est Stéphanie de Rostan, c'est-à-dire elle-même.

Seuls, finalement, l'empereur et l'impératrice éprouvent pour lui quelque pitié. Ils l'invitent aux Tuileries où il vient lire « Le songe d'Auguste », accompagné par Gounod au piano. « Il reçut les compliments d'un air contraint, témoigne Maxime Du Camp ; il était mal à l'aise et en méfiance. Le milieu le troublait. [...] Sa voix faible, sa diction molle contrastaient avec la vigueur du jeu de Gounod. En somme, les applaudissements furent pour le poète, les éloges pour le compositeur. » Il réitère cette expérience, mais cette fois seul, pour lire une de ses dernières pièces, *L'Ane et le Ruisseau*. Arsène Houssaye le décrit ainsi : « Il était correct comme un gentleman ; gants gris perle, cravate nouée avec art, habit à la française ne faisant pas un pli, barbe sculpturale, pas un cheveu sorti des rangs. » Accueilli par le comte Bacciochi, il se tire assez bien de son salut à l'impératrice – celle-ci le reçoit aimablement et avec une certaine curiosité –, puis à l'empereur. Il commence ensuite sa lecture, peste parce que celle-ci est interrompue par l'intrusion du baron de Rothschild, qui se retire aussitôt. Il reprend son texte qu'il achève, tout en observant du coin de l'œil la souveraine, dont, non sans perspicacité, il pressent la chute future : « Je la regardais avec l'effroi du lendemain, c'est *encore une Autrichienne*, comme Marie-Louise et Marie-Antoinette. Elle est charmante, mais je vous dis qu'elle joue fatalement un rôle. Tout cela finira mal. Je ne donnerais pas deux sous du dernier acte. »

Cette faveur ne lui apporte en aucun cas la considération, puisque tout Paris se dit que l'auteur de *Lorenzaccio* est à présent un homme fini, comme le montre ce portrait, particulièrement malveillant, que brosse de lui Maxime Du Camp :

> « Alfred de Musset entra et s'assit près de la cheminée, avec la figure ennuyée d'un homme qui accomplit une corvée. Il regardait les femmes comme s'il eût cherché à les comparer entre elles. Il avait alors quarante-quatre ans ; de sa jeunesse, de sa beauté passée, il n'avait conservé qu'une admira-

Le chancelant perpétuel

ble chevelure blonde que dorait le reflet des lumières. Le visage allongé était amaigri ; des rides précoces accusaient les traits ; le front avait de la grandeur, mais la lèvre inférieure semblait amollie et donnait à l'ensemble une sorte d'expression d'hébétude. [...] C'est à peine s'il avait échangé quelques paroles banales avec la maîtresse de maison. Au bout d'une demi-heure, il se leva tout d'une pièce, resta un instant immobile et traversa le salon d'un pas posé, la taille raide, la tête droite, marchant du talon et les yeux fixés devant lui. Dès qu'il fut parti, une femme qui l'avait attentivement suivi du regard, dit : "Pauvre garçon !" »

Ne multiplie-t-il pas, du reste, les aphorismes les plus pessimistes, comme celui-ci : « Le mal des gens d'esprit, c'est leur indifférence, celui des gens de cœur, leur inutilité » ? Fait-il allusion à ce méchant pastiche de la « Ballade à la lune », que fait paraître Jules Lovy pour amuser le Tout-Paris, mais qui n'en témoigne pas moins de ce qu'on pense alors de lui ?

Salut, salut, point sur l'i,
Si joli !
Quand il aperçoit ton disque,
Phébus bisque !
La lune est un omnibus,
Et Phébus
N'a plus pour char qu'un vieux fiacre,
Qu'on consacre
A l'oubli ! F.i.n.i,
C'est fini !...

CHAPITRE 15

Le lilas foudroyé

> « Quand la passion emporte l'homme, la raison le suit en pleurant et en l'avertissant du danger ; mais dès que l'homme s'est arrêté à la voix de la raison, dès qu'il s'est dit : C'est vrai, je suis fou, où allais-je ? la passion lui crie : Et moi, je vais donc mourir ? »
>
> Alfred de Musset

A la fenêtre de l'hôtel Frascati du Havre, en ce mois d'août 1856, Musset contemple la mer, derrière la vitre, son éternel cigare collé à la lèvre. En fait, ses yeux sont perdus dans une de ces rêveries intérieures dont il est coutumier, et les volutes de fumée semblent l'isoler davantage du commun des mortels, dont il se retranche chaque jour davantage. Que cette vague, au loin, vienne donc l'engloutir et mettre ainsi fin à ses inguérissables souffrances, se prend-il à souhaiter, en évitant soigneusement d'aller prendre le bon air que, justement, son médecin l'a enjoint d'aller respirer sur la côte normande. Allons, se dit-il, l'imagine-t-on dans un de ces ridicules costumes de bain, lui le dandy accompli, s'exhibant sur la plage sous le regard des familles aisées du Second Empire en goguette sur le littoral ? Lui, Alfred de Musset ! Il n'en est pas question. Ceci dit, le spectacle de la mer et des bateaux gagnant le port calme ses angoisses et comble son immense solitude, à l'heure où les amis se font plus rares.

Il lui arrive même parfois de consentir à descendre dans le jardin de l'établissement et à nouer conversation avec les deux filles d'un Anglais séjournant sur le continent, Mr Lyster, que leur féminité naissante pousse vers ce quadragénaire encore fort séduisant, malgré sa fatigue chronique, et dont on leur a dit qu'il était un grand écrivain malheureux. S'empressant auprès de lui, elles ajustent les coussins de sa chaise longue, lui apportent un sorbet ou un verre d'eau, l'aident à se relever, tandis qu'il leur raconte des histoires merveilleuses ou invente des petits jeux, peut-être pas aussi innocents que ne le croit la clientèle de l'hôtel. Ce semblant de chaleur humaine retrouvée contraste avec la mauvaise humeur qu'il manifeste envers le personnel lorsqu'il ne retrouve plus sa canne ou son mouchoir, lorsqu'on tarde à lui porter le thé commandé ou que le dîner du soir n'est pas à son goût. Enfant gâté il est né, enfant gâté il mourra, se disent les siens. Pour ménager sa santé de plus en plus vacillante, ils évitent dans la mesure du possible de le contrarier. Il ignore qu'à quarante-six ans,

Le lilas foudroyé

c'est le dernier été qu'il lui est donné de vivre. Au mois de novembre, apprenant que son ami Alfred Tattet prématurément usé par ses débauches vient de s'éteindre dans son château de Cogners, près de Fontainebleau, il s'écrie pourtant : « Mon ami Tattet m'appelle et je crois que j'irai bientôt le rejoindre. » N'a-t-il pas composé ces vers si révélateurs de sa désespérance ?

L'heure de ma mort, depuis dix-huit mois,
De tous les côtés sonne à mes oreilles,
Depuis dix-huit mois d'ennuis et de veilles,
Partout je la sens, partout je la vois.

Plus je me débats contre ma misère,
Plus s'éveille en moi l'instinct du malheur ;
Et, dès que je veux faire un pas sur terre,
Je sens tout à coup s'arrêter mon cœur.

Ma force à lutter s'use et se prodigue.
Jusqu'à mon repos, tout est un combat ;
Et, comme un coursier brisé de fatigue,
Mon courage éteint chancelle et s'abat.

Manifestement, cela fait déjà plusieurs mois qu'il n'est pas bien, comme disent les gens du peuple, et en particulier la fidèle Adèle qui veille sur lui avec tant de soin. Son frère sait que le médecin de la famille, le docteur Cazot, a, depuis plusieurs années déjà, décelé une anomalie de l'aorte chez le poète et que celle-ci, à plus ou moins long terme, peut lui être fatale. Bien sûr, s'il avait respecté une élémentaire hygiène de vie, il pourrait aujourd'hui connaître un certain répit, mais l'abus d'alcool, de tabac et de sexe se rappelle à son bon souvenir. A cela s'ajoute cette syphilis contractée il y a longtemps, dont les effets n'ont jamais cessé de se faire sentir et qui, conjuguée à cette malformation cardiaque, a littéralement empoisonné son existence en provoquant ces troubles nerveux chroniques que l'époque est aussi incapable de diagnostiquer véritablement que de soigner. Quand Adèle Colin finit par épuiser tout son arsenal de bouillon de viande, d'eau émétique et de bordeaux, elle se met à prier.

Un jour il sollicite de son ami Viel-Castel l'autorisation de visiter seul, la nuit, le Louvre, pour revoir ses tableaux préférés à la lueur des chandelles, ce qui lui est accordé. Singulière nuit dans laquelle, vêtu de son habit noir, Alfred de Musset, silencieux et pensif, va d'un chef-d'œuvre à un autre, suivi d'un employé portant le bras de lumière, prêt à soutenir cette silhouette vacillante et usée, qui semble déjà partie pour l'autre monde, comme en témoigne son frère : « Il y resta longtemps, seul, plongé dans ses réflexions, et il en revint fort content, disant qu'il avait vécu, cette nuit-là, dans la compagnie des anciens maîtres, qu'il lui semblait les avoir vus à l'ouvrage, et qu'il s'en trouvait deux dont il aurait avec bonheur préparé les couleurs et taillé les crayons : Raphaël et Léonard de Vinci. » Après cette visite hallucinée, il reprend le cours de sa vie, mais sans goût aucun, plus irritable que jamais, mais surtout en proie à une fatigue alarmante, qui n'échappe pas à ses collègues de l'Académie, spéculant déjà sur la succes-

Le lilas foudroyé

sion de celui qui écrit à cette époque : « Je vois tomber en silence les étoiles des mondes détruits. De qui vous souvenez-vous, hommes de la terre, au milieu de ces mondes sans fin, qui tombent ainsi dans les nuits éternelles, sans se souvenir les uns des autres ? »

Le 31 mars, malgré son état, il décide d'aller à l'Académie voter en faveur d'Emile Augier à qui il a promis sa voix. Son frère tente de l'en dissuader, d'autant qu'il pleut à verse sur Paris. Tous deux se mettent en chemin et, péniblement, Alfred arrive jusqu'à la rue des Pyramides, mais sans pouvoir aller plus loin.
Paul trouve enfin un fiacre qui conduit l'écrivain quai Conti. Le soir, il rentre assez tard après avoir été souper en ville, ce qui lui vaut les reproches accablés d'Adèle. Il lui confie : « Ne vous fâchez pas, ce sera la dernière. » Le 13 avril suivant, Alfred, comme à son habitude, joue au piquet avec son oncle Guyot-Desherbiers. Celui-ci, en distribuant les cartes, se trompe à plusieurs reprises, ce qui a pour effet d'irriter le poète constatant que, par trois fois, il en a treize dans sa main. Excédé par ce mauvais présage, il s'alite, brûlant de fièvre.

Pendant deux semaines, il souffre tour à tour de convulsions et de palpitations, entre lesquelles il connaît de brefs moments de répit, veillé par Adèle, bientôt assistée de sa propre sœur, qui joue alternativement le rôle de servante, de garde-malade et de lectrice.

Alfred de Musset

En l'absence de Paul retenu à Angers, Adèle va jusqu'à le porter elle-même, nu comme un enfant, dans le bain chaud qu'elle lui prépare chaque jour. Son esprit commence à s'égarer. Il tombe de plus en plus souvent en syncope, demandant à sa gouvernante : « Adèle, où suis-je ? » Ou encore : « Suis-je marié ? » Parfois, il parle de George Sand, avec une sorte de terreur dans la voix. Adèle tente de le rassurer : « Vous êtes chez vous, dans votre chambre ; voyez plutôt vos petits animaux, le chien, le chat. »

Prévenu cependant par la gouvernante, Paul revient à Paris pour constater l'atroce progression du mal de son frère chéri. Adèle intitulera *Dix ans chez Alfred de Musset* un livre de souvenirs qu'il faut prendre avec réserve, car ce texte quelque peu édifiant ignore ou feint d'ignorer les ultimes délires érotiques du malade et ses blasphèmes d'athée désespéré qui, tout à la fois, comme il l'a fait sa vie durant avec l'amour, attend la mort et la fuit. La plupart de ses visiteurs sont stupéfaits par sa lucidité. Musset lance à Arsène Houssaye : « Il était temps, mon cher ami, cinq minutes plus tard, vous ne me trouviez plus de ce monde ! Je ne suis pas même sûr de ne pas être un revenant. Mais je ne crois pas aux revenants, parce que je ne crois pas à l'autre monde. » Ou, plus prosaïquement, au comédien Got, frappé par « son visage tuméfié et son air de damné », même si « la grâce divine l'avait pourtant marqué visiblement », qui lui demande : « Souffrez-vous beaucoup ? », il répond : « Non, je crève ! »

Le lilas foudroyé

Le samedi 1er mai, après une succession de syncopes, Alfred semble aller mieux. En début de soirée, il s'endort paisiblement, comme le rapporte son frère : « L'insomnie ayant toujours été son ennemi le plus implacable, je pris ce besoin de dormir pour une crise favorable. » Obligé de sortir en ville, Paul en profite alors pour laisser Alfred sous la garde d'Adèle et de sa sœur, toutes deux assistées depuis quelques jours par la bonne Clémence rappelée en hâte. Ces trois femmes le veillent jusqu'au moment où il ouvre les yeux, leur sourit et leur prend les mains, avant de se rendormir doucement, sans se réveiller. A trois heures et quart du matin, tout est consommé, sans un seul mot pour la postérité, sinon celui que Paul de Musset, semble-t-il, va inventer après coup : « Dormir ! Enfin je vais dormir. » A l'aube de sa quarante-septième année, celui que Barbey d'Aurevilly surnomme alors « le lilas foudroyé » n'est plus qu'un corps inerte, enfin délivré de ses maux physiques et moraux.

« Cette mort, qu'il avait tant souhaitée, était venue à lui comme une amie, sous les apparences du sommeil », allait écrire Paul, après avoir raté le départ de son cadet adoré. Respectant le désir d'Alfred de n'être pas enterré vivant, le docteur Morel-Lavallée vint, le matin même, pratiquer une courte incision au bras du défunt et constater ainsi qu'il était bien passé et qu'on pouvait le mettre en bière.

Alfred de Musset

Avant de refermer le cercueil, tous les témoins venus saluer le poète sont unanimes à reconnaître que, froid comme le marbre, Alfred a retrouvé toute sa beauté charnelle, comme si la mort l'avait, au fond, délivré de ses douleurs et de ses vices. Adèle écrit : « La figure d'Alfred de Musset était rayonnante de tranquillité, j'oserais dire de bien-être », et Arsène Houssaye note de son côté : « Alfred de Musset, transfiguré par la mort, qui elle aussi a son auréole, avait pris sa beauté sculpturale. » Buloz s'écrie : « Ah ! Je le regrette. Il est beau et je l'aimais comme mon fils. » Lamartine lui-même, malgré leurs différends passés, y va de sa larme : « Oui, j'étais ton frère de sang, aussi bien que je me sens ton frère de cœur, je voudrais anéantir d'abord toutes tes juvénilités en prose, idylles de mansardes, pastorales de tabagies où la finesse et la grâce du style ne rachètent pas même la monotone trivialité du sujet commençant toujours par une orgie pour finir par un suicide. » Et Eugène de Mirecourt écrit joliment : « On n'a pas le droit de dormir quand on a réveillé tout le monde par de beaux accents lyriques. » Quant au jeune Villiers de l'Isle-Adam, qui s'est présenté au domicile du défunt au moment où l'on faisait sa toilette mortuaire et à qui l'on a demandé de revenir plus tard, il n'ose plus sonner à la porte, croyant avoir dérangé une famille en deuil. Plus tard, Ernest Hello aura ces mots : « Cet homme richement doué est mort étouffé par l'air du doute qu'il respirait depuis l'enfance. Son air respirable eût été la croyance ! Il est mort étouffé. Il y a des

Le lilas foudroyé

esprits froids qui se plaisent dans le doute. Il y a des âmes de feu pour qui le doute est une maladie pneumatique et qui étouffent sous le récipient, Alfred de Musset par exemple. »

En fin de journée, le corps d'Alfred est mis en bière, avec les cadeaux que lui avait faits sœur Marceline, l'amphore de laine et la plume brodée de soie, mais sans avoir reçu les derniers sacrements, et sans qu'on sache si Musset s'était ou non réconcilié avec l'Eglise avant de s'éteindre. Le lundi 4 mai, par un temps maussade et humide, le cercueil est déposé en l'église Saint-Roch, paroisse de la famille Musset, mais aussi des artistes, avec, dessus, le chapeau et l'épée d'académicien, sans fleurs ni couronnes, conformément à ce qu'il avait demandé. Derrière, dans une semi-obscurité, quelques admirateurs anonymes côtoient les écrivains venus rendre un dernier hommage à leur pair. Alexandre Dumas, Théophile Gautier, Prosper Mérimée sont là. Alphonse de Lamartine serre silencieusement la main de Paul de Musset, effondré, s'appuyant sur Adèle. Mme de Musset, trop faible, n'a pu quitter Angers et affronter un voyage trop fatigant. Dans l'assistance, beaucoup de femmes, comme le rapporte un article publié dans *La Gazette de Paris* : « A l'église Saint-Roch des femmes jeunes et élégantes sont venues en assez grand nombre s'agenouiller devant les restes d'un poète qu'aucune n'avait vu peut-être, mais que toutes avaient lu. A une douleur réelle, se mêlait sur leur visage l'expression d'un naïf étonnement. Est-ce qu'on peut mourir quand on a fait de si belles strophes ? Elles pensaient avec raison que l'harmonieux ouvrier ne devait pas mourir et plusieurs, m'assure-t-on, étaient convaincues que réellement, il n'est pas mort. »

La messe expédiée, les participants se dispersent. Seul un petit convoi de moins de trente personnes – « J'étais du dernier adieu, témoigne Arsène Houssaye ; nous étions vingt-sept » ! – monte dans les fiacres réquisitionnés afin de gagner, derrière le corbillard, le cimetière du Père-Lachaise, où Musset est inhumé. Devant un caveau provisoire, Ludovic Vitet improvise un petit discours au nom de l'Académie française. La concession définitive, située au fond de la grande allée d'entrée, à gauche, est prête un an plus tard. Le cercueil d'Alfred y sera déposé le 23 mars 1858, ainsi que celui de son père, tandis qu'est scellé dans une niche le buste en marbre blanc du poète par Barre. Ce n'est pas le plus ressemblant de ses portraits. Un saule est planté à côté, répondant au vœu du défunt :

> *Mes chers Amis, quand je mourrai,*
> *Plantez un saule au cimetière.*
> *J'aime son feuillage éploré ;*
> *La pâleur m'en est douce et chère,*
> *Et son ombre sera légère,*
> *A la terre où je dormirai...*

Le lilas foudroyé

Ce premier saule mourra bientôt, de même que les treize autres qu'on allait planter en deux siècles. Musset avait à plusieurs reprises évoqué le temps d'après sa mort, comme en témoignent ces autres vers moins connus, avec une discrète référence au Ronsard du célèbre sonnet à Cassandre Salviati, sa « parente » :

> *Rappelle-toi, quand sous la froide terre*
> *Mon cœur brisé pour toujours dormira ;*
> *Rappelle-toi, quand la fleur solitaire*
> *Sur mon tombeau doucement s'ouvrira.*
> *Je ne te verrai plus ; mais mon âme immortelle*
> *Reviendra près de toi comme une sœur fidèle*
> *Ecoute, dans la nuit*
> *Une voix qui gémit :*
> *Rappelle-toi.*

« Je lis tous les journaux, j'achète tous ceux qui parlent de lui, écrira Adèle Colin, dans son livre de souvenirs. Ils sont en général tous très bienveillants, mais ils ne disent, selon moi, que la moitié du bien et du beau qu'il y a à dire de lui. Le temps viendra où on lui rendra justice, mais toujours trop tard. Quel malheur de mourir si jeune ! Il ne manque à personne autant qu'à moi, qui n'ai jamais cherché une heure de distraction qu'auprès de lui. Me voilà maintenant, avec mon malheureux chien qui, je crois, a tout compris. Il est continuellement triste, ne veut pas me quitter et semble toujours m'interroger. » Jusqu'à sa mort, à quatre-vingt-dix ans passés, cette vestale passionnée, comme Céleste Albaret, plus tard, avec Marcel Proust, va entretenir la

Alfred de Musset

flamme du souvenir, la « chapelle » Musset et le culte du poète disparu.

En fait, le lendemain, c'est très discrètement que la presse nationale rend compte de la mort du poète, à l'exception de quelques témoignages, dont celui de Sainte-Beuve dans *Le Moniteur*, où l'on peut lire : « Que manquait-il donc en ces années au poète bien jeune encore, pour être heureux, pour pouvoir vivre et aimer, pour vouloir vivre et aimer la vie, pour laisser son esprit courir et jouer en conversant sous des regards prêts à lui sourire, et son talent désormais plus calme, plus apaisé, s'animer encore par instants et combiner des inspirations renaissantes avec les nuances du goût ? » Ou celui de Léon Laurent-Pichat, dans *La Revue de Paris* : « Une saison de notre âme vient de passer ; le printemps de notre génération s'efface dans les brouillards ; c'est notre jeunesse qui est morte. » Ou encore celui de Charles de Mazade dans *La Revue des Deux-Mondes* : « Quelque prématurée que soit cette mort, ne pourrait-on dire qu'elle s'adapte assez bien à cette destinée poétique ? Qui pourrait imaginer Alfred de Musset vieillissant ? » Quant à Roger de Beauvoir, dans *L'Artiste*, il préfère évoquer sa mémoire en vers :

> *Encore un poète qui tombe,*
> *De la main nous disant Adieu !*
> *Encore un élu de la tombe,*
> *Un souffle qui retourne à Dieu.*

Le lilas foudroyé

Nous avions la même jeunesse,
Mêmes amis, mêmes chansons,
Mêmes nuits de joyeuse ivresse,
Mêmes pages pour échansons.

Jeune roi de la fantaisie,
Quel feu, quelle âme en ses refrains !
C'est pour lui que la poésie
Ouvrait ses plus brillants écrins !

La joue au falerne allumée,
Sous la tonnelle bien souvent,
J'ai vu sa bien-aimée
Achever la coupe en rêvant.

La gloire est tout, lui disait-elle,
Mais il ne lui répondait pas.
« Elle est périssable et mortelle »,
Disait-il quelquefois tout bas.

A d'autres sphères inconnues
Ma belle, on peut demander mieux.
Et, perçant le voile des nues
Son œil interrogeait les cieux !

Il est mort en mai ! Quelle fête
Hier lui donnait le soleil !
Sur ton cortège, heureux poète,
Quel jour de printemps plus vermeil ?

Mourir ainsi, c'est encore vivre,
Malgré la mort au froid réseau ;
Hier le ciel était ton livre,
Ton dernier vers était l'oiseau.

En lisant un de ces textes, une jeune femme, voyageant dans un train, apprend la mort du poète

Alfred de Musset

et fond en larmes devant ses voisins étonnés par un chagrin si soudain. On s'empresse auprès d'elle et elle finit par dire entre deux sanglots : « Comment, vous ne savez pas qu'Alfred de Musset est mort ? » Cette jeune femme, c'est Aimée d'Alton-Shée !

Moins d'un an plus tard, le 11 février 1858, l'Académie donnera à Musset un successeur en la personne de Victor de Laprade, un universitaire lyonnais, poète à ses heures, mais si terne et si compassé – qui lit de nos jours *Idylles héroïques* ? – qu'il est aujourd'hui totalement oublié. Et ce par 17 voix contre 15 à Jules Sandeau, l'ancien amant de George Sand ! Mais qui eût pu succéder à un Musset – lequel, soit dit en passant, détestait Laprade... Ce fut donc ce dernier qui prononça l'éloge funèbre du poète, sans enthousiasme excessif. Comme souvent, c'est Sainte-Beuve qui eut le mot de la fin, mais il est vrai qu'il avait été l'ami du défunt : « Musset n'a su que haïr la vie du moment qu'elle n'était plus la jeunesse sacrée. » Stendhal reprendra la remarque à sa manière en disant de Musset qu'il fut « une âme trop ardente pour se contenter du réel de la vie ».

Son frère, Paul, n'a pas dit autre chose : « Il méprisait l'espèce humaine, mais quiconque lui parlait deux fois seulement pouvait se dire son ami ; il n'y avait pas d'homme plus facile que lui à séduire, pas de cœur plus prompt à s'ouvrir que le sien... Cette disposition lui était naturelle, mais pour peu que sa défiance fût éveillée, il devenait au contraire l'homme le plus impénétrable du monde. » Ouvert

Le lilas foudroyé

et fermé, gai et triste, amoureux et infidèle, léger et profond, paresseux et travailleur, mondain et populaire, dandy et ivrogne, aristocrate et anticonformiste, aimé et délaissé, admiré et critiqué, Alfred de Musset cultiva toute sa vie la contradiction, après être discrètement sorti d'un monde où il avait fait une entrée fracassante. Toute sa vie, une incurable mélancolie le rongea comme un ver. Il ne connut que des éclairs d'extases, physiques et littéraires. Eût-il pu vivre autrement ? Peut-être, mais, dans ce cas, il ne serait pas devenu Musset, page inconstant et charmeur dont on ne cessera jamais de lire les vers et d'écouter les répliques, qu'on consulte encore comme un frère quand on a le vague à l'âme, qu'on aime sans espoir de retour, lorsqu'on se sent seul au crépuscule.

Totalement indépendant d'esprit, extrêmement divers dans ses choix, d'une exigence réelle qu'une lecture superficielle de ses textes ne laisse pas *a priori* supposer, Musset, tour à tour poète, dramaturge, conteur, philosophe et moraliste fut infiniment plus complexe que ses contemporains, et la postérité, ne l'ont cru ou n'ont voulu le croire. Car, à travers ses mots, ses phrases et sa pensée, c'est bien la destinée de l'homme qu'il eut sans cesse en tête. Et le plus lucide des romantiques a cultivé, dans le fond comme dans la forme, la pensée d'un libertin désabusé, certes, mais aussi d'un amoureux idéaliste. Les femmes qu'il aima et qui l'aimèrent le comprirent d'instinct, sachant que sa vie aura passé comme « l'ivresse passagère d'un songe », un songe bien cruel qui rendait impossible tout réveil en dehors de celui de la mort. Pour toutes ces raisons il ne put se résoudre à vieillir, et l'adage antique : « Ceux qui meurent jeunes sont aimés des dieux » s'applique parfaitement à lui, qui, dans *Lorenzaccio,* plaça ce souhait dans la bouche de son personnage : « Ne pas laisser mourir l'énigme de sa vie. »

CHAPITRE 16

Musset après Musset

« Tes os dans le cercueil vont tomber en poussière,
Ta mémoire, ton nom, ta gloire vont périr,
Mais non pas ton amour, si ton amour t'est chère :
Ton âme est immortelle et va s'en souvenir. »

ALFRED DE MUSSET

Le 23 mai 1861 à la mairie du VIIIe arrondissement de Paris, un petit groupe d'amis et de parents quitte discrètement la salle où vient d'être célébré un mariage civil. Comme il est d'usage, on bavarde, on se réjouit, mais à voix relativement basse, car la courte cérémonie n'a pas offert le spectacle habituel de ce genre d'union consacrant soit l'amour de deux êtres, encore que les mariages d'inclination soient rares, soit le rapprochement de deux familles. Les nouveaux conjoints ont l'air intimidés,

Alfred de Musset

pour ne pas dire étonnés d'être unis pour le meilleur et pour le pire. On monte à présent en fiacre pour se rendre à l'église où va être célébrée la messe d'épousailles, elle aussi bien discrète, à la suite de quoi tout le monde se retrouve au restaurant pour un déjeuner offert afin, tout de même, de « marquer le coup », même si l'ombre d'Alfred de Musset, quatre ans après sa mort, semble peser lourdement sur cette journée dans laquelle personne n'ose parler de lui. Assis au centre, le marié, les traits un peu tirés – il a quarante-sept ans, ce qui n'est plus la jeunesse sous le Second Empire –, avec sa barbe taillée court et sa redingote de bon faiseur, semble légèrement mal à l'aise. Il prend tendrement la main de son épouse, sous le regard de la veuve de Victor de Musset, à présent une vieille dame heureuse de marier enfin son fils aîné et qui, pour l'occasion, a accepté de quitter Angers pour la capitale.

Car ce mariage, c'est bien celui de Paul de Musset, avec... Aimée d'Alton-Shée, l'ancienne maîtresse d'Alfred et peut-être l'un des plus grands amours de sa vie ! Singulière union, en effet, que celle de ces deux êtres, dont le cœur a, toute leur vie, battu pour Alfred de Musset et qui, réunissant leur solitude depuis sa disparition, ont décidé de continuer de communier ensemble dans le souvenir de l'être adoré, qui fut pourtant si peu adorable. Paul, ce jour-là, est-il réellement amoureux de cette femme qui a conservé sa beauté presque intacte ? Se persuade-t-il que tout ne peut être consommé que s'il régularise ce que son cadet n'a pas su ou osé faire ? Ou ne peut-il aimer que celle qu'Alfred a possédée avant lui ? Il y a sans doute de tout cela dans la réunion de ces deux êtres délaissés s'inscrivant dans un projet fusionnel où Paul se substitue à Alfred dans son intimité la plus secrète, tandis qu'Aimée devient enfin Mme de Musset aux yeux des institutions, de l'Eglise et de la société parisienne, oubliant peut-être, ce jour-là, ces vers enflammés que son défunt beau-frère avait composés lorsqu'il était fou d'elle :

Déesse aux yeux d'azur, aux épaules d'albâtre,
Belle muse païenne au sourire adoré,
Viens, laisse-moi presser de ma lèvre idolâtre
Ton front qui resplendit sous un pampre doré.

Vois-tu ce vert sentier qui mène à la colline ?
Là, je t'embrasserai sous le clair firmament,
Et de la tiède nuit la lueur argentine
Sur tes contours divins flottera mollement.

Tous deux ont décidé, non seulement de vivre ensemble, mais encore d'entretenir la mémoire du poète en s'activant sur tous les fronts, en contrôlant son image et en diffusant son œuvre. De ce jour commence une liaison harmonieuse que seule interrompra la mort de Paul, le 17 mai 1880, à la suite de laquelle Aimée, évoquant alors « Mes Musset, mes pauvres morts » – comme elle le confiera à Jules Troubat –, quittera son appartement de la rue Cambon pour se retirer chez les Dames de l'Espérance, 34 rue de Clichy, où elle s'éteindra cette même année, le 30 novembre 1881. Jusqu'à leur dernier jour Paul et Aimée de Musset vont œuvrer pour défendre la mémoire d'Alfred et gommer tout ce qui, chez ce dernier, ne leur semble pas conforme à l'image édifiante qu'ils veulent qu'on garde de lui. C'est en effet à Paul qu'on doit ce Musset angélique, sentimental et asexué, uniquement préoccupé de poésie, tel qu'on nous dépeignait jadis dans les manuels scolaires. Cette vision ne correspond en rien à la réalité, mais seulement aux fantasmes de l'ordre moral naissant à cette époque, et dans lequel le poète n'aurait pu trouver place.

Pour parvenir à cet objectif, Paul de Musset ira jusqu'à détruire une grande partie de la correspondance d'Alfred, truffée de confessions impudiques et de petits dessins obscènes. La publication par George Sand, en 1859, dans *La Revue des Deux-Mondes,* de son roman autobiographique *Elle et Lui,* racontant par le menu la tragique aventure de Venise – où Musset est Roland et elle Thérèse –, dans lequel elle se donnait le beau rôle, ne pouvait que le faire réagir. En réponse, Paul compose *Lui et Elle,* avant de signer la première biographie de l'auteur des *Caprices de Marianne,* construite autour de cet axiome : « On l'a dit bien des fois, la poésie et la sensibilité font le malheur et la gloire de ceux qui ont reçu ces dons si enviés. La perte d'une maîtresse, le départ d'un ami, une espérance déçue, une illusion qui s'envole, tous ces maux grands et petits dont la vie se compose, les exaspèrent et leur feraient souhaiter la mort s'ils ne trouvaient un soulagement à leur douleur dans l'inspiration poétique. » Et d'ajouter : « Alfred de Musset a puisé dans l'amour et la douleur ses plus belles inspirations. Un instinct secret lui faisait distinguer les êtres dangereux qui devaient soumettre son cœur aux plus dures épreuves. Mais il n'eut pas besoin de courir au-devant de la souffrance ; elle vint le chercher assez souvent pour ne point laisser à sa sensibilité le temps de s'endormir. »

Entre-temps la comtesse douairière de Musset, la mère d'Alfred, était naturellement morte. Elle s'était retirée chez sa fille Hermine à Angers. Son unique petit-fils, Paul-Anatole Lardin (1848-1908), recevrait par un décret du 29 juin 1867 l'autorisation de relever le nom de sa famille maternelle, avant de devenir préfet du Gard. De son mariage avec Victoria Le Gouas, il aura deux filles, Gabrielle (1876-1943) et Alice (1877-1962). Cette dernière épousera un officier de cavalerie, Hubert Ledru, et est l'auteur, en 1908, d'un recueil de poèmes intitulé *Giboulées*. Quant à la nièce d'Aimée de Musset, née Alton-Shée, elle se liera d'amitié avec Marcel Proust, en 1908, au Grand Hôtel de Cabourg. Ses filles, dit-on, inspireront à l'écrivain le nom du roman qui lui vaudra le prix Goncourt, *A l'ombre des jeunes filles en fleurs*. Les Musset, aujourd'hui, reposent toujours au cimetière du Père-Lachaise, tout près de la grande entrée, au bout de l'allée principale. Alfred est enterré dans le caveau central d'où se détachent son buste et les titres de ses œuvres, tandis que son frère et sa belle-sœur gisent à côté, sous une pierre tombale plus modeste, sur laquelle une couronne de fleurs en pierre s'entrecroise avec des livres. Derrière le poète, sculptée en ronde bosse, les yeux perdus dans une rêverie intérieure, deux roses à ses pieds, se trouve la statue de sa sœur Charlotte. Sur le fronton, on peut lire les vers suivants, gravés grâce à une souscription ouverte par les Amis d'Alfred de Musset :

> *Celle qui fut toujours la gardienne fidèle*
> *De ta gloire, ô poète, et qui pieusement*
> *Vécut de souvenirs en ton rayonnement*
> *Doit dormir près de toi dans la paix éternelle.*

Musset disparu, son œuvre lui survivra, suscitant à chaque génération le même engouement qui fera dire à Jules Barbey d'Aurevilly : « Je donnerais tout ce que j'ai écrit pour un seul vers d'Alfred de Musset. » Pourtant des voix discordantes se feront entendre, celle de Baudelaire d'abord, raillant « son torrent bourbeux de fautes de grammaire et de prosodie », celle de Flaubert, ensuite, parlant de son « coup d'œil de coiffeur sentimental », celle de Rimbaud encore, qui trouvera Musset « quatorze fois exécrable », et celle enfin de Paul Eluard qui, en 1951, l'exclura de sa *Première anthologie vivante de la poésie du passé* !

Au-delà des jugements rapides et souvent péremptoires – un poète superficiel, efféminé et dandy, ce qui ne correspond nullement à la réalité –, dans les années qui suivent sa mort, certains inédits de celui en qui Adolphe Perreau vit tour à tour « un chérubin endiablé, un ange noir et un cygne mélancolique » sont portés à la scène, comme *L'Ane et le Ruisseau*, le 6 mai 1876 au Conservatoire national de musique ou, plus spectaculairement, *Lorenzaccio* créé par Sarah Bernhardt le 3 décembre 1896 au Théâtre de la Renaissance.

Le triomphe qu'elle remporte ce jour-là venge l'honneur d'un auteur dramatique qui, à l'exception d'*Un caprice*, avait refusé que ses pièces fussent jouées. Elles ne cesseront dès lors de l'être, tout au long du XXe siècle ; qu'on se souvienne de Gérard Philipe, sans doute la plus belle incarnation des héros de Musset, par son charisme juvénile et la transcendance de son jeu, mais aussi de Francis Huster et de Daniel Ivernel, parmi tant d'autres. Cette phrase de *La Confession d'un enfant du siècle* résume à merveille l'esprit de ce théâtre : « Vous promènerez vos regards sur votre horizon immense, où il n'y aura pas un épi plus haut que l'autre dans la moisson humaine, mais seulement des bleuets et des marguerites au milieu des blés jaunissants. »

La force de Musset est d'avoir été le poète de la jeunesse, celui qui, mieux que quiconque, sut exprimer l'amour du cœur, l'enthousiasme de l'âme, la sincérité des sentiments. Cela fit de lui le romantique par excellence, même s'il prit des libertés avec le mouvement romantique, notamment dans son théâtre, influencé par Shakespeare, mais aussi par Boileau, excellant dans l'art d'unir les contraires :

Alfred de Musset

désinvolture et lyrisme, excès et raison, sublime et pudeur, abandon et maîtrise, élégance et dureté, jouissance et douleur, nouveauté et tradition, idéal et débauche. Au mot cruel de Heine, l'ayant traité de « jeune homme d'un bien beau passé », nous préférons celui de Sainte-Beuve : « Dieu où le démon a passé par là » ! Dans un joli petit livre, publié en 1970, et intitulé *Alfred de Musset, sa jeunesse et la nôtre*, Gilbert Ganne établit un amusant parallèle entre l'immortel représentant de l'école romantique et la génération de Mai 68, comparant les chevelus de la bataille d'*Hernani* aux hippies de la côte Ouest des Etats-Unis, et entre Musset lui-même et Che Guevara, icône barbue et sacrifiée comme lui : d'un côté, le révolté symbolisant la beauté souveraine de l'esprit français, de l'autre le révolté anti-américain symbolisant les idéaux tiers-mondistes de l'après-guerre.

Certes, Musset est aujourd'hui plus connu par son théâtre que par ses vers, comme Voltaire l'est davantage par ses contes que par ses pièces. Les grands écrivains ne savent pas, en mourant, quelle partie de leur œuvre va leur survivre. Pourtant Alexande Dumas écrivit de Musset qu'il avait le rare privilège d'être « maître dans deux langues, la prose et les vers ». Mais, comme l'a si justement écrit Emile Henriot : « Est-ce Musset qui a prévu les enfants de ce siècle-ci, ou sont-ils demeurés pareils à ceux de 1830 dans l'éternelle incertitude et l'instabilité de la jeunesse ? Quand tant d'autres se sont desséchés et fossilisés dans leur gloire, Musset

Musset après Musset

a gagné. Il vit, il est resté vivant à travers ces adolescents cruels et baignés de larmes qui parlent pour lui, dans leur pathétique et vaine poursuite du bonheur. »

Il n'y a que le fameux saule de sa tombe qui, contrairement à l'œuvre du poète, n'en finit pas de dépérir, quand Musset croyait que ce serait le contraire ! L'administration du cimetière est contrainte de le replanter régulièrement. Celui-ci, ou mieux, ses nombreux prédécesseurs, ne furent pas les seuls de l'histoire d'Alfred de Musset à Paris. *Le Journal des Débats* du mois de novembre 1906 révéla en effet à ses lecteurs que, tout près des Champs-Elysées, venait de mourir un saule pleureur dont la ramure se mirait jusque-là dans un bassin de l'avenue Gabriel. Or cet arbre passait pour avoir jadis donné de l'ombre au poète, ce qui en avait fait une relique si sacrée que, lorsqu'on installa la grille du Coq, ouverte à la Belle Epoque pour donner au jardin de l'Elysée une issue vers les Champs-Elysées, on préféra modifier le tracé de l'avenue plutôt que d'y toucher.

Cette histoire, et tant d'autres, montre combien Musset fut prophétique. Et c'est aussi ce que révèle cette ultime réflexion, celle d'un homme ayant pleinement vécu sa vie, dans une alternance de moments heureux et malheureux, dont Barbey a dit qu'il fut « le génie le plus puissamment humain et le plus puissamment moderne qui ait jamais existé », peut-être,

Alfred de Musset

comme l'a suggéré Taine, parce qu'« il n'a jamais menti » :

Je ne veux rien savoir, ni si les champs fleurissent,
Ni ce qu'il adviendra du simulacre humain,
Ni si ces vastes cieux éclaireront demain
Ce qu'ils ensevelissent.

Je vous dis seulement : A cette heure, en ce lieu,
Un jour je fus aimé, j'aimais, elle était belle.
J'enfouis ce trésor dans mon âme immortelle,
Et je l'emporte à Dieu !

Paris, 22 mars 2010

CHRONOLOGIE

11 décembre 1810

Naissance à Paris, rive gauche, de Louis-Charles-Alfred, cadet des trois enfants survivants de Victor-Donatien de Musset-Pathay, chef de bureau au ministère de la Guerre et écrivain, et d'Edmée Guyot-Desherbiers.

1812

La famille Musset s'installe 27 rue Cassette, près du jardin du Luxembourg, dans un immeuble appartenant à la baronne Gobert.

1815

Alfred de Musset et son frère aperçoivent Napoléon de retour de l'île d'Elbe.

1819-1826

Etudes secondaires au lycée Charlemagne où il est le condisciple du duc de Chartres, fils aîné du duc d'Orléans, futur roi Louis-Philippe Ier, et de Paul Foucher, qui l'introduit chez son beau-frère Victor Hugo. Entre-temps, la famille Musset s'installe 59 rue de Grenelle.

Alfred de Musset

1827

Deuxième prix de dissertation latine au Concours général et premier prix de philosophie à la fin de sa scolarité, Alfred de Musset renonce aux études de droit puis de médecine, qu'il a commencées successivement.

1828

Alfred se lance dans l'étude de la peinture puis fréquente le Cénacle de Charles Nodier, où il rencontre les romantiques, en particulier Mérimée, Vigny et Sainte-Beuve. Première liaison féminine officielle avec la marquise de La Care et premier poème publié, « Un rêve ».

1829

Courte apparition dans l'entreprise de chauffage militaire Febvrel. Lit « Mardoche » dans le salon de ses parents devant une assemblée choisie. A la fin de l'année, publication des *Contes d'Espagne et d'Italie*, dont le succès est immédiat.

1830

Il compose *La Quittance du diable*, sa première pièce, et publie plusieurs articles dans la presse, en particulier dans *Le Temps*. Echec de *La Nuit vénitienne* à l'Odéon.

8 avril 1832

Mort du comte Victor-Donatien de Musset-Pathay, victime du choléra.

Chronologie

1833

Articles dans *La Revue des Deux-Mondes*. Compose plusieurs œuvres, en particulier *A quoi rêvent les jeunes filles*.

1833

Publication des *Caprices de Marianne*. Compose *Lorenzaccio*. Rencontre George Sand, avec laquelle il part à Venise pour un tumultueux séjour, qui s'achèvera l'année suivante.

1834

Retour de Venise à Paris. Publication de *Fantasio* et d'*On ne badine pas avec l'amour*. Voyage en septembre à Baden. Reprise de la liaison avec George Sand puis rupture définitive.

1835

Brève liaison avec Mme Jaubert, née Caroline Alton-Shée, qui devient ensuite sa confidente. Commencement de la publication des « Nuits ».

1836

Publication de *La Confession d'un enfant du siècle*. Liaison avec Louise Lebrun.

1837

Liaison avec Aimée d'Alton-Shée, cousine de la précédente. Publication d'*Un caprice*.

Alfred de Musset

1838

Nommé bibliothécaire au ministère de l'Intérieur, grâce à son amitié avec le duc d'Orléans, héritier du trône.

1839

Musset fait sans succès la cour à Pauline Garcia, future P. Viardot. Début de sa liaison avec la comédienne Rachel.

1840

Grave maladie. Publication de *Comédies et proverbes* et rupture avec Rachel.

1842

Publication d'« Histoire d'un merle blanc ». Musset fait sans succès la cour à la princesse Belgiojoso.

1843

Projet de mariage avec Mlle Melesville, liaison avec une jeune Italienne et réconciliation avec Rachel.

1844

Grave fluxion de poitrine. Publication d'*Une porte doit être ouverte ou fermée*.

Chronologie

1845

Nouvelle fluxion de poitrine. Est nommé chevalier de la Légion d'honneur. Séjour de convalescence à Mirecourt, chez son oncle, le sous-préfet.

1846

Nouvelle liaison avec Rachel, puis rupture définitive. Mariage d'Hermine de Musset avec Timoléon Lardin chez qui elle s'installe à Angers, où Mme de Musset mère la rejoint bientôt.

1847

Adèle Colin entre au service de Musset, pour une période de dix années. Grand succès d'*Un caprice* à la Comédie-Française.

1848

Echec de sa tentative d'élection à l'Académie française, révocation de son emploi de bibliothécaire par le gouvernement de la Seconde République, liaison avec Louise-Rosalie Allan-Despréaux et grand succès d'*Il faut qu'une porte soit ouverte ou fermée*. Musset lauréat du prix Maillé-Latour-Landry.

1849

Première de *Louison* au Théâtre-Français. Liaison avec la comédienne Augustine Brohan.

Alfred de Musset

1850

Deuxième tentative d'élection à l'Académie française.

1851

Première des *Caprices de Marianne* au Théâtre-Français.

1852

Succès du *Chandelier* à la Comédie-Française. Elu à l'Académie française au fauteuil d'Emmanuel Dupaty. Installation rue du Mont-Thabor où il va demeurer jusqu'à la fin de sa vie. Liaison avec la poétesse Louise Colet.

1854

Nommé conservateur du ministère de l'Instruction publique.

1855

Lit sa pièce *L'Ane et le Ruisseau* aux Tuileries, devant l'empereur et l'impératrice.

1856

Séjour au Havre. Mort d'Alfred Tattet, son meilleur ami.

2 mai 1857

Mort à Paris, à l'âge de 47 ans. Est inhumé au Père-Lachaise après une cérémonie à Saint-Roch.

Chronologie

1859

George Sand, *Elle et Lui*. Paul de Musset, *Lui et Elle*.

1861

Mariage d'Aimée d'Alton-Shée avec Paul de Musset.

1865

Première édition des œuvres complètes d'Alfred de Musset par son frère Paul.

REPÈRES BIBLIOGRAPHIQUES

Allemand (Maurice)
Alfred de Musset (Paris, 1940)

Barine (Ardève)
Alfred de Musset (Paris, 1893)

Canavaggio (Pierre)
George Sand et Alfred de Musset, les amants impossibles (Paris, 2009)

Caors (Marielle)
George Sand, Alfred de Musset et Venise (Paris, 1995)

Charpentier (John)
La Vie meurtrie d'Alfred de Musset (Paris, 1928)

Charton (Ariane)
Alfred de Musset (Paris, 2010)

Clouard (Maurice)
Documents inédits sur Alfred de Musset (Paris, 1900)

Delais (Jean)
Alfred de Musset (Paris, 1974)

Donnay (Maurice)
La Vie amoureuse d'Alfred de Musset (Paris, 1926)

Dumoulin (Maurice)
Les Ancêtres d'Alfred de Musset, d'après des documents inédits (Paris, 1911)

Ganne (Gilbert)
Alfred de Musset, sa jeunesse et la nôtre (Paris, 1970)

Alfred de Musset

Gastinel (Pierre)
Le Romantisme d'Alfred de Musset (Paris, 1933)

Guillemin (Henry)
La Liaison Musset-Sand (Paris, 1972)

Hédouville (Marthe de)
Alfred de Musset (Paris, 1958)

Henriot (Emile)
Alfred de Musset (Paris, 1928)

Janzé (Mme de)
Etudes et récits sur Alfred de Musset (Paris, 1891)

Lafoscade (Léon-Jules)
Le Théâtre d'Alfred de Musset (Paris, 1966)

Lefèbvre (Henri)
Alfred de Musset, dramaturge (Paris, 1955)

Lestringant (Frank)
Alfred de Musset (Paris, 1998)

Mariéton (Paul)
Une histoire d'amour, George Sand et Musset (Paris, 1897)

Martellet (Adèle Colin)
Alfred de Musset intime (Paris, 1906) ; 1re éd. sous le titre *Dix ans chez Alfred de Musset* (Paris, 1899)

Maurras (Charles)
Les Amants de Venise (Paris, 1916)

Mirecourt (Eugène de)
Alfred de Musset (Paris, 1854)

Musset (Alfred de)
Œuvres complètes (Edition Paul de Musset, Paris, 1866)
Poésies complètes (Edition Maurice Allem, Paris, 1976)
Œuvres complètes en prose (Edition Maurice Allem, Paris, 1982)
Correspondance d'Alfred de Musset (Edition Marie Cordroc'h, Roger Pierrot et Loïc Chotard, Paris, 1985)
Théâtre complet (Edition Simon Jeune, Paris, 1990)

Musset (Paul de)
Alfred de Musset (Paris, 1877)

Repères bibliographiques

Oliphant (Cyril Francis)
Alfred de Musset (Londres, 1890)

Pommier (Jean)
Alfred de Musset (Paris, 1957)

Ponzetto (Valentina)
Musset ou la... libertine (Paris, 2007)

Sand (George)
Elle et Lui (Paris, 1860)
Lettres à Alfred de Musset et à Sainte-Beuve (Paris, 1897)
Correspondance de George Sand et d'Alfred de Musset (Paris, 1904)

Séché (Léon)
Alfred de Musset (Paris, 1907, 3 vol.)

Soupault (Philippe)
Alfred de Musset (Paris, 1957)

Spoelberch de Lovenjoul (vicomte)
La Véritable Histoire de « Elle et Lui » (Paris, 1897)

Schwarz (Henry Stanley)
Alfred de Musset, dramatiste, conteur, poète (New York, 1931)

Thomasseau (Jean-Marie)
Alfred de Musset (Paris, 1957)

Toesca (Maurice)
Alfred de Musset ou l'amour de la mort (Paris, 1970)

TABLE

Avant-propos 11

1. Un boulevard mythique 15
2. Une si aristocratique bohème 33
3. La douce enfance d'un cadet très aimé ... 49
4. Le collégien d'Henri IV 61
5. Un jeune homme au cœur de cire 79
6. Le prince de la jeunesse 95
7. L'amour enfin 123
8. Les amants de Venise 145
9. La convalescence de Sisyphe 167
10. Le prince Phosphore de Cœur Volant ... 187
11. Un paresseux si prolifique 209
12. Les amertumes de l'amour 223
13. Les illusions perdues 249
14. Le chancelant perpétuel 259
15. Le lilas foudroyé 277
16. Musset après Musset 293

Chronologie 303
Repères bibliographiques 311

DU MÊME AUTEUR

Qui est snob ?, *essai*, Calmann-Lévy, 1973.
Athanase ou La manière bleue, *roman*, Julliard, 1976.
Le Romantisme absolu, *essai*, Stock/Editions n° 1, 1978.
Ligne ouverte au cœur de la nuit, *document*, Robert Laffont, 1979.
La Nostalgie, camarades !, *essai*, Albin Michel, 1982.
Les Histoires de l'Histoire, *récits*, Michel Lafon, 1987.
La Fayette, la stature de la liberté, *biographie*, Editions Filipacchi, 1989 (prix Contrepoint 1989, Award de littérature de l'Université J.F. Kennedy, prix de la Société de géographie, Plume d'or de la biographie).
Desaix, le Sultan de Bonaparte, *biographie*, Librairie académique Perrin, 1995 (prix Dupleix).
Trilogie : l'Histoire de France en trois dimensions :
Les Dynasties brisées, Lattès (prix Grand Véfour de l'Histoire), 1992.
Les Aiglons dispersés, Lattès, 1993.
  Les Septennats évanouis ou Le cercle des présidents disparus, Lattès, 1995.
Les Égéries russes (*en collaboration avec Vladimir Fédorovski*), Lattès, 1994.
Les Égéries romantiques (*en collaboration avec Vladimir Fédorovski*), Lattès, 1996.
Romans secrets de l'histoire, Michel Lafon, 1996.
Alfred de Vigny ou La volupté et l'honneur, Grasset, 1997.
Les Larmes de la gloire, Anne Carrière, 1998.
Agnès Sorel, beauté royale, Editions de la Nouvelle République, 1998.
Je vous aime, Inconnue. Balzac et Eva Hanska, Nil, 1999 (prix Cœur de France).
Le Bel Appétit de Monsieur de Balzac, Editions du Chêne, 1999.
La Trilogie impériale :
  Le Sacre... et Bonaparte devint Napoléon, Tallandier, 1999.
  Les Vingt Ans de l'Aiglon, Tallandier, 2000.
  Le Coup d'éclat du 2 décembre, Tallandier, 2001.
La Grande Vie d'Alexandre Dumas, Minerva, 2001.
Les Vieillards de Brighton, *roman*, Grasset, 2002 (prix Interallié).
Mes châteaux de la Loire, *carnets de voyage*, Flammarion, 2003.
Les Princes du romantisme, *biographies*, Robert Laffont, 2003.
L'Éducation gourmande de Flaubert, *essai*, Minerva, 2004.
Sur les pas de George Sand, *carnets de voyage*, Presses de la Renaissance, 2004.

Sur les pas de Jules Verne, *carnets de voyage*, Presses de la Renaissance, 2005.
L'Enfant de Vinci, *roman*, Grasset, 2005.
La Fayette, *biographie*, Editions Télémaque, 2006 ; Folio-Gallimard, 2007. Paru en version américaine aux Editions Pegasus Books, New York, 2010.
Marie, l'ange rebelle, *biographie*, Belfond, 2007.
Histoires d'été, *récits*, Editions Télémaque, 2007.
Les Romans de Venise (*en collaboration avec Vladimir Fédorovski*), Editions du Rocher, 2007.
François Ier et la Renaissance, *biographie*, Editions Télémaque, 2008.
La Malibran, la voix qui dit je t'aime, *biographie*, Belfond, 2009.
Henri IV et la France réconciliée, *biographie*, Télémaque, 2009.
Au paradis avec Michael Jackson, *biographie*, Presses de la Cité, 2010.

Cet ouvrage a été imprimé
en octobre 2010 par

FIRMIN-DIDOT

27650 Mesnil-sur-l'Estrée
N° d'édition : 16401
N° d'impression : 102128
Dépôt légal : octobre 2010

Imprimé en France

*Composé par Nord Compo Multimédia
7, rue de Fives, 59650 Villeneuve-d'Ascq*